OVER GRENZEN HEEN

Greetje van den Berg

Over grenzen heen

VCL-serie

ISBN 90-242-6430-8
NUGI 340

© 2001, VCL-serie, Kampen
Omslagillustratie: Jack Staller
Omslagbelettering: Van Soelen Reclame
ISSN 0923-134X

ᛃ 1 ᛃ

Het is even na de middagpauze als hij in de jeansshop arriveert. Z'n donkere, krullende haren zijn iets te lang en hangen over de kraag van een rood overhemd. Z'n smalle gezicht is licht gebruind, van achter kleine, ronde brillenglazen kijken de donkere ogen onderzoekend de winkel rond. Elise Halewijn rekent af met een klant, wenst de jonge vrouw veel plezier met de aankoop en kijkt naar de man, die nu wat aarzelend in de richting van de spijkerbroeken loopt. „Kan ik u misschien helpen of wilt u zelf even rondkijken?" Het is de standaardvraag die ze elke potentiële koper stelt, maar op dit moment is het ineens belangrijk dat deze jongeman haar aanbod om te helpen niet afslaat. Ze kan het zelf niet onder woorden brengen, maar er is iets wat haar onweerstaanbaar naar hem toetrekt. Ze wil zijn stem horen, ze wil naast hem staan, ze wil niet dat hij vertrekt nadat hij even de winkel is rondgelopen.

„Ik ben op zoek naar een spijkerbroek." Hij kijkt haar niet aan. Met zijn hand gaat hij aarzelend in de richting van een stapel jeans, waarvan ze nu al weet dat hij in die maat zal verzuipen.

„Een donkere spijkerbroek, of een lichte, zo'n vale misschien?"

„Een beetje netjes," zegt hij en nu kijkt hij haar wel aan. Van achter zijn brillenglazen lijken zijn ogen haar te taxeren. Ze voelt een blos omhoog kruipen, kijkt een andere kant op. „Een keurige donkerblauwe spijkerbroek dus. Welke maat hebt u?"

„Het klinkt misschien raar, maar ik weet het niet precies." Zij weet het wel. Ze heeft het in één oogopslag gezien. Hij is slank en niet eens zoveel langer dan zij is. Haar handen trillen een beetje als ze een donkere spijkerbroek tussen de stapel vandaan trekt. „Wat denkt u hiervan? Het is het gewone model. Rechte pijpen, niet te strak, maar toch mooi aansluitend."

„Ik zal moeten passen, is het niet?"

Hij heeft een licht accent, maar toch is z'n Nederlands foutloos.

„Hier zijn de pashokjes." Met een gewoontegebaar trekt ze de gordijnen open, ziet zichzelf in de spiegel. Haar blonde krullen zijn maar iets langer dan zijn donkere. Heel even staat hij naast haar voor hij het pashokje inloopt en zij de gordijnen dichttrekt. „Roept u me maar als u klaar bent."

Ze talmt in de buurt van het hokje, kijkt naar een oudere vrouw die voor de spiegel staat in een te strakke, witte broek. Bianca, haar collega, staat ernaast. „Misschien is het beter één maatje groter te nemen," hoort ze haar zeggen.

„Ik heb altijd deze maat," verweert de vrouw zich.

„Soms vallen maten iets kleiner uit," probeert Bianca en ze kan een glimlach niet onderdrukken.

„Is dit shirt ook afgeprijsd?" Haar aandacht wordt getrokken door een meisje met een felgekleurd T-shirt in haar hand.

„Nee, deze niet. Alleen de shirts uit het rek vlak voor de ingang."

„Dit shirt komt van dat rek." Het is niet waar. Ze weet dat het niet waar is, maar ze houdt zich in. „Dan hangt het daar verkeerd," zegt ze effen.

„Ik vind dat ik het toch met korting moet kunnen kopen. Het is niet mijn fout dat het op dat rek hing," zegt het meisje. Elise kijkt verstolen in de richting van het pashokje waar onder het gordijn twee witte sokken te zien zijn.

„Het is ook niet mijn fout. Waarschijnlijk heeft iemand het daar vanmiddag per ongeluk tussen gehangen. Ik kan het je helaas niet met korting aanbieden, want het zijn heel andere shirts die in de aanbieding zijn. Het spijt me."

„Ik vind het geen werk," moppert het meisje.

„Misschien kun je een leuk shirt tussen die andere vinden. Deze hoort hier." Ze pakt het shirt uit de handen van het meisje, vouwt het op en legt het op de plaats waar het gelegen heeft.

„Nou zeg," klinkt het verontwaardigd. Achter haar wordt het gordijn geopend. Ze draait zich om, ziet hoe de jongeman een beetje onwennig voor de spiegel heen en weer drentelt. „Ik kom er zo aan." Ze glimlacht naar hem, voelt haar hart als een razende kloppen. Haar handpalmen voelen vochtig aan.

„Het spijt me," zegt ze tegen het meisje. „Nogmaals, dit shirt is niet in de aanbieding." Ze ziet hoe Bianca naar de jongeman toeloopt.

„Kan ik u misschien helpen?"

„Ik word al geholpen door die mevrouw. Ze komt er zo aan." Zijn stem klinkt zacht en melodieus. Ze krijgt de neiging om hem een dankbare blik toe te werpen, moet inwendig lachen om het 'mevrouw' dat haast plechtstatig klinkt.

„Ik hoef geen ander shirt," zegt het meisje. „Ik vind het belachelijk hoe jij met klanten omgaat en ik kom hier nooit weer."

„Dat is jammer, want we hebben erg leuke kleding."

„Maar veel te duur." Met opgeheven hoofd loopt het meisje de winkel uit.

„Ik vind dat u juist heel goed met klanten omgaat." Hij staat ineens naast haar. Om zijn ogen zijn lachrimpeltjes verschenen. Ze bloost weer en heeft een hekel aan zichzelf. Ze staat zich hier warempel als een verliefde puber aan te stellen.

„Dank u, zit de broek goed?" Ze probeert haar verwarring de baas te blijven, loopt achter hem langs. „Als gegoten zou ik zeggen, is het niet?"

„Als gegoten," beaamt hij. „Nu zoek ik nog een leuk overhemd."

„Moet het per se een overhemd zijn? Ik heb leuke polo-shirts. Dat staat wat sportiever."

„Laat maar zien."

Ze trekt een poloshirt uit het rek. „Deze misschien, of vindt u dit te kleurig en voelt u meer voor zo'n licht shirt?" Hij staat vlak naast haar. Ze voelt zijn aanwezigheid bijna, ruikt de geur van een kruidige, mannelijke aftershave en probeert het beven van haar handen voor hem te verbergen.

„Ze zijn allebei leuk. Is de maat goed?"

„U mag ze passen."

„Ik heb een hekel aan passen," bekent hij. Zijn ogen peilen de hare. Ze voelt opnieuw een blos omhoog kruipen, wil een andere kant opkijken, maar kan haar blik niet losmaken van de zijne.

„Dan mag u thuis passen. Als ze niet goed zijn kunt u ze ruilen."

„Ik vertrouw op u. De spijkerbroek was ook in één keer goed. U hebt er oog voor. Werkt u hier al lang?"

„Bijna een jaar. Daarvoor heb ik ook in een kledingzaak gewerkt, dus onderhand mag ik er wel een beetje oog voor hebben."

„Sommige verkoopsters leren het nooit. Ze laten me eindeloos passen en ik heb echt een hekel aan die kleine hokjes."

„Ik ook," bekent ze. „Gelukkig dat ik in deze jeansshop werk. Als ik iets leuks zie neem ik het mee naar huis. Meestal past het, maar soms staat iets je gewoon niet. Het is veel prettiger om dat thuis in alle rust te bekijken. Als het niet goed is neem ik het de volgende dag weer mee naar de winkel."

„Ik neem alles."

„Loopt u dan maar mee naar de kassa."

Bij de kassa staat Bianca die de vrouw in de strakke broek een maatje groter heeft kunnen aanpraten. Elise moet wachten tot haar collega klaar is, begint omstandig de kledingstukken op te vouwen en legt alvast een plastic tas klaar. Onderwijl is ze zich intens bewust van zijn blik die op haar rust.

„Ik wil graag pinnen," zegt hij als Bianca klaar is en het veld heeft geruimd. Ze werpt een blik op zijn pasje, maar kan zo snel zijn naam niet ontcijferen. Onhandig stelt ze de pinautomaat in, maakt een fout, waardoor zijn pasje niet geaccepteerd wordt.

„U hoeft niet zenuwachtig te worden," zegt hij. „Ik heb alle tijd. Vandaag heb ik vrij."

„Waar werkt u?"

Het is een stomme vraag, ze heeft daar niets mee te maken, maar de jongeman lijkt er niet van op te kijken. „In hotel Le Soleil," vertelt hij. „Daar ben ik ober. Als u daar eens een kopje koffie komt drinken, zien we elkaar misschien nog eens."

„Ik drink eigenlijk nooit kopjes koffie buitenshuis," bekent ze. „Ik ben niet zo'n horeca-type."

„Misschien kunnen we samen eens een kopje koffie drinken?"

„Ja graag." Ze schrikt van haar eigen gretigheid. Ze kent deze man helemaal niet. Het is belachelijk om een afspraak te maken met een man die ze helemaal niet kent. Haar moeder zou een rolberoerte krijgen als ze ervan zou weten.

„Wanneer hebt u tijd?" informeert hij.

„Een keer na werktijd?"

„Morgen om zes uur?"

„Iets later. Maak er halfzeven van. Dan ben ik helemaal klaar."

„Mag ik uw naam weten?"

Ze schiet bijna in de lach. „Zeg alsjeblieft je en ik heet Elise."

„Ik heet Abdul." Hij steekt haar een hand toe. Een warme hand die ze gretig in de hare neemt. „Ik verheug me op morgen," zegt hij.

„Ik ook." Ze kijkt hem na als hij met de plastic tas de winkel uitloopt, het bescheiden zonlicht van een vroege maartmiddag in. Ze blijft naar de ingang staren alsof ze hem daarmee tracht te overreden om weer terugkomen en nog even met haar te praten.

„Lekkere vent, hè? Volgens mij ontluikt hier een romance. Mooi thema voor een film vol romantiek. 'Liefde in de jeansshop'. Maar pas op! Volgens mij is het een Marokkaan en die buitenlanders kun je niet vertrouwen." Bianca grijnst. „Heb je een afspraakje met hem gemaakt?"

„We gaan morgen samen koffie drinken," geeft ze met tegenzin toe.

„Dat klinkt heel braaf. Volgens mij beginnen buitenlanders altijd heel braaf om zich vervolgens als ware vrouwenverslinders te ontpoppen."

„Overdrijf niet zo."

„Let op mijn woorden. Voor je het weet sta je met een hoofddoekje achter het fornuis, omringd door een stel jengelende koters, omdat Allah het zo wil."

„Je kletst uit je nek."

„Ik waarschuw alleen maar. Kijk eens, daar is dat meisje weer dat net nog riep dat ze hier nooit weer zou komen. Zal ik haar maar voor mijn rekening nemen? Ik hoorde haar zeggen dat jij op een belachelijke manier met klanten omgaat. Ik zal zien dat ik haar een vreselijk duur shirt aansmeer."

Ondanks alles schiet Elise in de lach. Pas als Bianca in de richting van het meisje loopt valt haar oog op de kassabon waarop ze een spijkerbroek en twee poloshirts heeft afgerekend. Ze stopt hem in de zak van haar korte, zwarte overgooier. Morgen zal ze die bon aan Abdul geven.

Wolken hebben de vriendelijke maartzon verborgen als ze naar huis fietst. Ze huivert en trekt de kraag van haar jas hoger op, terwijl ze langs de vertrouwde, nu nog verlaten weilanden fietst die de weg naar het dorp waar ze woont markeren. Het is een hele opgave om elke dag heen en terug meer dan tien kilometer te fietsen, maar autorijlessen heeft ze zich tot nu toe nog niet kunnen permitteren, een bromfiets trekt haar niet en de rit per fiets gaat sneller dan een reis per bus, waarop ze eerst een halfuur zou moeten wachten. Een enkele keer neemt ze het openbaar vervoer, als de kou te heftig is of de wind stormachtig. De fiets heeft zo zijn voordelen. Langzaam laat ze tijdens de rit naar huis de beslommeringen van de winkel achter zich. Ze ziet de jaargetijden ontluiken, ruikt de geur van de lente, de zomer, de herfst en de winter. Van het voorjaar houdt ze het meest. In de boerderijtuinen ziet ze sneeuwklokjes opkomen, gevolgd door krokussen, narcissen en tulpen. Later is er het gezang van vogels, zijn er jonge eenden in de sloot. Vandaag heeft ze geen oog voor de wereld om haar heen. Haar gedachten zijn vervuld van een donkere jongeman. Abdul… zijn naam zingt door haar hoofd. Morgen zal ze hem beter leren kennen, ze zal tegenover hem zitten en zijn stem horen. In de verte ziet ze het dorp. Normaal gesproken versnelt ze haar tempo, nu gaat ze wat langzamer fietsen. Het dorp, haar huis, haar ouders. Wat moet ze hun vertellen? Als ze ronduit zegt dat ze morgen na werktijd koffie gaat drinken met Abdul zal het huis te klein zijn. Ze kent de overbezorgdheid van haar moeder, de rechtlijnigheid van haar vader. Haar moeder zal meteen bang zijn dat Abdul haar zal verkrachten of op zijn minst met een hoofddoek mee naar Marokko zal voeren. Haar vader zal zeggen dat een christenmeisje niet met een moslimjongen hoort om te gaan. Hij zal haar zeggen dat het christendom niet strookt met het islamitische geloof, maar hoe weet ze zo zeker dat Abdul moslim is? Hij kan toch christen zijn? Er bestaan toch zeker moslims die christen geworden zijn, er bestaan toch ook Marokkaanse christenen? Het kan ook zijn dat hij wel moslim is, maar er niet veel meer aan doet. Zijn

Nederlands had wel een licht accent, maar was toch foutloos, wat erop wijst dat hij al heel lang in Nederland woont.
Ze nadert de rand van het dorp. De straten zijn verlaten. In
de huiskamers ziet ze mensen aan de avondmaaltijd. Bij
haar thuis worden de etenstijden aangepast aan haar werk-
tijden, omdat haar moeder het zo ongezellig vindt als ze
later eet. Het doet er niet toe dat ze voor haar laatste verjaardag een magnetron heeft gekregen, waardoor maaltij-
den makkelijk op te warmen zijn. Lidewij Halewijn hecht
aan het gezamenlijk aan tafel zitten. Traag fietst ze het tuinpad op en zet haar fiets in de schuur. Door het grote achterraam ziet ze dat de tafel al gedekt is, haar vader zit in een
fauteuil de krant te lezen. Het is een vertrouwd tafereel.
Waarom bekijkt ze het vandaag ineens met andere ogen?

„Kind, wat ben je laat vandaag, had je wind tegen?"
Lidewij staat met een rood hoofd bij de gootsteen om de
aardappels af te gieten.

„Ik heb nog even met Bianca staan praten," liegt ze. „We
hebben afgesproken om morgen na werktijd samen nog
ergens koffie te gaan drinken. We staan wel de hele dag
samen in de winkel, maar er komt zo weinig van om eens
echt met elkaar te praten. Morgen ben ik dus nog later. Je
hoeft dan niet met het eten op me te wachten, kun je eindelijk je magnetron eens gebruiken." Het verbaast haar zelf
dat de leugens zo makkelijk over haar lippen rollen. Ze
kleurt niet en ze kijkt haar moeder aan alsof ze de waarheid
spreekt.

„Wat ongezellig," moppert Lidewij, onderwijl roerend in
een sausje voor de bloemkool. „Kun je dat niet een andere
keer afspreken?"

„Dan komt er nooit iets van. Bianca en ik leiden allebei
een druk leven. Wat maakt het nou uit als ik eens een keer
een uurtje later kom?"

„Je weet hoe belangrijk ik het vind dat er binnen ons
gezin gezamenlijk gegeten wordt."

„Overmorgen zit ik gewoon bij jullie aan tafel. Mam, ik ben er altijd. Meestal is het Radboud of papa die vroeg weg moet, waardoor we zonder hen eten. Doe toch niet zo moeilijk."

„Als iemand een vergadering heeft of naar de sporthal moet dan is daar niets aan te doen, maar zo'n afspraak kun je mijns inziens best op een ander tijdstip maken."

„Ik heb het je al uitgelegd. Ik ben inmiddels negentien jaar en het wordt tijd dat ik m'n eigen leven ga leiden. Ik weet dat ik me hier in huis aan de regels dien te houden en normaal gesproken is dat ook geen enkel probleem, maar voor morgen wil ik een keer die regels overtreden. Het spijt me."

„Je bent wel de jongste hier in huis. Irmgard en Radboud houden er altijd rekening mee als ze niet wegens school of hun werk later zijn."

„Ik weet het, mam. Ik ben het enfant terrible in huis. Je zult daarmee moeten leven tot ik op mezelf ga wonen. Binnenkort wil ik me laten inschrijven voor een flat. Het lijkt me prettig om in de buurt van m'n werk te wonen. Die fietstocht naar huis is helemaal geen probleem, maar soms lijkt het me gewoon praktisch om niet eerst ruim een half-uur te moeten fietsen voor ik thuis ben."

„Daar hebben we het al vaker over gehad. Je weet dat je ons hier helemaal niet in de weg zit. Ik begrijp het niet. Irmgard en Radboud hebben nooit van die wilde plannen gehad. Toch moet Irmgard ook een tijd reizen voor ze op school is."

„Radboud en Irmgard vinden het maar wat makkelijk om hier thuis in de watten gelegd te worden. Radboud gaat over een jaartje trouwen en laat zich dan lekker door Delia verwennen. Je moet echt niet denken dat ik het hier in huis niet naar m'n zin heb, maar soms verlang ik ernaar om op eigen benen te staan en niet langer verantwoording voor m'n doen en laten te hoeven afleggen. Zal ik die aardappels

13

maar meenemen naar de kamer? Volgens mij is dat sausje van de bloemkool onderhand wel klaar. Nog even, dan roer je dwars door de bodem heen." Ze lacht om haar moeders verbouwereerde gezicht, neemt de pan met aardappels mee naar de kamer en deponeert die op tafel. Haar vader vouwt langzaam z'n krant dicht. „Gaan we eindelijk eten? Wat ben je laat vandaag."

„Morgen is ze nog later." Lidewij is vlak na Elise de kamer binnengekomen. „Ze heeft het ineens in haar hoofd gehaald om ergens met Bianca koffie te gaan drinken. Wat vind jij daar nou van? Vind jij ook niet…"

„Moeder Lidewij, kinderen worden groot, zelfs onze jongste. Daar kun je niets aan doen." Marius Halewijn staat op en schuift aan tafel. „Zolang ze niet elke dag gaat koffie drinken met collega's na werktijd heb ik er geen problemen mee."

„Hier in dit huis hebben we regels," mort Lidewij na.

„Het is belangrijk dat die nageleefd worden, maar wat dat betreft geeft Elise nooit problemen. Bovendien blijft ze niet zomaar weg. Ze geeft duidelijk aan waarom ze morgen wat later is."

„Je neemt het altijd voor je jongste op." De pan met bloemkool wordt met een klap op tafel gezet.

Marius grijnst en kijkt z'n jongste dochter na, die naar de gang verdwijnt om de twee anderen aan tafel te roepen. Lidewij heeft gelijk. Elise is zijn oogappel. Hij is trots op zijn jongste, die uiterlijk zoveel op de Lidewij van vroeger lijkt, maar innerlijk zoveel overeenkomsten met hemzelf vertoont. Hij herkent in haar dezelfde koppigheid als het erom gaat haar doel te bereiken, maar ook haar enthousiasme en doorzettingsvermogen. Wat heeft hij een ellenlange gesprekken met haar gevoerd toen ze aangaf dat ze na haar mavo-eindexamen niet meer verder wilde leren, maar graag in een modezaak zou werken. Ze hield van kleding, was er altijd mee bezig. Met veel moeite en pijn wist hij haar te overreden nog een vervolgstudie te doen, maar toen ze in een damesmodezaak stage moest lopen en de kans kreeg daar voor vast aangenomen te worden, was de keuze voor haar niet moeilijk meer. Ze verkoos de kledingzaak en daar kon niemand iets aan veranderen. Irmgard en Radboud waren heel anders. Beiden studeerden ze verder, ze hadden ook minder moeite met leren. Het was voor hen een vanzelfsprekendheid dat ze thuis bleven wonen. Hij weet dat Elise met plannen rondloopt om een eigen flat te zoeken en het zal hem verschrikkelijk veel moeite kosten om haar te laten gaan, maar hij heeft respect voor haar keuze en herkent ook daarin zijn eigen onafhankelijkheid. Radboud en Irmgard presteren voor de ogen van de buitenwereld veel meer, maar met zijn jongste dochter voelt hij een diepe verbondenheid. Zelf is hij personeelschef bij een groot machinebedrijf. Hij verdient goed, kan zich niet voorstellen dat er mensen zijn die met minder genoegen nemen, maar Elise heeft hem ijskoud gezegd dat ze niet van plan is om zo'n leven te leiden als hij. „Jij komt nooit los van je werk," heeft ze hem voor de voeten geworpen. „Ik wil dat niet. Als ik de deur achter me dichttrek, dan wil ik me vrij voelen en niet het idee hebben dat er nog van alles moet gebeuren. Ik wil werken om te leven en niet leven om te werken. Dat is het grote verschil tussen jou en mij." Hij knipoogt naar haar als ze de kamer weer inkomt en aan tafel schuift. Ze glimlacht een beetje onzeker, houdt zich tijdens het eten afzijdig van de gesprekken. Hij wijt het aan haar aanvaring met Lidewij. Hij weet niet dat er een naam door haar hoofd zingt, een naam die haar tegelijkertijd gelukkig en angstig maakt.

❧2❧

D e volgende dag laat maart zich van zijn slechtste kant zien. Striemende regenbuien maken haar fietstocht naar de boetiek tot een zware opgave. Tegen de wind in staat ze op haar trappers, haar regenjack bolt op. „Ga vanmorgen toch met de bus," heeft haar moeder gezegd. „Het is toch geen weer om te fietsen?"

„Ik wil je vanavond wel ophalen," zei haar vader in een milde bui. „Als je even zegt waar je gaat koffie drinken en op welke tijd ik daar moet zijn…"

„Ik kan m'n eigen boontjes wel doppen en van een beetje regen smelt ik niet."

„Je zult zo verfomfaaid op je werk aankomen."

„Make-up en een kam doen wonderen." Waarom is het vandaag zulk akelig weer? Waarom moet ze steeds smoezen verzinnen? Zijn haar ouders altijd zo meelevend, of valt haar dat nu pas op?

In de winkel is het aangenaam warm. Bianca heeft koffie klaar. „Ik had verwacht dat je met de bus zou komen," begroet ze haar collega. „Dit is hondenweer. Geen fatsoenlijk mens stapt nu op de fiets."

„Ik ben er in ieder geval goed wakker van geworden." Ze staat voor de spiegel en bestudeert haar gezicht. Haar wangen zijn rood van de kou, haar blonde krullen liggen plat op haar hoofd. De mascara op haar lange wimpers is uitgelopen. Voorzichtig werkt ze haar make-up bij, kamt haar haren, die redelijk droog zijn gebleven onder de capuchon van haar regenjack.

„Volgens mij wordt het een rustige dag," voorspelt Bianca. „Niemand voelt met dit weer de behoefte om al aan zijn zomergarderobe te denken. Het is goed dat we vandaag maar met z'n tweeën zijn. Als Marinka ook nog moest werken zouden we elkaar alleen maar voor de voeten lopen."

„Vanavond heb ik die afspraak." Elise pakt haar mok met koffie op.

„Je bent werkelijk van plan met die jongen koffie te gaan drinken?"

„Is daar iets mis mee?"

„Je kent hem helemaal niet."

„Zo gaat dat meestal met afspraken. Ze zijn ook bedoeld om elkaar te leren kennen."

„Ja, hoor eens, ik heb ook vaak genoeg afspraken, maar toch gaat het dan meestal om een jongen die ik heb leren kennen via het uitgaan. Ik vind dit een beetje eng."

„Waarom? Alleen omdat Abdul een buitenlander is?"

Bianca aarzelt. „Ja, misschien speelt dat wel mee."

„Denk je echt dat dit een groter risico inhoudt dan als ik een Nederlandse jongen zou ontmoeten?"

„Ze zijn anders. Ik kan me best voorstellen dat je die jongen aantrekkelijk vindt, hij zag er nog intelligent uit ook met dat brilletje, maar op de een of andere manier past het niet bij je. Jij bent altijd zo bedachtzaam, zo'n degelijk type dat op zondag naar de kerk gaat en druk is met allerlei dingen binnen die kerk. Op de een of andere manier spoort het niet om dan met een wildvreemde buitenlandse jongen koffie te gaan drinken. Je moet echt halsoverkop verliefd op die knul zijn geworden en dat past werkelijk niet bij je. Wat zeggen je ouders ervan? Die zullen er toch ook niets van begrijpen."

„Dat is een beetje een probleem. Ik heb het niet verteld thuis. Ik heb hun gezegd dat ik vanavond met jou een kop koffie ga drinken, omdat er in de winkel zo weinig van komt om eens lekker met elkaar te praten."

„Daar was ik al bang voor. Ik word nog medeplichtig."

„Ik vind het zelf ook vervelend, maar het zou thuis de grootste bonje geven ook."

„Dat zal het sowieso doen als ze erachter komen. Hoe

denk je dat in de toekomst te gaan doen als je werkelijk iets voor die jongen blijft voelen? Gaan we dan elke avond koffie drinken? Moet ik ook gaan liegen als ik je moeder toevallig een keer tref? Daar heb ik eigenlijk helemaal geen zin in."

„Toe Bianca, voor één keer maar."

„Als het dan maar bij die ene keer blijft. Joh, Elise, dit ken ik echt niet van je. Als ik een keer vloek dan krijg ik de wind van voren van je, je gaat elke zondag naar de kerk, je hebt het over de kindernevendiensten, je vertelt me over de bijbel als het zo uitkomt en dan nu dit... Pas alsjeblieft goed op. Die jongen heeft je het hoofd goed op hol gebracht, maar blijf alsjeblieft je verstand gebruiken."

„Ik gebruik mijn verstand!"

„Dat hoop ik dan maar. Ik ga de winkel op orde brengen. Over een kwartier moet de zaak open. Natuurlijk zal ik je niet in moeilijkheden brengen als je moeder of vader of weet ik veel wie informeert of we inderdaad samen koffie hebben gedronken, maar ik ben het er niet mee eens."

„Vertel jij alles aan je ouders?"

„Ze zijn niet geïnteresseerd. Ik leid m'n eigen leven, ik heb hier m'n flat en af en toe ga ik eens een weekend naar mijn ouderlijk huis, wat over het algemeen geen succes is. Jij komt uit een ander nest, Elise. Dat kun je soms als beklemmend ervaren, maar als je ooit uit huis gaat weet ik zeker dat je er nog eens met weemoed aan zult terugdenken."

Met een klap zet ze haar koffiemok neer en loopt de winkel in. Elise kijkt haar collega na. Haar hoofd is een chaos vol verwarrende gedachten. De dag lijkt eindeloos voor haar te liggen. Ze verlangt naar sluitingstijd en tegelijk beangstigt dat moment haar. Hoe zal het zijn? Wat verwacht Abdul van haar? Met een ferme klap zet ook zij dan haar mok op de tafel. Misschien valt het ontzettend tegen en blijkt meteen de eerste avond al dat Abdul en zij helemaal niet bij elkaar passen. Dan heeft ze zich zorgen voor niets gemaakt en dat is het stomste wat een mens kan doen.

Ze ziet hem al staan als ze samen met Bianca de kledingrekken van onder de overkapping naar binnen zet. De regen is opgehouden, al is de dag grauw en kil gebleven. Hij draagt een leren jack op een spijkerbroek, dé spijkerbroek die zij hem gisteren heeft aangepraat. Aarzelend steekt ze haar hand op, hij glimlacht en beantwoordt haar groet. Het is rustig gebleven vandaag, zoals Bianca al had voorspeld. De dag is tergend langzaam voorbijgegaan. Nu het moment daar is waar ze naar heeft uitgezien, voelt ze zich nerveus. „Ga jij maar vast, ik sluit wel af. Die vrijer staat al op je te wachten." Bianca grijnst. „Doe je wel een beetje voorzichtig? Ik hoor morgen wel van je hoe het is afgelopen."

„Hartstikke bedankt, als ik ooit iets voor je terug kan doen…"

„Hou op met die dankbetuigingen. Pas nou maar goed op jezelf."

„Hallo." Zijn stem is naast haar als ze haar fiets pakt en haar regenpak onder de snelbinders sjort.

„Je bent dus wel gekomen?" Ze lacht een beetje schaapachtig. Zijn donkere ogen vangen de hare en ze realiseert zich dat er geen weg terug meer is.

„Ik houd me altijd aan afspraken en dit was een heel belangrijke."

Zijn tanden zijn heel wit als hij lacht, ze kleurt onder zijn blik. „Zal ik maar fietsen? Jij mag achterop."

„Ik ben zwaar. Wil je niet liever lopen?"

„Jij zwaar? Jij bent een veertje."

Het is alsof ze even later niet zelf achterop zit boven op haar regenpak, alsof het een ander is en zij met grote ogen toekijkt. Ze heeft de hele dag van deze jongen gedroomd. Nu zit ze op de bagagedrager van haar eigen fiets, terwijl hij trapt en zij haar armen om zijn middel geslagen heeft. De uitlopende pijpen van haar verder strakke, zwarte broek wapperen in de frisse wind, maar haar wangen zijn warm. Het is vreemd en toch is het alsof het zo hoort, het is vertrouwd, alsof ze altijd al samen zijn geweest.

„Waar wil je heen?" informeert hij.

„Maakt niet uit, zoek maar een leuke gelegenheid. Waarschijnlijk heb jij daar meer kijk op dan ik."

Hij fietst, houdt stil bij een restaurant waar ze altijd langs fietst op weg naar huis, maar dat ze nog nooit van binnen heeft gezien. Het is er rustig. Hij hangt haar jas aan de kapstok en schuift haar stoel naar achteren, zodat ze kan gaan zitten. Het is een gebaar dat ze niet gewend is en dat ze toch als heel plezierig ervaart. Hij bestelt twee koppen koffie en terwijl ze wachten op de bestelling, buigt hij zich naar haar over. „Elise," zegt hij. „Jouw naam heeft de hele dag door mijn hoofd gespookt."

„Ik moest ook steeds aan jou denken," bekent ze.

„Dat voelde ik."

Ze kijkt ongelovig en hij lacht. „Ik voelde het echt. Ergens diep in mij was de zekerheid dat je aan mij dacht."

De serveerster brengt dampende koffie. Abdul buigt zich opnieuw naar haar over. „Ik wil alles van je weten. Alles..."

„Zoveel heb ik niet te vertellen. Je weet dat ik in die zaak met vrijetijdskleding werk. Ik heb een broer, een zus."

„Hoe oud ben je?"

„Negentien."

„Ik ben vierentwintig."

„Net zo oud als mijn broer Radboud."

„Mooie naam, Radboud, maar niet zo mooi als Elise. Als ik Elise zeg gaan er klokjes luiden. Kleine zilveren klokjes."

„Wat zeg je dat mooi."

„Zo voel ik dat. Woon je nog bij je ouders thuis?"

Ze drinkt met kleine, aarzelende slokjes van haar koffie.

„Ik heb plannen voor een eigen flat. Mijn ouders zijn schatten en ik kan ook goed met m'n broer en zus overweg. Ze zijn allebei ouder en schijnen niet over een eigen huis te denken. Ja, m'n broer wil volgend jaar trouwen, maar tot die tijd blijft hij gewoon thuis wonen. Ik heb daar andere ideeën over. Zelfstandig zijn, een eigen leven opbouwen, een stukje voor mezelf. Woon jij nog bij je ouders?"

„Die leven in Marokko. Mijn vader heeft hier jaren gewerkt, maar mijn moeder heeft altijd heimwee naar haar geboorteland gehad. Mijn oudste zus woont hier nog. Zij is net als ik in Nederland gebleven. Ik mis mijn ouders, maar het is beter dat ze teruggegaan zijn, samen met mijn jongere zusjes en broertje."

„Voel jij nooit de behoefte om terug te gaan?"

„Ik woon hier vanaf m'n tiende jaar. Hier ben ik opgegroeid, heb vrienden gekregen, hier heb ik werk. Marokko is een mooi land. Ik ga graag naar Marokko, ik mis mijn familie vreselijk, maar hier speelt mijn leven zich af."

„Vinden je ouders dat niet erg?"

„Natuurlijk heeft mijn moeder er soms moeite mee, maar in Marokko is zij gelukkig. Daar woont het grootste deel van haar familie. Het is belangrijk dat je woont waar je gelukkig bent. Dan krijgt heimwee geen kans. Van heimwee word je ongelukkig." Hij beweert het stellig, zijn donkere ogen vast gericht op haar heldere blauwe. Ze vindt hem ontroerend, maar tegelijkertijd veel volwassener dan zijzelf. Zij wil op zichzelf gaan wonen, maar wel in de buurt van haar ouders, zodat ze nog eens kan aanwippen als ze daar behoefte aan heeft. Het zou voor haar onvoorstelbaar zijn om zo'n twee- of drieduizend kilometer bij haar ouders vandaan te wonen. Ze zou ziek worden van heimwee. Abdul kijkt op z'n horloge. „Lust je nog een kopje koffie, of moet je naar huis?"

Ze wil nog niet naar huis. Ze wil hier tegenover hem blijven zitten en verdrinken in de blik in zijn ogen, ze wil eindeloos naar zijn stem luisteren. „Ik lust nog wel een kopje," zegt ze. „Mijn ouders weten niet beter dan dat ik met een collega ergens ben gaan koffie drinken. Ik heb hun gezegd dat ik later naar huis kom."

„Maar je hebt hun niet verteld dat je met mij koffie ging drinken," constateert hij.

„Mijn ouders zijn nogal snel ongerust."

„En ik ben een buitenlander."

„Nee, jij bent een jongeman die ik eigenlijk helemaal niet ken."

Abdul zwijgt even, houdt dan de serveerster tegen en bestelt nogmaals twee koppen koffie.

„Je hebt gelijk," merkt hij peinzend op. „Het was niet fair van me om dat te zeggen. Je moet van me aannemen dat ik je werkelijk heel aantrekkelijk vind, maar ik ben voorzichtig. We moeten elkaar beter leren kennen en het is goed dat niet iedereen daarvan op de hoogte is."

„Ben jij moslim?" De vraag rolt er zo maar uit.

„Zou dat iets aan de zaak veranderen?"

„Niet aan mijn gevoel voor jou," zegt ze eerlijk. „Ik zou het wel moeilijk vinden. Christendom en de islam verdragen elkaar slecht."

„Is dat zo?"

„Doe niet alsof je dat niet weet."

„Misschien zeg je het verkeerd. Misschien zijn het de gelovigen die elkaar slecht verdragen. Ik ben inderdaad moslim, ondanks het feit dat ik het grootste deel van mijn leven in Nederland gewoond heb. Het is soms moeilijk te leven in een wereld die aan alle kanten aan je trekt. Ik heb hier mijn vrienden. Nederlandse vrienden. Sommigen geloven nergens in, anderen zijn overtuigd christen. Ik praat vaak met mijn vrienden over het geloof, omdat het een belangrijke plaats in mijn leven inneemt. Vannacht heb ik erover nagedacht. Ik heb me afgevraagd wat er allemaal op mij maar ook op jou zal afkomen als dit samenzijn uitloopt op meer. Ik weet eigenlijk zelf niet wat me bezielt, maar gisteren in die winkel zag ik jou en ik wist op dat moment zeker dat jij een vrouw bent die ik beter wil leren kennen. Ik begrijp dat jij christen bent?"

„Ja," zegt ze. „Een overtuigd christen."

„Weet jij iets van de islam?"

„Niets. Ik weet dat christenen in islamitische landen vervolgd worden. Ik weet dat ze het daar heel moeilijk hebben. Ik weet dat jullie in Allah geloven."

De serveerster die koffie neerzet ervaart ze bijna als hinderlijk op dit moment. „Ik weet dat ik in God geloof, ik geloof dat Hij zijn Zoon gaf voor onze zonden en volgens mij is dat bij jullie anders."

„De koran is een moeilijk boek, evenals de bijbel. Ik ben geen imam, ik weet ook niet alles, maar die Zoon van God erkennen wij niet. Jezus is een groot profeet, maar het is fout Hem de Zoon van God te noemen. Er is maar één God en dat is Allah."

„God en Jezus zijn één. De Vader en de Zoon zijn in wezen dezelfde."

„Dat kan ik niet geloven. Jezus was mens, een groot profeet, maar geen God."

„Hoe kunnen twee godsdiensten elkaar verdragen als er zo'n wezenlijk verschil is?"

„Ze moeten elkaar de ruimte geven. Je had het net over christenen die vervolgd worden in islamitische landen. Ik geloof niet dat Allah dat wil. Allah geeft ons vrijheid. Er wordt ons respect voor de schriftgelovige geleerd. Met die schriftgelovigen worden de joden en christenen bedoeld. Zolang een islamiet zich niet bekeert tot het christendom of een christen niet evangeliseert is die vrijheid er. Allah geeft de mens de vrijheid om te kiezen. Voor Hem of tegen Hem. Die vrijheid mogen we elkaar als mens niet ontnemen."

„Is dat ook haalbaar binnen een relatie, als je zo van mening verschilt over je geloof?"

„Ik zou je graag vaker willen ontmoeten. We zouden hierover van gedachten kunnen wisselen. De tijd zal het leren of twee religies binnen een relatie elkaar verdragen."

Ze kijkt naar hem, terwijl hij rustig in zijn kopje roert en ineens weet ze dat zij dat ook wil. Ze houdt van hem. Ze is van hem gaan houden op het moment dat hij de winkel binnenstapte en zij zo bang was dat hij weer zou gaan. Ze is zich bewust van haar hart dat met snelle slagen klopt, van haar handen die klam zijn geworden, van zijn blik die nu weer op haar rust.

„Ik wil dat ook," zegt ze. „Maar ik denk aan mijn ouders, aan mijn vrienden, aan al die mensen die zullen zeggen dat het niet mag, dat het niet haalbaar is, dat ik verkeerd bezig ben."

„Ik begrijp heel goed dat je het nog niet aan je ouders vertelt. Zodra de buitenwereld iets van een relatie bemerkt zal hij over ons heen vallen. Op een dag zal de tijd er rijp voor zijn. Eerst is het belangrijk dat we zeker van elkaar zijn, daarna zullen we die buitenwereld kunnen trotseren."

Hij kijkt weer op z'n horloge en zij volgt z'n gebaar, schrikt van de tijd. Snel drinkt ze haar kopje leeg. „Mijn ouders zullen niet weten waar ik blijf. Ik zal even betalen."

„Ik heb jou uitgenodigd, dus ik betaal." Normaal zou ze tegenspreken. Normaal als het een Karel was, of een Kees of een Hans. Ze zou hun vertellen dat ze een zelfstandige jonge vrouw is, die zelf in staat is om haar kopje koffie af te rekenen. Nu zegt ze alleen: „Dank je."

Hij brengt haar naar haar fiets. „Zie ik je nog eens?"

„Graag," zegt ze. „Heel graag zelfs. Ik vond het erg prettig om kennis met je te maken en nu al zulke gesprekken te voeren." Het klinkt zo formeel, maar ze weet niet hoe ze het anders moet zeggen.

„Drinken we binnenkort samen nog eens iets?"

„Als je vrij bent. Wacht maar op me buiten de winkel."

„Wanneer?"

„Overmorgen?"

„Dan moet ik werken, maar vrijdag kan ik wel."

„Misschien kom ik in Le Soleil weleens een kop koffie drinken."

„Wacht maar tot ik je kom halen."

„Misschien is dat beter. Vrijdagavond moet ik tot negen uur werken, maar daarna heb ik wel een poosje tijd."

Ze zal een smoes bedenken. Nog even stappen met haar collega's, op bezoek bij een vriendin of een onverwacht feestje.

„Abdul..." zegt ze en steekt haar hand uit. Hij pakt haar warme hand en zij is het die hem heel voorzichtig een kus op z'n wang geeft. „Bedankt en tot vrijdag."

Als ze bij hem vandaan fietst vraagt ze zich af hoe het komt dat hij zo'n indruk op haar maakt. Wat hem zo anders doet zijn dan al die andere jongens die ze kent. Ze kent het antwoord. Het is het respect dat hij voor haar toont. Al die andere jongens zouden haar meteen tegen zich hebben aangetrokken. Ze zouden haar hartstochtelijk hebben gekust, haar misschien hebben betast, maar Abdul heeft alleen zijn hand langs haar gezicht laten glijden. Met een gevoel van geluk zwaait ze nog een keer naar hem en onderweg naar huis verzint ze allerlei smoezen voor haar wel erg late thuiskomst.

„Is het niet wat overdreven laat geworden?" De hele familie zit saamhorig bij elkaar naar het journaal te kijken.

Het is haar vader die haar op deze manier begroet. Ze heeft de smoes onderweg gerepeteerd en het verwondert haar opnieuw dat het antwoord haar zo gemakkelijk over de lippen rolt.

„Bianca en ik hadden allerlei gesprekken over het geloof en daardoor vergaten we de tijd. Het is prettig om elkaar op zo'n heel andere manier te leren kennen."

Ze is zo vol van het gesprek met Abdul, ze zou haar vader willen vragen hoe het precies zit met de islam. Ze zou hem willen vertellen dat ze de geweldigste man van de wereld heeft ontmoet. Ze slikt al haar woorden in.

„Volgens mij heb je wel vier koppen koffie gedronken," vervolgt haar vader. „Je hebt daar toch zeker niet gegeten?"

„Nee." Ze probeert haar ogen niet neer te slaan. Haar wangen voelen warm aan, maar iedereen zal het wijten aan de kille tegenwind. „Je weet hoe dat gaat. In de winkel is er vaak geen gelegenheid om te praten, maar als je zo bij elkaar zit krijg je soms hele gesprekken en dan vergeet je de tijd."

„Kind, ik was doodongerust," bemoeit haar moeder zich ermee. „We hebben allang het eten op, maar ik heb iets voor je op een bord gedaan. Zal ik het in de magnetron zetten?"

„Ik zal het zelf wel in de magnetron zetten." Ze voelt een vaag schuldgevoel als ze naar haar moeder kijkt. Het is een opluchting om de woonkamer te kunnen ontvluchten en de blikken van haar voltallige familie even niet te hoeven trotseren. In de keuken neuriet ze als ze het bord in de magnetron zet en op de tiptoets drukt. Het bord draait rond. Ze staat erbij en kijkt ernaar, terwijl haar gedachten naar Abdul afdwalen. Wat zou hij nu doen? Is hij direct naar z'n huis gegaan? Waar woont hij eigenlijk? Abdul... Ze kent hem nauwelijks, maar toch heeft ze een intenser gesprek met hem gevoerd dan ze ooit deed met haar vrienden. Ze voelt warmte en tegelijkertijd is er een chaos van gedachten, die haar overrompelt. Ze verlangt naar haar kamer om zich terug te trekken om al die verwarde gevoelens in alle rust een plek te kunnen geven. Het pieptoontje van de magnetron haalt haar uit haar gedachten. Ze heeft helemaal geen trek. Ze wil niet terug naar de kamer, waar haar familie zit te wachten, maar er is geen uitweg.

„Als je nu weer zoiets doet," steekt haar vader meteen

van wal, „bel ons dan even, want we waren doodongerust."

„Je wist toch dat ik later kwam."

„Dat het zo laat zou worden hadden we niet verwacht."

„Het spijt me."

„Het was stil zonder jou aan tafel," klaagt Irmgard.

„Zolang jij nog aan tafel zit zal dat wel zijn meegevallen. Mag ik dan nu een moment stilte?" Ze vouwt haar handen en sluit haar ogen, maar eigenlijk weet ze niet wat ze moet bidden. Als ze vindt dat het lang genoeg heeft geduurd, opent ze haar ogen weer. „Voor ik het vergeet te zeggen..."

„Amen is geen startschot," sneert Radboud.

„Bemoei je er niet mee. Ik wilde zeggen dat ik vrijdag-avond na sluitingstijd nog met Bianca naar een feestje ga."

„Wat voor feestje?" informeert haar moeder en ze bedenkt dat ze nog even had moeten wachten, zich beter had moeten voorbereiden op de dingen die ze wilde zeggen.

„Marinka is jarig geweest. Bovendien heeft ze sinds kort een eigen flat. Die wil ze inwijden. Ik ben ook uitgeno-digd."

„Ik dacht dat jij het nooit zo op feestjes van je collega's had. Je riep altijd dat je mensen, met wie je de hele week al in de winkel staat, niet ook nog eens op feestjes wilt tegen-komen," informeert Irmgard verbaasd.

„Een mens kan toch van gedachten veranderen. Ik krijg steeds vaker het gevoel een buitenstaander te zijn, juist doordat ik me steeds afzijdig houd."

„Hoe laat denk je het dan te maken?" vraagt haar moeder bezorgd.

„Dat hangt van het feest af. Als het gezellig is, blijf ik nog even hangen. De volgende dag ben ik vrij."

„Hoe denk je dan thuis te komen?"

„Ja wat denk je, met de fiets natuurlijk." De vragen van haar moeder irriteren haar. Straks biedt haar vader nog aan om haar met de auto te halen.

„Ik vind het niet prettig als mijn dochter nog zo laat op de avond helemaal vanuit de stad hiernaartoe moet fietsen."

„Alsof ik dat niet vaker heb gedaan."

„Nee, want je gaat haast nooit naar dat soort late feestjes toe en als je wel gaat dan ben je meestal wel met de een of andere aanbidder onderweg, die je keurig voor de deur afzet."

„Je moeder heeft gelijk. Ik vind het ook niet prettig als je dat eind alleen moet fietsen," bemoeit haar vader zich er nu mee.

„Je grote zus wil je wel vergezellen," biedt Irmgard met een grijns aan.

„Als je het maar laat!"

„Dat is natuurlijk onzin. Bestaat er geen mogelijkheid dat je bij die Marinka blijft slapen?"

„Ik kan het vragen, maar misschien zijn er wel meer lui die deze richting uit moeten en met me op willen fietsen."

„Ik wil niet kinderachtig doen, maar ik zou het wel prettig vinden als ik zeker weet dat je daar kunt overnachten. Onze moederkloek zal geen oog dichtdoen als ze niet zeker weet of je daar blijft." Marius Halewijn kijkt zijn dochter onderzoekend aan. Ze ontwijkt zijn blik, het valt hem op en maakt hem onrustig.

Het is een opluchting als ze haar bord eindelijk leeg heeft en ze terug naar de keuken kan gaan om het af te wassen.

„Zet je even koffie?" vraagt haar moeder.

„Ik wil het wel zetten, maar ik ga zelf naar bed. Ik heb een gruwelijke hoofdpijn, het zal wel van de koude regen van vanmorgen komen en vanavond was het op de fiets ook niet bepaald een pretje."

Opnieuw die onderzoekende blikken, of verbeeldt ze zich dat?

De onrust groeit haar boven het hoofd. Ze wil hier weg, ze moet hier weg voor ze zichzelf verraadt. „Het spijt me," zegt ze voor ze naar de keuken gaat. Ze weet zelf niet wat haar spijt. De leugens waar ze niet aan gewend is of het feit dat ze met niemand haar gevoelens kan delen, de gevoelens die haar hoofd zo vol maken. Het is net alsof het erg stil blijft als zij naar de keuken loopt, of verbeeldt ze zich dat ook?

⇥3⇤

Drie weken kent ze Abdul nu. De weken lijken meer dan zeven dagen te hebben geteld, het is onvoorstelbaar dat ze Abdul pas eenentwintig dagen kent. Hij is een deel van haar geworden en zonder dat deel lijkt het onmogelijk verder te leven. Ze moeten het hebben van gestolen ogenblikken, korte momenten en ze wil meer, veel meer. Hij staat vrijwel elke avond bij de winkel op haar te wachten. Tegenwoordig komt hij met z'n eigen fiets. Hij begeleidt haar tot de rand van het dorp en ze geniet van die momenten, maar steeds blijft de vrees aanwezig dat ze samen gezien zullen worden. Er zullen altijd mensen zijn die het nodig vinden haar ouders in te lichten. Elke avond is er onrust in haar als ze thuiskomt. Elke keer tast ze de gezichten van haar ouders af. Weten ze het? Ze is een meester in het verzinnen van smoezen geworden en ze kan zichzelf daarom verachten. Waarom speelt ze geen open kaart? Is het zo verkeerd wat ze doet? Is het verkeerd als twee mensen van elkaar houden? „We moeten elkaar eerst nog beter leren kennen," heeft Abdul gezegd. „De wereld zal ons veroordelen als we de waarheid naar buiten brengen. Daarom moeten we volkomen zeker van elkaar zijn. We zullen elkaar hard nodig hebben als het zover is." Wanneer zal het zover zijn? Op welk tijdstip zijn ze sterk genoeg om de kritiek, het ongeloof, de afkeuring van familie en vrienden te verdragen? Moeten ze nu nog een week zo verder, een maand, een jaar misschien? Zullen ze ooit zover komen? De gesprekken met Abdul zijn in deze drie weken intensiever geworden. Hoe kunnen ze de verschillen in cultuur en godsdienst overbruggen? Is het mogelijk om elkaar daarin ook in de toekomst vrij te laten, als ze ooit werkelijk samen zullen zijn, trouwen en kinderen krijgen? Met enige regelmaat denkt ze aan de vriendjes die ze voor Abdul had. Het heeft nooit veel voorgesteld. Het waren vriendjes voor een feestje, voor een paar weken plezier. Daarna was het weer voorbij. Ze had nooit aan trouwen gedacht, aan kinderen krijgen. Ze was nog zo jong. Met negentien jaar schuif je dat soort dingen op de lange baan. Er zijn nog zoveel andere dingen te doen. Nu zijn ze essentieel geworden, is het onmogelijk om daarover niet te denken. Met Bianca kan ze haar gevoelens tot op zekere hoogte delen. „Het is jouw leven," heeft Bianca gezegd. „Daar kan niemand iets aan veranderen. Als jij meent dat je gelukkig met die jongen zult worden dan moet je het niet laten. Ik begrijp niet helemaal waarom je zo moeilijk doet. Jullie komen uit een andere cultuur, maar Abdul woont al jarenlang in Nederland, hij is helemaal ingeburgerd. Wat die godsdienst betreft, dat is iets van jezelf. Het moet toch mogelijk zijn om samen te leven en elkaar daarin vrij te laten? Je bent toch een moderne, jonge vrouw en je bent zeker de enige niet met een gemengde relatie. Volgens mij geloven jullie in dezelfde God, alleen Abdul noemt die God Allah. Wat is daar nu moeilijk aan?"

Hoe kan ze Bianca duidelijk maken dat voor haar de Zoon van God zo belangrijk is, dat Hij de essentie van het christendom uitmaakt en dat juist dat het grote struikelblok is? Dagdromen zijn een onderdeel van haar bestaan geworden. Elk mens dagdroomt soms, maar bij haar lijkt het een groot deel van haar leven te beheersen. Gedachten die naar Abdul gaan in de momenten dat ze even niet actief hoeft te zijn, gedachten aan de toekomst. Ze heeft altijd gestaan voor wat ze wilde, ze heeft haar zin doorgedreven, zelfs als haar ouders het niet met haar eens waren. Waar is nu die twijfel vandaan gekomen? Ze staat in de winkel en kijkt naar de klok. Nog een halfuur voor ze kunnen sluiten. Steels kijkt ze naar buiten of ze al een glimp van Abdul ziet. Mensen lopen voorbij, sommigen blijven staan bij de rekken, nemen kledingstukken in hun handen, hangen ze weer terug en lopen verder. Ze legt truien op een stapel. Het is onvoorstelbaar wat klanten soms uithalen. Het schijnt onmogelijk te zijn om spullen fatsoenlijk terug te leggen. Er lopen opnieuw mensen binnen. De laatste week van maart heeft een voorproefje van de lente gegeven. De dagen zijn zacht en de aarde is gehuld in een aarzelende, groene waas van ontluikend leven. Het is het startsein voor een nieuwe garderobe. Een pukkelige jongen staat met zijn moeder te redetwisten over een shirt. „Ik vind die opdruk vreselijk," hoort ze de moeder zeggen. „Dat shirt met die strepen is veel mooier. Het wordt zo schreeuwerig, zo ordinair met die opdruk."

„Kan ik u misschien helpen?" Ze laat de truien rusten.

„Mijn zoon en ik zijn het niet eens over die shirts. Hij wil beslist zo'n belachelijk ding met opdruk. Ik vind die gestreepte veel beschaafder."

Ze aarzelt even, kijkt naar het ongelukkige gezicht van de jongen, die ze op een jaar of vijftien schat. Ze ziet hem al over het schoolplein lopen in dit gestreepte shirt dat zijn vader vast ook niet zou misstaan.

„Ik denk dat de kleur van dat andere shirt hem beter zal staan," oppert ze. „Ik kan me voorstellen dat hij dat shirt met die letters mooier vindt. Het past beter bij zijn leeftijd." Het levert haar een dankbare blik van de jongen op.

„Ik vind het zonde om daar m'n goede geld aan uit te geven. Die shirts zijn belachelijk duur," houdt zijn moeder vol.

„Ik wil het zelf wel betalen, mam."

„Jij…" Er klinkt onverholen afkeuring en ongeloof door in de stem van de vrouw en het lijkt alsof de lange slungel ineenkrimpt, of hij kleiner wordt.

„De kwaliteit van dit shirt is heel goed," probeert Elise. „Hij zal er jaren plezier van hebben."

„Als hij tenminste eindelijk stopt met groeien. Hij wordt net zo'n lange slungel als zijn vader."

Ze voelt woede als ze de onzekerheid van de jongen ziet. Woede ten opzichte van dit mens dat alleen haar best lijkt te doen om hem nog onzekerder te maken.

„Lange mannen zijn prachtig," ontglipt haar. „Bovendien heeft uw zoon mooie, brede schouders. Daar zou menige volwassen man jaloers op zijn." Ze weet zelf niet wat haar bezielt, maar ze wil deze jongen laten merken dat hij de moeite waard is, ondanks de boosaardigheid van zijn moeder.

„Nou, nou, u neemt het wel voor hem op."

„Ik kan me voorstellen dat hij dat gestreepte shirt niet mooi vindt," gaat ze door zonder op het verongelijkte gezicht van de vrouw te letten. „Het is te oubollig voor hem. Lengtestrepen maken nog langer. Dit rode shirt zal hem werkelijk beter staan."

„Jij hebt het laatste woord." De vrouw lacht ineens. „Kom Frans, je krijgt je zin." De jongen loopt direct naar de kassa toe, alsof hij bang is dat zijn moeder alsnog van gedachten zal veranderen. Elise rekent af, werpt onderwijl een blik naar buiten, ziet Abdul, voelt een glimlach omhoog kriebelen, maar dan stokt de adem in haar keel. Een paar meter van Abdul vandaan staat Irmgard met haar fiets.

Het gevoel van geluk verandert in paniek, ergens voelt ze woede. Wat doet Irmgard hier? Waarom komt haar zus haar ophalen? Wat moet ze in vredesnaam doen? Haar handen beven ineens, ze staat midden in de winkel en is niet in staat tot handelen. „Doe jij de deur vast op slot? Het is al zes uur. We kunnen opruimen en om eerlijk te zijn ben ik daar blij om." Bianca loopt bedrijvig door de winkel.

„Doe jij de deur maar op slot." Ze wil niet in de buurt van de deur komen. Ze wil Irmgard niet zien, ze weet niet welke houding ze zich tegenover Abdul aan moet meten.

„Problemen?" Bianca haalt haar schouders op. „Je vrijer staat al op je te wachten."

Ze antwoordt niet, loopt Marinka voorbij die haar ook enigszins bevreemd aankijkt en haalt de stofzuiger op. Verwoed gaat ze aan de gang, vermijdt het kijken naar de deur, haar gedachten razen met het geluid van de stofzuiger mee.

„De winkel is nu wel schoon, dacht ik zo." Het is opnieuw Bianca die haar tot de orde roept. „Kan ik je misschien ergens mee helpen?"

Ze ziet Marinka en besluit niets te zeggen. Heeft Bianca zelf nog niets gemerkt?

„Ik leg het wel een keer uit," zegt ze, zet de stofzuiger in de kast, trekt haar jas aan en loop achter de anderen aan naar buiten. Abdul staat alleen voor de winkel. Irmgard schijnt verdwenen, dan ziet ze haar zus een eind verderop staan voor een cd-winkel. Ze steekt haar hand op, werpt een snelle, verontschuldigende blik in de richting van Abdul, pakt haar fiets en loopt naar Irmgard. „Wat kom jij hier doen?" Haar stem klinkt luid, zodat Abdul haar zal kunnen horen en misschien zal begrijpen.

„Ik was vanmiddag vroeg vrij en ik had zin om de stad in te gaan. Ik had nog het een en ander nodig voor school en inmiddels was het zo laat geworden dat ik bedacht dat ik net zo goed even op jou kon wachten om samen naar huis te fietsen."

„Gezellig." Er klinkt geen enkel enthousiasme in haar stem. In haar rug voelt ze de ogen van Abdul prikken. Ze heeft het gevoel dat ze hem afwijst, ergens voelt ze een heftige pijn opkomen. „Laten we dan maar gaan," zegt ze mat.

„Heb je het druk gehad vandaag?" informeert Irmgard. Ze lijkt niets in de gaten te hebben.

„Behoorlijk. Het weer slaat om. Mensen voelen plotseling de neiging om hun garderobe aan te vullen." Haar stem klinkt vlak. Automatisch beantwoordt ze de vragen van haar zus. Zacht streelt de wind langs haar gezicht, terwijl ze langs de vertrouwde route fietsen. Samen met Abdul geniet ze altijd van dit ritje. Ze wijzen elkaar op tekenen van de naderende lente. De eerste lammetjes in de wei, het groen dat langzaam helder wordt, narcissen, tulpen en het uitbotten van de forsythia. Nu ziet ze niets van haar omgeving. Het beeld van Abdul tegenover de winkel staat op haar netvlies gegrift. Wat doet hij nu? Wat denkt hij, wat voelt hij?

„Er stond ook nog een jongen voor de winkel te wachten," hoort ze Irmgard dan zeggen. Ze voelt haar nekharen rijzen.

„Is dat de vriend van Bianca of zo?"

„Misschien," houdt ze zich op de vlakte.

„Dat weet je toch wel?"

„Bianca heeft zoveel vriendjes. Dan staat er weer een blonde vent te wachten, dan weer een met rood haar en een volgende keer een met zwart haar. Ik heb geen idee."

„Volgens mij liep Bianca hem zo voorbij en dat andere meisje ook. Jij keek hem ook niet aan."

„Dan staat hij misschien op iemand anders te wachten. Ik heb geen idee en ik houd dat ook niet allemaal bij."

„Ik wist niet dat je kwaad werd."

„Ik word niet kwaad." Ze voelt zich een verrader, alsof ze met haar woorden haar relatie met Abdul tot iets waardeloos bestempelt. Ze is niet kwaad, ze is bezorgd, verdrietig.

„Volgens mij waardeer je het niet echt dat ik op je gewacht heb," gaat Irmgard onbarmhartig verder. Waarom houdt ze haar mond niet?

„Natuurlijk waardeer ik dat, maar ik ben nooit zo spraakzaam als ik uit mijn werk kom."

„Behalve als je met Bianca koffie gaat drinken."

„Wat is dat nu weer voor onzin?"

„Je bent steeds vaker hartstikke laat thuis. Je drinkt koffie met Bianca of... Als er iets aan de hand is moet je het gewoon zeggen."

„Er is niets aan de hand."

Er volgt een stilte, een stilte die langzaam pijnlijk wordt. Ze kan zich niet herinneren dat het ooit zo moeilijk is geweest om een gesprek met Irmgard op gang te houden. Ze hebben ook nooit eerder werkelijk geheimen voor elkaar gehad.

„Vanmiddag kwam er een moeder met een zoon in de winkel," opent ze het gesprek weer. Ze moet praten, net doen alsof er niets aan de hand is. Morgen fietst ze weer met Abdul naar huis. Ze zal hem kunnen zeggen wat er aan de hand was. Hij zal het kunnen begrijpen. Hij moet het kunnen begrijpen. Nu is het zaak normaal te doen. Irmgard mag niets weten. Nu nog niet.

„Wat een ellendig mens was dat," gaat ze verder.

In de verte ligt het dorp. Ze is bijna thuis. Thuis, het woord alleen al vervult haar met tegenzin.

„Ik ga nog even naar opa," kondigt ze na het eten aan. Ze moet weg, even de wind door haar haren voelen, ontsnappen aan de blikken van haar familie. Ze moet een moment zichzelf kunnen zijn.

„Zal ik met je meegaan?" Irmgard gaat vaak mee naar haar opa. Hij vindt het gezellig als zijn beide kleindochters op bezoek komen, maar vanavond wil ze het niet. Niet weer met Irmgard onderweg. Ze wil alleen zijn, heel even maar op de weg van huis naar opa en weer terug.

„Als je het niet erg vindt dan ga ik nu liever in m'n eentje. Vanmiddag hebben we ook al samen gefietst."

„Meestal vind je het gezellig." Verongelijkt zakt Irmgard onderuit op de stoel. „Ik weet wanneer ik niet gewenst ben."

„Doe niet zo dramatisch." Ze is onredelijk en ze weet het, maar ze kan op dit moment niet redelijk zijn.

„Wat zit jou de laatste tijd toch dwars?" informeert haar vader, terwijl hij z'n blik afwendt van het actualiteitenprogramma waar hij elke avond naar kijkt. „Waar ben je mee bezig?"

„Hoezo?" Haar hart bonkt zwaar, ze voelt het in haar keel. Haar hart lijkt haar hele lijf te vullen.

„Je bent jezelf niet meer, Elise. Als er iets is moet je het ons zeggen. We kunnen er samen over praten."

„Ik zou niet weten wat er zou moeten zijn. Jullie zijn overbezorgd en daar word ik soms goed ziek van. Ik ga nu naar opa, dan zijn jullie even van mijn verschrikkelijke humeur verlost." De deur knalt achter haar dicht, ze rent bijna het tuinpad af, wordt pas rustiger als ze zich uit het zicht van haar familie weet. Ze vertraagt haar passen en steekt haar handen diep in de zakken. Ze voelt een oneindige vermoeidheid en weet ineens zelf niet meer waarom ze juist naar haar opa wil. Het dorp is zo vertrouwd en lijkt op dit moment toch vreemd. Langzaam verandert het daglicht in schemer. Achter verschillende ramen ziet ze mensen. Vroeger kende ze alle namen, tegenwoordig niet meer. Het dorp verandert, breidt uit, mensen vanuit de stad kopen hier een huis, omdat de prijzen lager liggen. Ze steekt haar hand op naar een voorbijganger aan de overkant van de straat. Ze kent de man vanuit hun kerkelijke gemeente. Ook die is in de loop der jaren gegroeid, maar veel mensen kent ze nog. Er zijn vrienden en vriendinnen binnen de gemeente, maar ook ouders van kinderen die zij één keer in de maand op zondag in de kindernevendienst probeert te vertellen over de liefde van God. Het is allemaal vanzelfsprekend geweest tot Abdul in haar leven verscheen. Abdul, ze heeft hem vanmiddag maar even aangekeken in de hoop dat ze hem met die korte blik duidelijk kon maken wat er aan de hand was. Steeds weer ziet ze zijn beeld voor zich, hoe hij daar stond, hoe hij lachte en de lach om zijn mond bestierf toen ze hem eenvoudigweg liet staan alsof hij niet de moeite waard was om aangesproken te worden. Alsof ze hem niet kende. Zo heeft ze ook met Irmgard gepraat, alsof hij niet

37

haar hele gedachtewereld beheerst. Achteloos heeft ze gereageerd op de vragen van haar zus. „Misschien staat hij op iemand anders te wachten. Ik heb geen idee en ik houd dat ook niet allemaal bij." Irmgard moest eens weten wat ze werkelijk voelt, maar Irmgard weet dat niet. En Irmgard zal het niet weten tot de dag dat ze de waarheid zal vertellen. Op die dag moet ze sterk zijn, wordt ze ooit sterk genoeg? Het tuinhekje knarst als ze het opent en in de schemering loopt ze het tegelpad op naar de achterdeur van opa's huis. Hij heeft een lichtje aangeknipt, heeft niet in de gaten dat ze het huis nadert. Zijn grijze haren in het lamplicht ontroeren haar. Opa Niemeijer, de vader van haar moeder. Als klein meisje ging ze al graag naar hem toe. Oma leefde toen nog, maar bij opa stortte ze haar hart uit. Hij bezit de gave om te luisteren. Vanavond zal ze hem niet vertellen wat haar dwarszit. Ze wil gewoon even bij hem in de kamer zitten, samen met hem koffie drinken en praten over allerlei dingen die niets met Abdul te maken hebben. Hij waardeert het als ze komt. Hij is te vaak alleen sinds de dood van haar oma, hoewel hij beweert dat zelf anders te ervaren. „Ik houd van de stilte," heeft hij ooit gezegd. „In die stilte blijven herinneringen levend aan wat was en nooit meer terugkomt. Het zijn goede herinneringen. Ik ben op een leeftijd dat je herinneringen koestert." Ondanks die herinneringen kijkt hij ook vooruit, leeft hij in de wereld van vandaag en ziet hij hoeveel problemen op de hedendaagse mens afkomen. Hij kan ze niet oplossen. Hij luistert, overwoog en weet woorden te vinden die een mens bemoedigen.

„Hoi opa!" roept ze, als ze de achterdeur opent. Het valt haar op hoe stil het is. Er is geen geluid van de televisie, er is rust en stilte. Ze ziet hoe hij een boek aan de kant legt, hoe er een glimp van blijdschap over zijn gezicht glijdt.

„Kind, wat leuk dat je je oude opa weer eens komt opzoeken. Ben je helemaal alleen, geen Irmgard in het kielzog dit keer?"

„Ik wilde alleen," zegt ze.

„Dat kan gebeuren," reageert hij eenvoudig. „Ik wilde net koffie zetten, of heb je liever iets fris?"

„Koffie is prima." Ze gaat in een van de oude oorfauteuils zitten met uitzicht op het achterraam, waar zijn tuin aan het oog wordt onttrokken door het intredende duister. De kamer is warm, de oude gaskachel gloeit op. Het is of de tijd hier is blijven stilstaan. De vensterbank wordt opgefleurd door bloeiende azalea's en cyclamen. Boven het eiken dressoir hangt de foto van oma Niemeijer, daaronder staat een vaas tulpen. Elisabeth Niemeijer is drie jaar geleden overleden. Elise is naar haar vernoemd en toch heeft ze nooit zo'n band met haar oma gevoeld als met haar opa. Oma praatte, was altijd overduidelijk aanwezig, en ze was overbezorgd, net zoals haar moeder dat kan zijn. Opa luistert naar de verhalen van zijn kleinkinderen. Ondanks zijn zevenenzeventig jaren staat hij nog midden in het leven. Hij lijkt soms meer te begrijpen van de problemen waarmee zijn kleinkinderen geconfronteerd worden dan haar ouders. Misschien heeft hij gewoon meer tijd om na te denken. De tuin is zijn lust en zijn leven. „Daar kan ik ongestoord denken," zegt hij altijd. „De rust van de tuin, het gewroet in de aarde, het fluiten van de vogels om me heen doen me problemen weer in de juiste proporties zien. Ieder mens zou zo'n hobby moeten hebben, het zou de psychiaters en psychologen in dit land veel werk uit handen nemen."

Nooit eerder had hij er zoveel tijd in doorgebracht als na die morgen waarop hij z'n vrouw levenloos in de keuken had aangetroffen. Abrupt was een huwelijk van bijna vijftig jaar geëindigd. De herinneringen waren gebleven. Goede herinneringen, maar ook verdrietige. Hij kan er soms nog met een glimlach aan denken. Het was goed dat Elisabeth niet had hoeven lijden. Ze was er de vrouw niet naar om langzaam af te takelen. Ze was gestorven zoals ze geleefd had;

altijd bezig, altijd klaarstaand voor anderen. Het was zwaar om geen afscheid te kunnen nemen van degene die je het meest dierbaar was, maar hij geloofde in een weerzien na dit leven en in de kracht van God, die hem het leven zonder Elisabeth de moeite waard zou maken. Die kracht heeft hij gekregen, waardoor hij nu nog in staat is er te zijn voor zijn kinderen en kleinkinderen. Hij ziet dat elke dag weer als een godsgeschenk. Zoals hij ook dit bezoek van zijn kleindochter als een geschenk aanvaardt. Hoe vaak hoort je niet van bejaarden die stilletjes wegkwijnen in hun huis of in een tehuis? Lichamelijk en geestelijk heeft hij nog geen problemen. Hij kan zelf zijn huis en tuin onderhouden. Er is hem nog veel overgebleven na Elisabeths dood.

„Ik heb maar een flinke koek bij de koffie gedaan," zegt hij als hij met een blad met koffie aan komt lopen. „Vanmorgen ben ik naar de markt geweest en daar hadden ze van die gevulde koeken die ik niet kon laten liggen. Jij kunt wel zo'n koek gebruiken. Kind, je bent mager als brandhout."

„Slank," verbetert ze hem. „Slank en taai, opa."

„Dat heeft een mens in het leven nodig." Hij zet de kopjes op tafel, zet er een schoteltje met voor ieder een gevulde koek naast. Ze weet dat hij gelijk heeft. Ze weet ook dat ze werkelijk taai is. Taai en vasthoudend, staand voor haar principes. Volgens haar vader heeft ze dat van hem geërfd. Ze realiseert zich dat ze het de komende tijd weleens heel hard nodig kon hebben, juist tegenover haar vader.

De lente heeft mooie dagen gekend. April is zacht geweest, maar het begin van de meimaand is van een teleurstellende somberheid. Felle regenbuien houden geen rekening met het ontluikende nieuwe leven, de temperaturen duiken ver onder de twintig graden. Elise staart naar buiten, waar de regen de planten in de tuin teistert. Voor haar op de eetkamertafel ligt de huizenkrant, sommige aanbiedingen voorzien van grote cirkels in een fluorescerende kleur roze. De dikke stift ligt nu werkeloos op de tafel. Ze bekijkt de aangestreepte advertenties nog eens, diverse flats in verschillende delen van de stad met één overeenkomst: de huur is niet te hoog. De afgelopen maanden zijn voorbijgevlogen. Maanden waarin ze Abdul vaak heeft ontmoet. Maanden waarin ze eindeloze gesprekken hebben gevoerd, zoals na die keer dat Irmgard haar van haar werk haalde. Opgelucht constateerde ze de volgende avond dat hij na werktijd op haar stond te wachten. Ondanks zijn gekwetstheid wist hij begrip voor haar houding op te brengen.

Ontelbaar zijn de smoezen geworden, die ze steeds moet bedenken. Haar ouders moeten intussen het idee hebben dat ze elk feest van collega's en vrienden afloopt en dat elk mens tegenwoordig wel een reden weet te vinden om iets te vieren. De werkelijkheid is dat ze nauwelijks contact heeft met collega's en vriendinnen. Al haar vrije tijd gaat in Abdul zitten. Ze geniet van de momenten samen met hem, van zijn arm rond haar schouders, van zijn stem, zijn geur, van de intense gesprekken samen.

„Het is niet makkelijk," heeft Abdul gezegd, „maar het is nog steeds beter dat zomin mogelijk mensen van onze relatie afweten. Zodra wij daarmee naar buiten treden zullen ze over ons heen vallen. Jouw familie, jouw vrienden, maar de mijne evengoed."

Hij heeft gelijk. Dat is ook de oorzaak van de onrust die haar overvalt zodra Abdul uit het zicht is verdwenen. Ze houdt van hem. Nooit eerder is ze zo verliefd geweest, heeft ze zich zo met hart en ziel aan iemand verbonden gevoeld, maar tegelijkertijd is daar het zekere weten dat ze weinig begrip voor hun liefde zullen ondervinden. Hoelang kunnen ze hun relatie nog geheimhouden? Hoelang duurt het nog voordat iemand hen ziet, een kennis van haar ouders, een vriendin van Irmgard, van Radboud, van Delia? Er zal een dag komen dat ze samen worden gesignaleerd door iemand die het nodig zal vinden het door te vertellen aan één van haar familieleden. Hoeveel tijd hebben ze nog samen voordat de wereld over hen heen valt? Daarom zit ze nu de huizenkrant te spellen. De zomermaanden staan voor de deur. 's Avonds is er geen beschermende duisternis meer als ze elkaar ontmoeten en hoelang worden de smoezen van al die feestjes nog gepikt? In een eigen huis hoeft ze aan niemand verantwoording af te leggen. Daar zal ze geen angst hoeven te hebben om betrapt te worden. Ze kauwt op de stift, leest nogmaals de woningaanbiedingen over en neemt dan aarzelend een pen en de bon die in de krant staat afgedrukt. Ze denkt aan Abduls grauwe flat. De kale galerij waar de buren tijdens dagen met mooi weer in een groep bij elkaar zitten en bier drinken. In zijn huis is het een kaal, ongezellig mannenhuishouden. Vale overgordijnen, vergeelde vitrage, een oud leren bankstel. „Hoe kun je zo leven?" heeft ze hem gevraagd. De flat past niet bij hem. Abdul ziet er altijd keurig verzorgd uit. „Ik heb hier toch alles wat ik nodig heb?" zei hij. Zij zal hem laten zien dat het anders kan. Haar flat zal er traks gezellig uitzien. Bedachtzaam vult ze het formulier in.

„Gaan we naar mijn huis?" Abdul heeft op haar gewacht. Ze ziet zijn koude gezicht, zijn natte haren.

„Ik heb weinig tijd. Eigenlijk moet ik rechtstreeks naar huis." Ze leest de teleurstelling in zijn houding. „Een snel kopje koffie lukt misschien nog wel. Het spijt me." Ze pakt zijn hand. „Mijn ouders worden een beetje achterdochtig. Ik kan niet elke dag uren later thuiskomen."

„Dat weet ik toch."

„Over een poosje wordt het anders. Ik heb me ingeschreven voor een flat. Uiteraard is het lang niet zeker dat ik die krijg, maar het begin is er. Over een tijdje ben ik zelfstandig. Als het zover is krijg je een sleutel, zodat je nooit voor een dichte deur staat."

„Je hebt wel veel vertrouwen in me."

„Ik heb alle vertrouwen in je." Ze lacht naar hem, terwijl ze met haar fiets aan de hand naast hem loopt. De regen loopt in straaltjes langs haar gezicht. Ze vindt het prettig naast hem te lopen. Hij is haar vertrouwd geworden, het is haast onvoorstelbaar dat hij er ooit niet is geweest. In een klein café zoeken ze een donkere hoek. Als de dampende koffie voor hen staat buigt Abdul zich naar haar over. „Hoe was jouw dag vandaag?"

„Zoals de meeste dagen. Gelukkig was het behoorlijk druk, ondanks dit gruwelijke weer. Het heeft altijd wel invloed op het humeur van de klanten. Als de zon schijnt zijn ze veel vriendelijker. En hoe was jouw dag vandaag?"

„Ik ben naar school geweest," zegt hij rustig en tast haar gezicht af dat nu een en al verbazing uitstraalt.

„Naar school?" herhaalt ze. „Sinds wanneer ga jij naar school?"

Onwillekeurig lacht hij. „Ik zit al in het laatste jaar van mijn studie HBO maatschappelijk werk en dienstverlening. Ik ga naar school, loop stage."

„Een HBO opleiding? Waarom heb je daar nooit eerder iets van gezegd?"

„Je vroeg er niet naar."

„Ik dacht dat je in de horeca werkte. Je werkte toch bij hotel Le Soleil?"

„En dat vond jij heel vanzelfsprekend," begrijpt hij.

„Nou ja," ze haalt haar schouders op. „Ik wist niet beter en daarom heb ik niet verder gevraagd."

„Nee, omdat je ervan uitging dat Marokkanen niet studeren. Marokkanen werken in de horeca, in een shoarmazaak, voor mijn part in een snackbar of een gewone bar, als ze al werk hebben, maar studerende Marokkanen bestaan niet."

„Ik heb er gewoon niet over nagedacht." Ze voelt zich aangevallen. „Jij hebt aan mij toch ook niet gevraagd of ik nog studeerde. Jij nam toch ook als vanzelfsprekend aan dat ik bij die boetiek werk. Het is toch helemaal niet raar dat ik dacht..."

„Je hoeft je niet te verontschuldigen," zegt hij zacht. „Het is een frustratie van mezelf. Een vooroordeel waar ik steeds weer tegenaan loop, wat me motiveert om extra hard te werken. Ik wil iets bereiken in dit leven. Ik wil behoren bij de groep succesvolle allochtonen en na mijn studie wil ik een baan vinden die me in staat stelt mede-Marokkanen te begeleiden en te helpen in deze Nederlandse maatschappij. Het is niet makkelijk om geplaatst te worden in een totaal andere cultuur of om op te groeien tussen twee culturen. Tegenwoordig hoor je zoveel negatieve verhalen over Marokkaanse jongeren en niemand schijnt werkelijk te begrijpen waaruit hun problemen voortkomen." Z'n stem klinkt enthousiast. Ze kijkt naar hem en wordt heen en weer geslingerd door tegenstrijdige gevoelens. Er is een gevoel van bewondering voor deze jongeman, voor zijn plannen, maar tevens is er het gevoel bedrogen te zijn. Waarom heeft hij haar niet eerder verteld dat hij studeert, waarom krijgt ze toch het gevoel dat hij in haar teleurgesteld is?

„Elise, ik hoop niet dat je het me kwalijk neemt," zegt hij.

„Dat doe ik wel," flapt␣ze er heftig uit. „Ik heb het gevoel

dat je me op de proef wilde stellen en die proef heb ik overduidelijk niet doorstaan."

„Zo moet je het niet zien."

„Toen ik bij onze eerste ontmoeting vroeg waar je werkte had je me meteen kunnen vertellen dat die baan als ober
een weekend- en vakantiebaan was om wat bij te verdienen."

„Dat was in de winkel."

„Daarna zijn er nog genoeg gelegenheden geweest. Je
hebt willens en wetens niets gezegd."

„Elise, het spijt me."

Ze kijkt met andere ogen naar hem en beseft dat hij gelijk
heeft. Abdul als ober kon ze plaatsen. Het paste in het beeld
dat ze van haar allochtone landgenoten had, maar een studerende Abdul is iets anders.

Op dit moment heeft het zelfs iets bedreigends, de ver-
trouwdheid tussen hen beiden is ineens niet vanzelfsprekend meer. „Ik wil behoren bij de groep succesvolle
allochtonen," heeft hij net gezegd. Waarom zou dat niet
mogen? Waarom moet hij aan het stereotiepe beeld van een
buitenlander voldoen?

„Het spijt mij ook," zegt ze en ze probeert te glimlachen.

„Soms denk ik dat het niet goed is wat we doen." Hij
beantwoordt haar glimlach niet. „Ik weet dat we niet anders
kunnen en dat we eerst heel zeker van elkaar moeten zijn
voor we met onze relatie in de openbaarheid treden, maar
het staat me tegen. Hoe kunnen we elkaar nu werkelijk
goed leren kennen als we het steeds weer van gestolen
ogenblikken moeten hebben? Voor vanavond had ik
gehoopt op meer. Ik had dit gesprek bij mij thuis willen
voeren, in een rustige omgeving. Ik wil niet steeds op mijn
horloge kijken, ik haat het als ik jou als een misdadiger
rond zie kijken om te zien of er geen bekenden zijn. Ik wil
je vasthouden en je eindelijk onbelemmerd kunnen kussen."

„Het zal allemaal anders worden als ik straks een eigen flat krijg."

„Hoelang moet ik daarop wachten? Ik hou van je, maar soms staat me dit zo vreselijk tegen. Ik weet dat ik zelf tegen je zeg dat het ogenblik nog niet gekomen is om onze relatie in de openbaarheid te brengen. Het zal waarschijnlijk nog veel problematischer worden als jouw en mijn familie er wel vanaf weten. Het is mijn verstand dat zo redeneert, maar mijn gevoel wil anders en soms denk ik er weleens over om een punt achter onze relatie te zetten. Het is misschien beter voor ons allebei."

Ze zwijgt en denkt aan de onrust die mét Abdul deel van haar leven is gaan uitmaken.

„Je bent het met me eens," concludeert Abdul.

„Ja," zegt ze dan heftig. „Ik ben het helemaal met je eens. Ik háát de leugens die ik mijn familieleden op de mouw speld, ik háát de onrust die het teweegbrengt. Ik zou je mee naar mijn huis willen nemen en vol trots tegen mijn familieleden willen zeggen: kijk, dit is nou Abdul. Dit is de man in mijn leven. Er is nooit eerder een man geweest die zoveel voor mij betekend heeft. Ik wil dat iedereen ziet dat wij bij elkaar horen. Ik wil eindeloos met je praten over alle dingen die me bezighouden. Ik heb laatst een koran uit de bibliotheek gehaald, omdat ik iets wilde begrijpen van het geloof dat jij belijdt."

„Jij?"

„Ja, ik ben ook niet zo'n leeghoofd als jij denkt."

„Dat dacht ik helemaal niet."

„Je kijkt anders verbaasd, omdat ik de euvele moed heb gevonden om, uiteraard zonder dat mijn familieleden het in de gaten hebben, de koran te bestuderen."

„Het verwarmt me," zegt hij. „Het verwarmt me dat jij je omwille van mij daarin verdiept."

„Ik snap er geen bal van! Natuurlijk zie ik namen staan, die ik vanuit de bijbel ken. Mozes, zonen Adams, Abraham, zelfs de naam van Jezus heb ik gezien. Onze God heet bij jullie Allah. Daarover wil ik met je van gedachten wisselen. Wat is nu het grote verschil tussen een christen en een moslim? Voor die vragen hebben we tot op heden nooit gelegenheid gehad, want de tijd ontbreekt. Ik voel me opgejaagd en misschien heb je gelijk en is het beter om een einde aan onze relatie te maken. Mijn grote probleem is dat ik niet zonder je wil leven. Ik hou van je en ik kijk uit naar de korte momenten die we samen hebben. Ik wil die korte momenten niet kwijt. Als ik een flat krijg zal alles veranderen. Heb nog even geduld, Abdul."

„Ik heb nog even geduld en jouw tijd is voorbij. Je ouders zitten met het eten op je te wachten."

„Ik ben al veel te laat," schrikt ze op. „Wat moet ik nu weer voor smoes verzinnen?"

Hij leest de wanhoop in haar ogen, legt heel even zijn hand op de hare. „Misschien moet je toch niet zo heel lang meer wachten met vertellen."

„En dan...? Ze zullen me verbieden met je om te gaan. Ik ken mijn vader, hij zal het niet accepteren. Jij hebt makkelijk praten. Jouw ouders zitten veilig in Marokko. Jij zult niet dagelijks worden geconfronteerd met hun afkeuring."

„Misschien valt het allemaal mee. Als het zover is, laat het dan over je heen komen. Onze liefde is sterk. Jij bent een christen, ik ben een moslim. Twee verschillende religies, die beide verdraagzaamheid prediken, het is wrang dat juist dat tussen ons in moet staan. De tijd zal het leren of onze liefde daartegen bestand zal zijn, Elise."

Hij kijkt haar na, als ze even later haastig het café verlaat. Het is een bekend beeld. Het gaat hem steeds meer tegenstaan.

„Vertel me nu de waarheid. Waar ben je geweest en met wie was je?" Haar moeder zit alleen in de kamer als ze doornat

47

thuiskomt. Van de rest van de familie is geen spoor te bekennen, er staat geen gedekte tafel.

„Ik ga me eerst boven omkleden." Ze voelt zich laf als ze de trap oploopt, onderwijl koortsachtig bedenkend wat ze straks moet zeggen. Vanuit Irmgards kamer klinkt muziek. Ze schiet snel uit haar natte kleding en verwisselt die voor een dikke trui op een makkelijke joggingbroek. Moet ze nu met de waarheid voor de dag komen? Heeft Abdul gelijk en moet ze alles maar gewoon over zich heen laten komen? Is ze sterk genoeg op dit moment? Een klop op de deur doet haar opschrikken. Irmgard steekt haar hoofd om de deur. „Zusje?" Aarzelend doet ze een stap de kamer in. „Als je wilt weten hoe ze eraan komen, ze hebben het van mij."

„Wat?" Ze weet het eigenlijk wel.

„Dat je met een buitenlander loopt."

„Hoe kom je daarbij?"

„Hou je niet langer van de domme. Pa en ma maakten zich bezorgd. Ik wist het een paar weken geleden al, toen ik je die avond op kwam halen, jij daarop zo weinig enthousiast reageerde en je van de domme hield toen ik over die buitenlandse man begon, die ook stond te wachten. Daarna ben ik je een paar keer gevolgd, toen je uit het werk kwam. Je werd steeds opgewacht door diezelfde man, een Turk of een Marokkaan of zo."

„Dank je wel. Moet ik je nu erkentelijk zijn? Denk je dat ik het zelf op den duur niet had verteld als de tijd rijp was?"

„Ze maken zich bezorgd."

„En jij moest zo nodig de reddende engel uithangen."

„Elise, jij weet net zo goed als ik dat het niets kan worden."

„Bepaal jij dat?"

„Denk aan het cultuurverschil, aan het verschil van godsdienst. Ben je van plan om over een tijd met een hoofddoek om te gaan lopen?"

„Wat een onzin. Ik hoef toch zijn geloof niet over te nemen."

„Nu nog niet, maar denk je dat hij daar over een poosje niet op aanstuurt?"

„Ik kan heel goed op mezelf passen. Ik weet namelijk heel goed wat ik zelf wil en één van de dingen die ik niet wil is als moslimvrouw door het leven gaan. Die vrijheid zal Abdul me zeker geven."

„Denk je dat?" Irmgard trekt cynisch haar wenkbrauwen omhoog.

„Dat weet ik zeker."

„Zo doen ze zich allemaal voor, weet je," gaat Irmgard onverstoorbaar door. „In het begin is het allemaal koek en ei. Ze gunnen je alle ruimte, maar over een poosje loop jij met een hoofddoek om drie stappen achter hem, omdat hij dat wil."

„Hoe weet je dat?"

„Doe niet zo naïef, dat is toch algemeen bekend."

„Jij moet eens leren om je met je eigen zaken te bemoeien. Je denkt altijd dat je me moet beschermen, maar ik ben inmiddels mans genoeg om m'n eigen problemen op te lossen. Ik heb geen behoefte aan een babysitter en al helemaal niet aan een betweter, die behept is met allerlei vooroordelen."

Irmgard haalt haar schouders op. „Dan moet je het zelf maar weten. Ma zit beneden op je te wachten. Probeer haar maar eerst duidelijk te maken dat deze relatie probleemloos is."

„Dat zal ik zeker doen. Ik hoop dat jij boven blijft, zodat ik me niet ook nog tegenover jou zal moeten verdedigen. Weet je wat het met jou is: jij bent gewoon jaloers. Je bent altijd al jaloers op me geweest. Je gunt het me gewoon niet. Er is geen kerel die interesse in jou toont, dus kun je het ook niet hebben dat ze naar mij kijken."

„Denk je werkelijk dat het zo ligt?" Er glijdt een verdrietige trek over Irmgards gezicht. Ze voelt zich pijnlijk op haar plaats gezet. Het is waar. Alle aandacht gaat steeds weer direct naar de sprankelende persoonlijkheid van Elise uit. Zij wordt daarbij op de tweede plaats gezet, staat al jaren in de schaduw van haar jongere zus. Dat doet zeer, maar het heeft niets te maken met het doorbrieven van haar bevindingen aan haar ouders. Ze maakt zich werkelijk bezorgd. Haar zus is impulsief. Ze is in staat zich in allerlei onverkwikkelijke situaties te manoeuvreren zonder daarbij de gevolgen te overwegen. „Dat moet je dan maar geloven," reageert ze dan nadenkend. „Ik weet dat het anders ligt, daar heb jij niets mee te maken. Ik begrijp dat je kwaad bent, maar ik had het gevoel dat ik niet anders kon. Neem het me maar kwalijk. Ik heb er geen spijt van."

Elise geeft geen antwoord meer. Met geheven hoofd loopt ze langs haar zuster heen, de trap af. Haar hart klopt in haar keel, maar uiterlijk lijkt ze rustig.

„Wil je eerst wat eten?" informeert haar moeder. Elise schudt zwijgend haar hoofd. Eerst moet er gepraat worden. Nu de kogel eenmaal door de kerk is, zal ze met de waarheid voor de dag komen, wat de consequenties ook zullen zijn.

„Wat wil je van me weten?" informeert ze strijdlustig.

„De waarheid," zegt Lidewij Halewijn rustig, maar het ontgaat Elise niet dat haar stem trilt. „Ik heb begrepen dat je net met Irmgard hebt gepraat."

„Mijn hoedster," zegt ze smalend.

„Je oudere zus. Niet alleen wij maakten ons bezorgd om je, maar ook Irmgard en Radboud. Wij zijn niet op ons achterhoofd gevallen, al meende je dat misschien. Jij, die nooit met collega's buiten werktijd omging, was nu ineens bijna dagelijks met hen onderweg. Ik heb op een dag de vrijheid genomen om Bianca te bellen waar het feest gehouden zou worden waar jij het over had. Ze was verbaasd, en begon te stotteren. Toen wist ik genoeg. Ik heb haar verzocht niet aan jou te vertellen dat ik navraag had gedaan en ik begrijp dat ze dat inderdaad niet heeft gedaan. Vanaf dat moment hebben papa en ik ons afgevraagd wat we moesten doen. Moesten we jou direct met je leugens confronteren of zouden we toch afwachten tot je zelf met een verklaring kwam? Die waarheid kwam niet. Jij, onze open, spontane dochter werd een kind dat met allerlei smoezen probeerde weg te komen. Je begrijpt dat onze bezorgdheid steeds groter werd."

„En daarom stuurde je Irmgard achter me aan."

„We wisten niet wat je uitvoerde. Een mens verandert niet zomaar. Daar zijn meestal gegronde redenen voor. We waren bang dat je misschien in een gevaarlijke situatie was verzeild geraakt. Dat lijkt in jouw ogen wellicht onnozel, maar voor ons was het een bron van voortdurende zorg. We wilden je helpen."

„Wat wil je nu met de waarheid?" Ze staart naar het tafelkleed, naar de grote, kleurige ruiten.

„Ik wil graag het hele verhaal van jouzelf horen. Dat is toch het minste waar ik recht op heb."

„Waarom zit papa hier niet bij?"

„Het leek me beter. Papa kan erg driftig worden en dat wilde ik je besparen. Het is beter dat ik hem straks alles vertel. Ik heb hem naar de volkstuin gestuurd en ik denk dat hij daar nog wel even bezig is."

Er valt een stilte. Elise trekt met haar wijsvinger denkbeeldige hokjes op het tafelkleed.

„Hij heet Abdul. Abdul Ajoubair," begint ze dan. Ze spreekt de naam langzaam en nadrukkelijk uit, met enige trots. „Hij is de liefste en hoffelijkste man die ik ooit in mijn leven ontmoet heb."

„Waar heb je hem ontmoet?"

„Hij kwam in de zaak. Het klikte meteen." Ze voelt zich warm worden als ze aan die allereerste ontmoeting denkt.

Rustig vertelt ze verder. Over de dag dat hij op haar wacht-te, over hun ontmoetingen, hun gesprekken, maar ook over de problemen die ze verwachtte, omdat hij een buitenlander is.

„Het gaat niet om het feit dat hij een buitenlander is. Ik bedoel, het kan een hele goede jongen zijn," merkt haar moeder aarzelend op. „Elke jongen die jou gelukkig kan maken is hier welkom. Het gaat om de achtergronden. Het cultuurverschil zal ongetwijfeld gaan meespelen, al denk je nu van niet. Daarnaast, en dat is zeker niet het onbelang-rijkste, jij bent christen, Elise."

„Dat zal ook niet veranderen," reageert ze heftig.

„Weet je dat zeker? Is Abdul moslim, ik bedoel dan ook werkelijk een praktiserend moslim?"

Ze knikt.

„Hoe wil je dat dan in de praktijk gaan doen?"

„We kunnen elkaar daarin vrij laten."

„Denk je niet dat de theorie makkelijker is dan de prak-tijk? Als jullie later willen trouwen, kinderen zullen krij-gen. Je wilde altijd in de kerk trouwen, denk je dat Abdul het daarmee eens is of moet je toch naar de moskee?"

„Je loopt op de zaken vooruit."

„Als je van die jongen houdt, dan denk je daar toch aan? Je zult toch op een dag willen trouwen?"

„Het moet toch mogelijk zijn om gezamenlijk iets te doen?"

„Je bedoelt de dominee samen met de imam in één dienst? Zie je dominee Timmer dat doen? Ik denk dat hij afwijzend zal reageren en heb je al aan kinderen gedacht? Hoe voeden jullie die op? Worden ze in de bijbel onderwe-zen of in de koran?"

„Het kan toch allebei, mam, en bovendien: ik ben negen-tien. Voorlopig is dat nog niet aan de orde."

„Is het dan een oplossing om je kop in het zand te steken en te wachten tot de problemen zich daadwerkelijk aandienen, wanneer ze misschien niet meer op te lossen zijn?" Ze heeft er al zo lang over nagedacht, Lidewij Halewijn. Ze heeft gedacht vanaf het moment dat Irmgard opgewonden naar huis kwam om te vertellen wat ze had gezien. Marius was woedend geweest. Zij vreemd kalm. "Loop niet op de zaken vooruit," had ze Marius terechtgewezen. "Straks maken we ons zorgen om niets en blijkt het niet meer dan vriendschap te zijn."

"Daar zag het anders niet naar uit," had Irmgard betoogd en ze realiseerde zich toen al, dat het ernstiger zou zijn. Als het niet meer dan vriendschap was, dan had Elise wel open kaart gespeeld, maar ze wilde Marius geruststellen. Kalm had ze hem vanmiddag verteld dat het beter was dat hij zich even terugtrok. Het was slechts uiterlijke kalmte geweest. Binnenin haar woedde een storm. Wat moest ze met dit probleem?

"Mam, daar praten Abdul en ik in de toekomst wel over." Elise kijkt haar moeder strak aan. Ze is opgelucht omdat de heftige scènes, die ze had verwacht, uitblijven. "Nu jullie het weten hoeven we het niet meer te hebben van gestolen momenten. Bovendien heb ik me laten inschrijven voor een flat."

"Was dat al met het oog op Abdul?"

"In eerste instantie niet, later is dat erbij gekomen." Elises blik glijdt naar buiten waar de regen het nog steeds niet heeft opgegeven. Het valt haar in hoe belachelijk het is dat haar vader op dit moment in de volkstuin loopt te wroeten. Haar moeder moet een gegronde reden hebben gehad om hem weg te sturen en hij heeft zich wonderlijk genoeg weg láten sturen.

"Ik hou van Abdul," zegt ze nog eens. "Niemand kan daar iets aan veranderen. Zelfs jij niet. Ik ben negentien, dat is voor de wet volwassen en zelfstandig. Jullie kunnen me dwarszitten, jullie kunnen doen wat jullie willen, maar ik laat me die liefde niet afnemen. Aan jullie is de keuze hoe ik straks dit huis verlaat. Ik hoop in vrede, maar mochten de omstandigheden anders uitvallen, dan heb ik het er zelfs voor over om het contact met jullie te verbreken. Abdul is mijn grote liefde. Daar kan niemand iets aan veranderen."

Ze staat op. „Wat mij betreft heb ik er nu genoeg over gepraat. Ik hoef geen smoezen meer te bedenken en dat lucht me op. Ik ga naar opa."

„Je moet nog eten. In de magnetron staat alles klaar."

„De eetlust is me vergaan. Bij opa krijg ik vast koffie met iets lekkers erbij."

„Vertel die man nog niets. Hij zou geen oog meer dicht-doen en dat wil ik niet."

„Hij zal het toch te weten komen."

„Ik hoop dat dit voorbij zal gaan, kind. Ik hoop dat je gezonde verstand zal zegevieren, zodat hij het nooit zal hoeven te weten."

„Barst!" De deur knalt achter Elise in het slot. Lidewij hoort de stampende voetstappen van haar dochter, dan de buitendeur die het moet ontgelden. Haar koppige dochter. Nu heeft ze het nog kunnen voorkomen, maar straks zullen ze tegenover elkaar staan: vader en dochter, allebei even koppig. Er zal een zware tijd aanbreken. Ze durft er nog nauwelijks aan te denken.

⊰5⊱

Hij is doornat als hij thuiskomt. Ze hoort het gestamp van zijn laarzen op het pad, dan het geluid van de achterdeur. Even later staat hij druipend in de kamer. „Waar is Elise?"

Ze had gehoopt dat hij zijn woede van zich afgespit zou hebben. Meestal beweert hij dat hij in de tuin tot rust komt. Nu is het anders. Hij is zijn woede niet kwijt, integendeel, die lijkt zich te hebben versterkt.

„Ze is naar mijn vader," zegt ze zacht. „Zal ik eerst koffie zetten of moet je misschien eerst iets droogs aantrekken."

„Wat doet ze bij je vader?"

„Elise vlucht altijd naar hem toe als ze met problemen zit."

„Verwacht ze dat hij die zal oplossen?"

„Ik heb haar gevraagd hem daar nog niet mee te belasten."

„Wat heeft ze gezegd over die vent, die, die..."

„Abdul heet hij."

„Abdul, lieve help, Turkser kan het ook al niet."

„Hij is van Marokkaanse afkomst. Ze houdt van hem."

„Romantisch gezemel van een meisje van negentien."

„Ze is volwassen."

„In mijn ogen is ze nog een kind en ik zal haar verbieden met die vent om te gaan!"

„Ze is op zoek naar een flat, dan heb je haar niets meer te verbieden."

„Tot die tijd is ze hier thuis. In dit huis gelden onze wetten en één van die wetten is dat ze die kerel niet mag zien!"

„Dat is geen oplossing."

„Het is mijn oplossing."

Zo boos heeft ze hem in tijden niet gezien, maar ergens

diep in haar welt ook woede op, een woede die haar doet zeggen: „Het is niet mijn oplossing. We kunnen haar wel verbieden met Abdul om te gaan, maar ze zal altijd een mogelijkheid zien om hem te ontmoeten. Hij kan in de winkel komen, haar na sluitingstijd opwachten, er zijn ontelbare mogelijkheden."

„Dan zorg ík dat ik na sluitingstijd op haar sta te wachten."

„Marius, vergeet dat. Ze is niet langer het kleine meisje waarvoor jij haar altijd nog houdt. Onze Elise is een volwassen vrouw, die weet wat ze wil. Ze wil Abdul."

„Houd toch op met je Abdul."

„Dat is zijn naam. Hij is geen vent, geen kerel, hij heet Abdul."

„Wat wil jij dan met die... die Abdul? Wil je hem hier op de koffie vragen?"

„Ik wil met Elise blijven praten in de hoop dat ze tot het inzicht zal komen dat ze op de verkeerde weg is. Marius, ga je nu eerst omkleden. Inmiddels zet ik koffie. Daarna praten we rustig verder."

Ze verwacht niet dat hij op haar voorstel zal ingaan, maar tot haar verbazing draait hij zich toch om. In de keuken haalt ze diep adem. Vreemd, ergens heeft ze het gevoel dat ze kennis met deze jongen zou willen maken. Ze zou hem werkelijk op de koffie willen vragen, met hem willen praten, maar het is een wens waaraan ze voorlopig geen gehoor zal kunnen geven. Als ze koffiezet staat Irmgard ineens achter haar. „Je hebt al met pa gepraat, hoorde ik. Hij is er niet rustiger op geworden in zijn geliefde volkstuin."

„Je vader is altijd een driftkop geweest. In dit soort situaties kan hij niet anders dan schelden."

„Het gaat om z'n oogappel."

„Wat een onzin."

„Ik bedoel er niets verkeerds mee. Natuurlijk weet ik dat

pa net zo veel van mij en Radboud houdt, maar met Elise heeft hij iets speciaals en juist zij heeft hem nu diep teleurgesteld. Ik denk dat hij er minder moeite mee zou hebben als ik met een buitenlandse jongen omging."

Ze wil iets zeggen, ze weet dat Irmgard gelijk heeft, maar Marius is alweer onderweg naar beneden. Automatisch zet ze kopjes klaar. Radboud is naar Delia. Het vervult haar met opluchting. Radboud is een echte zwart-wit denker en in dit soort situaties zal hij alleen maar olie op het vuur gooien. Het vuur dat op dit moment in alle hevigheid brandt; ze is bang voor de gevolgen van die uitslaande brand die niet te blussen lijkt.

„Heb je nog iets nuttigs kunnen doen in de volkstuin?" hoort ze Irmgard informeren. „Ik wil een volgende keer wel met je mee, hoor."

„Op het ogenblik kun je weinig doen." Hij loopt door naar de keuken.

„Is Elise nu ook van plan met zo'n hoofddoek op haar hoofd te gaan lopen?" vraagt hij aan Lidewij

„Ze wil haar eigen geloof blijven belijden." Ze bijt op haar lip. „We moeten ons er misschien bij neerleggen dat de tijden zijn veranderd. Vroeger gaf het grote problemen als een protestants meisje met een roomse jongen wilde trouwen. Tegenwoordig is dat geen enkel probleem meer."

„Had ze maar een roomse jongen uitgezocht," gromt hij.

„Nu kun je dat makkelijk zeggen, maar in onze tijd was het een ramp. Ik kan me nóg herinneren dat een rooms buurmeisje van me zwanger raakte van een protestantse jongen. Daar werd indertijd vreselijk over gekletst. Ze wilden dolgraag trouwen, maar hun beider ouders hebben daar een stokje voor gestoken. Geesje Wilkes moest haar kind ter adoptie afstaan. Het verhaal maakte diepe indruk op me en ik nam me voor om mijn kinderen zoiets nooit aan te doen. Ik meende dat het Gods bedoeling niet kon zijn dat twee mensen, zelfs drie mensen ongelukkig zouden worden vanwege hun geloof. Ik kan me dat nog niet voorstellen."

„Die situatie is hier niet mee te vergelijken."

„In deze tijd niet meer, maar wel als je de verschillende situaties naast elkaar legt. In principe moet het toch mogelijk zijn om elkaar binnen het huwelijk de vrijheid te geven op godsdienstig gebied."

„Dat is theorie. Een moslim zal nooit toestaan dat zijn kinderen christelijk worden opgevoed. Ik wíl het bovendien gewoon niet. Ik wil niet dat mijn dochter met een moslim omgaat. Het kan best een aardige jongen zijn, maar het blijft een buitenlander." Zijn stem gaat steeds luider klinken. „Hij is heel anders opgevoed. Een vrouw staat daar op het tweede plan en ik kan me niet voorstellen dat Elise zich op het tweede plan zal laten zetten. Zij eet straks alleen in de keuken, terwijl de mannen zich te goed doen aan een maaltijd in de woonkamer."

„Dat zal niet overal zo zijn. Ook binnen die cultuur hebben dingen zich veranderd."

„Hoe moet ik het aan onze vrienden en kennissen vertellen? Ze hoeft hier maar één keer met die vent..."

„Abdul!" wijst ze hem terecht.

„Hou toch op met je Abdul! Laat me uitpraten. Ze hoeft hier maar één keer met die vent in het dorp te lopen en iedereen weet ervan. Ik zie ze al kijken. De jongste dochter van Halewijn heeft een moslim aan de haak geslagen. Hoe heet de vriend van je dochter, Halewijn? Abdul... mijn schoonzoon heet Abdul. Waarom komt ze niet gewoon met een Kees of Piet thuis?"

„Een Kees of Piet kan ook heel anders over geloofszaken denken," waagt Irmgard het op te merken.

„Bemoei jij je er ook nog eens mee. Ik laat me hier in dit huis niet door m'n eigen kinderen de les lezen! Een Nederlander kan ook anders over geloofszaken denken, maar je weet in ieder geval of zo'n jongen uit een fatsoenlijk nest komt."

„Abdul komt waarschijnlijk ook uit een fatsoenlijk nest."
Lidewij schenkt koffie in. „Het is niet eerlijk om te denken..."

„Hij komt uit een moslimnest. Wonen zijn ouders hier of in Marokko? Wat doet hij voor de kost? Heeft hij wel werk of is hij ook zo'n beroepswerkeloze? Daar zou ik niet van opkijken. Als we een beetje geluk hebben werkt hij in zo'n louche shoarmatent, maar..."

„Abdul studeert, pa."

Het wordt ineens heel stil. Niemand heeft Elise binnen horen komen. Nu zien ze haar witte gezicht, horen haar zachte, maar vastberaden stem. „Ik moet je tot mijn schande bekennen dat ook ik dat niet had verwacht. Ik wist niet beter dan dat hij ober was in hotel Le Soleil en dat vond ik ook vanzelfsprekend. Van allochtonen die studeren had ik nog nooit gehoord. Abdul is een uitzondering op de regel. Hij doet een HBO opleiding maatschappelijk werk en wil zich na zijn studie inzetten voor allochtonen die aanpassingsmoeilijkheden hebben hier in Nederland." Zonder angst kijkt ze haar vader recht aan. „Wil je nog meer over hem weten?"

„Ik wil dat je het contact met hem verbreekt."

„Waarom, pa?"

„Ik denk dat dat wel duidelijk is."

„Ik wil het van je horen."

„Kind." Het is of hij ineens kleiner wordt, alsof zijn woede afstand neemt, alsof hij plotseling hondsmoe is. „Kind, je weet dat we het goed met je menen. Ik ben nooit tegen buitenlanders geweest."

„Zolang ze maar uit de buurt van je jongste dochter blijven."

„Er zijn hier toch ook Marokkaanse vrouwen!"

„Hij wil mij."

„Je weet dat je op het verkeerde pad zit. Waarom heb je ons al die maanden bedrogen? Als je wist dat het goed zat zou je ons toch in alle openheid hebben verteld wat er aan de hand was?"

„Ik wist wat ik te verwachten had. Daar ben ik bang voor geweest en diep in mijn hart hoopte ik dat het anders zou zijn. Heus, ik zou het liever anders hebben gewild. Het zou immers veel makkelijker zijn om verliefd te worden op een nuchtere Hollandse jongen, het liefst van dezelfde kerk? Het heeft niet zo mogen zijn. Ik ben verliefd op Abdul geworden. In vergelijking met hem verbleken al die leuke Hollandse jongens."

„Praat niet zo hoogdravend."

„Ik heb de koffie ingeschonken. Laten we alsjeblieft gaan zitten, dat praat makkelijker." Lidewij loopt nerveus met het blad naar de woonkamer, zet de kopjes op tafel, presenteert koek.

„Ik praat niet hoogdravend. Jij wilt het niet horen," gaat Elise onverstoorbaar verder.

„Wat heeft Abdul dan dat die Nederlandse jongens niet hebben?" informeert Irmgard geïnteresseerd.

„Je zou hem moeten leren kennen."

„Ik heb er geen enkele behoefte aan hem te leren kennen," bromt haar vader.

„Je wilt hem de kans niet eens geven," geeft ze terug.

„Het heeft geen enkele zin. Die... die Abdul kan een hele beste jongen zijn, hij kan de sterren voor je van de hemel plukken, maar er komt een dag dat je weer met beide benen op de grond staat en dan zul je me gelijk moeten geven."

„Waarin?"

„Je vader bedoelt gewoon dat het enorme problemen oplevert als je met zo'n jongen trouwt," verduidelijkt Lidewij.

„Problemen voor jullie of voor mij?"

„Voor ons allemaal. Jij bent een christen."

„Dat blijf ik ook."

„De praktijk zal uitwijzen dat dat moeilijk is. Dat wil je

nu niet inzien, maar het is wel zo. Abdul komt uit een andere cultuur."

„We zullen moeten geven en nemen, maar is dat niet zo in elk huwelijk?"

„Elise," zegt Lidewij moeilijk. „Het gaat er niet om dat ik je deze liefde niet gun. Ik gun je het geluk, maar ik weet dat je na verloop van tijd niet gelukkig zult zijn."

„Dat weet je niet! Bovendien is dat het risico van elk huwelijk. Elk huwelijk is geven en nemen."

„In dit huwelijk zul je meer moeten geven dan nemen," veronderstelt Marius. „Je ziet toch in de hele wereld dat christenen door moslims onderdrukt worden."

„Er zijn fundamentalisten, maar Abdul is geen fundamentalist. Ook binnen het christendom zijn fundamentalisten. Mensen die hun wil aan anderen op willen leggen. Pa, Abdul en ik aanbidden dezelfde God."

„Ik weet eigenlijk niet zoveel van de koran af," bekent Marius. „Maar ik meen te weten dat ze Jezus niet kennen als hun verlosser."

„Ze kennen Jezus wél."

„Als een profeet," weet Irmgard. „Tenminste, dat heb ik weleens horen zeggen. Hij wordt als een profeet gezien, zoals ook Mozes als een profeet wordt gezien."

„Dat is iets anders dan een verlosser," gaat Marius verder. Hij voelt de wanhoop. Waarom kan hij niet onder woorden brengen wat hij voelt? „Jezus is onze verlosser, Elise. Heeft Hij niet zelf gezegd in Johannes 14: niemand komt tot de Vader dan door Mij? Is dat niet het fundament van ons geloof? Geloven is voor mij geen bijzaak. Geloof is een halszaak en juist dat geloof in Jezus Christus is de pijler van onze religie. Daar maak ik me zorgen over."

„Jezus Christus is ook de pijler van mijn geloof. Ik heb de koran in de bibliotheek geleend en ik moet jullie eerlijk bekennen dat ik er niet zoveel van snap. Ik wil er met Abdul over praten omdat het me interesseert. Ik denk dat ik

hem beter zal begrijpen als ik meer aspecten van zijn godsdienst ken. Van hem verwacht ik dat hij zich zal verdiepen
in de bijbel, zodat hij op dat gebied ook meer begrip voor
mij heeft. We zullen elkaar daarin vrij laten. Er bestaan ook
huwelijken waarin één van beide partners niet gelooft. Hoe
doen die mensen dat dan? Dan moet je toch ook respect
voor elkaars opvattingen hebben?"

„De hele kerk zal over je heen vallen."

„Als ze respect voor me hebben dan zal dat niet gebeuren."

„Respect, respect... je hebt het woord voor in de mond
liggen, maar je hebt niet eens respect voor onze opvattingen. Ik wil niet dat je nog langer contact met die... Abdul
hebt."

„Je zult het me niet kunnen verbieden."

„Zolang je hier in dit huis woont kan ik het je wel verbieden!"

Ze staat op, zet bedachtzaam haar lege kopje op tafel en
kijkt haar vader aan met vlammende ogen. Haar stem klinkt
ingehouden. „Dan ben ik heel blij dat ik de langste tijd in
dit huis heb gehad."

De woorden blijven in de kamer hangen als zij allang verdwenen is.

De regen heeft kilte gebracht, een kilte die het huis doortrekt. Het zijn deze dagen waar Lidewij een hekel aan heeft. Het is niet koud genoeg om de verwarming aan te zetten en te fris om je behaaglijk te voelen. Ondanks haar dikke trui en wollen sokken trekt de kilte op en maakt zich meester van haar lichaam. De rust lijkt weergekeerd na de hevige uitbarsting van de avond ervoor, maar het is slechts schijn. De spanning is blijven hangen, zelfs nu ze alleen thuis is. De hele familie is uitgevlogen naar werk en school. Zij heeft haar vrije dag en ze had zich veel voorgenomen, maar de troosteloosheid buiten die doorwerkt in haar binnenste, doet haar werkeloos met de derde kop koffie op de bank zitten. Als ze die leeggedronken heeft staat ze op, trekt haar jas aan, steekt de paraplu onder haar arm en loopt naar buiten. Lopen moet ze. Gewoon een eind lopen om al die zware gedachten te verjagen. Uren heeft ze vannacht wakker gelegen, terwijl Marius naast haar lag te woelen en te draaien. Ze durfde zich nauwelijks te bewegen uit angst hem te laten merken dat ook zij geen oog dichtdeed. Ze had geen zin opnieuw een discussie met hem aan te gaan, opnieuw al die woorden en vooroordelen aan te horen waarmee hij haar de hele avond al om de oren had geslagen. Natuurlijk had hij gelijk, maar zijn gelijk biedt geen oplossing. Elise kiest voor Abdul, dat is zo helder als glas en zij zullen een weg moeten vinden om haar duidelijk te maken dat dat verkeerd is. Ze vraagt zich af of het een mogelijkheid is om er met dominee Timmer over te praten. Wellicht kan hij hun raad geven. Hun predikant staat sinds anderhalf jaar in dit dorp. Hij heeft ongetwijfeld nog geen ervaring met dit soort problemen, maar misschien is er tijdens zijn opleiding aandacht aan besteed, bovendien is hij jong. Hij is van een andere generatie dan zij en Marius en kijkt er mogelijk daarom heel anders tegenaan. Ze heeft de paraplu opgestoken, loopt door het dorp, groet bekenden die zich haastig uit de voeten maken. De regen geeft geen aanleiding tot een gezellig praatje onderweg en ze is er blij om. De tuinen die ze passeert zien er verregend uit, ze stapt in een plas, haar sokken worden nat. De regen druppelt traag van haar gebloemde paraplu. Automatisch loopt ze verder over de vertrouwde weg, langs de bekende huizen, de dorpskerk voorbij, waarnaast de pastorie staat. Even blijft ze aarzelend voor het tuinhekje staan. De pastorie staat er verlaten bij, er staat geen auto op de inrit en door de ramen ziet ze geen mens. Ze loopt verder door de natte straten. Haast vanzelf belandt ze bij de woning van haar vader, aan het einde van het dorp. Het kleine, vertrouwde huis, nog altijd haar thuis. Via de achteringang komt ze in de tuin, die al net zo troosteloos lijkt als al die andere tuinen die ze tijdens haar wandeling is gepasseerd. Achter het glas van de keuken ziet ze haar vader, die met een hartelijk gebaar de deur opent. „Welkom kind, wat een weer, hè? Kom gauw binnen. Heb je zin in koffie?"

„Ik heb al drie koppen gedronken," aarzelt ze.

„Warme chocolademelk met slagroom dan," bedisselt haar vader.

„Dat kan ik niet weigeren." Ze lacht, voelt zich echt de dochter die thuiskomt. „Zal ik je helpen, pa?"

„Je vader is wel oud, maar nog niet zo oud dat hij daar zelf niet meer toe in staat is. Ga maar gauw naar de kamer, daar is het lekker warm. Ik heb de kachel vanmorgen aangedaan. Al is het begin mei, de lente lijkt verweg en in huis was het bijzonder onaangenaam. Ik word daar sikkeneurig van."

„Ik ook," zegt ze. „Daarom ben ik gevlucht."

De kamer is vertrouwd en behaaglijk. Ze gaat in de stoel

vlak bij de kachel zitten, nadat ze haar natte jas op de kapstok heeft gehangen en de paraplu in de daarvoor bestemde bak heeft gedeponeerd. Voor de kachel trekt ze haar natte schoenen uit en strekt haar in sokken gehulde voeten uit in de richting van de warmte. Gezellig, zo'n gaskachel. Het heeft veel meer uitstraling dan zo'n fraai gestileerde centrale verwarming als zij in hun nieuwbouwwoning hebben laten plaatsen, al is zo'n verwarming praktischer in een huishouden met jeugd. Ze herinnert zich nog al te goed haar koude kamer waar ze vroeger haar huiswerk zat te maken. Haar moeder nodigde haar soms uit om dan beneden haar huiswerk te komen maken, maar ze had de stilte nodig om zich te kunnen concentreren.

„Zo kind, ik heb er lekker veel slagroom op gedaan."

„Ik zou eigenlijk moeten lijnen."

„Dat riep je moeder ook altijd als ze weer achter een appelpunt zat. Je moeder was een echte snoepdoos."

„Dat was haar wel aan te zien."

„Ze voelde zich er prettig bij en dat is belangrijk. Natuurlijk vroeg ze weleens aan mij of ik haar niet te dik vond, maar ik heb haar altijd mooi gevonden zoals ze was. Bovendien mag ik er zelf ook zijn." Hij wrijft over z'n opbollende buik. „Als je wordt overvallen door momenten van eenzaamheid dan grijp je naar iets lekkers. Ik vind dat ik me er niet druk over hoef te maken. Het onderhouden van de tuin doe ik nog helemaal zelf, ik doe lopend mijn boodschappen, dus beweging heb ik genoeg. Als ik jou was zou ik me er ook maar niet te veel mee bezighouden. Het is toch erg als je niet meer van het lekkers in het leven kunt genieten, omdat je steeds met je lijn bezig bent. Bovendien vind ik persoonlijk een gevuld Rubens-figuur veel mooier dan die wandelende skeletten tegenwoordig. Kijk eens naar Elise. Ze heeft een lekker koppie, maar ze is broodmager."

„Zelf noemt ze dat slank."

„De jeugd kijkt te veel naar die damesbladen waarin allemaal van die broodmagere figuren staan afgebeeld."

„Ze eet normaal."

„Dan zal het misschien haar jeugd zijn. Jij was vroeger ook een mager meisje, zelfs je moeder was een dennetje toen ik haar trouwde. Kom kind, laten we die chocolademelk niet koud laten worden." Genietend leunt hij achterover, drinkt langzaam uit z'n beker, op z'n bovenlip tekent zich een witte snor van slagroom af, die hij met een nonchalant gebaar wegveegt. Dan leunt hij achterover en kijkt peinzend naar z'n enige dochter. „Vertel nu eens wat er bij jullie thuis aan de hand is?"

„Hoezo?" Ze schrikt overeind. Het is niet de bedoeling dat hij van de problemen op de hoogte wordt gesteld. Ze wil het niet.

„Kind, ik ben niet op m'n achterhoofd gevallen. Gisteravond kwam Elise hier binnenvallen, ook al met zo'n stil, wit snoetje. Volgens haar was er niets aan de hand en daarmee wilde ze deze oude man in slaap sussen. Nu stap jij hier ineens over de drempel. Jij, die het op je vrije dagen altijd zo druk hebt met het bestieren van je huishouden. Je maakt mij niet wijs dat je hier voor je lol zit."

„Ik heb gewoon slecht geslapen en vanmorgen wilde er niets uit m'n handen komen," bekent ze.

„Jij slaapt altijd als een blok, volgens Marius."

„Vannacht ging dat niet op."

„Dan zal daar toch een reden voor zijn. Wil je me die niet vertellen omdat ik een oude man ben en je meent dat ik er toch niets van snap?"

„Nee," zegt ze fel. „Maar ik wil u niet met onze problemen opzadelen."

„Alsof ik me niet bezorgd maak als je niets zegt. Misschien kan ik op m'n oude dag nog iets voor jullie betekenen. Vertel eens, wat is er met Elise aan de hand? Is ze zwanger van één of ander onguur type dat haar heeft laten zitten?"

66

Ondanks zichzelf moet ze lachen. „Wat een opmerking."

„Ik kan me gewoon niets ergers voorstellen," verontschuldigt haar vader zich.

„Ze heeft verkering met een Marokkaan," gooit ze er heftig uit.

„Ja, en?"

„Wat, ja en? U begrijpt toch ook wel dat dat niets worden kan? Zo'n jongen van buitenlandse afkomst is toch niets voor onze Elise? Hij is moslim. Eigenlijk is dit het waar ik diep in m'n hart altijd bang voor ben geweest. Ik heb mezelf altijd gesust met de gedachte dat er in ons dorp geen buitenlanders wonen, maar Elise werkt in de stad en juist op haar werk heeft ze hem ontmoet."

„Wat is het voor een jongen?" informeert haar vader rustig.

„Hoe kan ik dat nou weten? Ik heb die jongen nog nooit gezien. Weet je, pa, ik ben zo bang... eigenlijk vind ik het stom om te zeggen, maar je hoort weleens van die Marokkaanse jongens dat ze eerst een Nederlands meisje het hoofd op hol brengen en hen dan later dwingen tot prostitutie. Het meisje blijkt dan niet bij machte zich aan de invloed van zo'n jongen te onttrekken. Elise staat al ingeschreven voor een flat. Ze zou het ons niet vertellen als..."

„Loop je niet een beetje op de zaken vooruit?" valt haar vader haar kalm in de rede. „Heeft die jongen werk?"

„Volgens Elise studeert hij voor maatschappelijk werker, daarnaast werkt hij tijdens de weekenden en vakanties in een hotel als ober."

„Dat lijkt me niet het soort jongen dat tot dergelijke praktijken in staat is. Je moet niet direct van een doemscenario uitgaan."

„Misschien loop ik wel te hard van stapel, maar het feit blijft dat hij moslim is. Wij zijn christen, Elise is christen. Hoe valt dat met elkaar te rijmen?"

„Heb je niet een beetje weinig vertrouwen in je jongste

dochter? Vorig jaar heeft ze belijdenis gedaan. Ze is een actief lid binnen de gemeente. Ik heb er altijd weer plezier in als zij de kindernevendienst moet leiden. De manier waarop ze met die kleintjes de kerk verlaat vervult me steeds met trots. Nogmaals, Elise heeft vorig jaar belijdenis gedaan en dat deed ze met hart en ziel. Denk je niet dat ze dat vast zal houden? Meen je werkelijk dat Elise haar geloof zal verloochenen, zelfs al is ze verliefd op een Marokkaanse jongen die het moslimgeloof aanhangt?"

„Ze wil het contact met hem niet verbreken, ze beweert bij hoog en bij laag dat ze van hem houdt."

„Tegen liefde is weinig te doen, maar Elise is sterk genoeg om ook binnen een relatie met een moslim haar christelijke geloof overeind te houden. Daar ben ik van overtuigd."

„Ik niet. Ze kan nu wel beweren dat ze elkaar de ruimte zullen geven voor het belijden van hun eigen geloof, maar hoe werkt dat verder door? Zal Elise zo standvastig kunnen blijven als die Abdul haar onder druk zet?"

„Abdul... heet die jongen Abdul?"

„Ja, Abdul, z'n achternaam ben ik vergeten, die is nogal ingewikkeld."

„Toevallig las ik laatst dat Abdullah 'dienaar van Allah' betekent."

„Wordt het daar beter van?"

„Weet je nog waarom je Elisabeth zo'n mooie naam vond?"

„Omdat mama zo heette."

„Denk goed na, kind. Je vond de betekenis ook zo mooi. Elise komt van Elisabeth, wat 'de aan God gewijde' betekent. Is het niet frappant dat een dienaar van Allah en een aan God gewijde elkaar vinden?"

„Ik begrijp niet wat je daarmee wilt zeggen."

„Ik weet het eigenlijk ook niet, maar het doet me iets. Ik begrijp dat het je overvallen heeft, dat doet het mij ook. Ik weet niet wat ik ermee aan moet. Ik geloof wel dat je wat meer vertrouwen in Elise moet hebben en dat het geen enkele zin heeft om haar te verbieden met Abdul om te gaan. Ze heeft het tot nu toe stiekem gedaan, dat kan ze ook doen als jullie haar de omgang met die jongen verbieden. Bovendien wil ze op zichzelf gaan wonen. Wie kan haar dan nog tegenhouden? Het enige dat je ermee bereikt is dat je Elise kwijtraakt. Elise is minstens zo koppig als jouw Marius."

„Marius verbiedt haar de omgang met Abdul."

„Daar was ik al bang voor."

„Ik ben het met hem eens, pa. Er kan geen zegen op rusten."

„Elise zal dat zelf moeten ondervinden. Je zult haar los moeten laten, maar laat de deur voor haar openstaan. Probeer belangstelling te hebben voor die jongen. Als je het kunt opbrengen zul je met hem kennis moeten maken. Dan weet je wat voor vlees je in de kuip hebt. Nodig hem uit voor een zondagmiddag. Zorg dat je een lekker kippetje in de braadpan hebt liggen, want varkensvlees mogen die jongens niet eten. Ik weet weinig van moslims, maar dat is me wel duidelijk. Ontvang die jongen zoals je dat ook met een gewone Nederlandse jongen zou doen. Vraag hem om wat meer informatie, verdiep je in de levenswijze van moslims. Ik geloof dat je daar beter aan doet dan hem afwijzen. Je zult altijd aan het kortste eind trekken. Elise is geen kind meer, maar een jonge vrouw die verliefd is."

„Hoe moet ik dat aan Marius verkopen?"

„Ik wil wel met hem praten."

„Van jou zal hij het net zomin willen aannemen. Marius voorziet al grote problemen binnen de kerk."

„Die zullen er ook zeker komen. Ze zullen over je heen vallen. Het is immers veel eenvoudiger om te oordelen als je zelf niet in de situatie zit? Op afstand weten we het allemaal wel. Moslims zijn een bedreiging voor het christendom. Elise zal veroordeeld worden door de mensheid, maar onze God is een God van liefde. God ziet jouw strijd, maar ook die van Elise. God houdt zoveel van ons, dat is onvoorstelbaar, kind. Leg je zorgen aan Hem voor, vraag Hem om raad. Elise heeft haar hart aan Hem gegeven toen ze belijdenis deed. Ze kan van Hem wegdwalen, maar Hij zal op haar wachten, zoals de vader wachtte op de verloren zoon. Je oude vader kan niet veel doen, maar hij kan nog altijd bidden en dat zal ik doen."

„Dank je." Ze voelt tranen in haar ogen, ergens is een vrede diep in haar dankzij de woorden van haar vader. Het is goed dat ze juist naar hem is toegegaan. Haar problemen zijn niet opgelost, maar er is een stukje rust gekomen.

„Zal ik dan nu maar een glaasje wijn inschenken?"

„Wijn om deze tijd?"

„Alles is vandaag een beetje anders, is het niet? Ik wil nog even genieten van jouw aanwezigheid, gewoon ons samenzijn nog een beetje rekken. Eet je straks een boterhammetje mee? Ik heb vanmorgen vroeg een lekkerbekje gehaald bij de viskraam. Dat kunnen we samen delen."

Thuis is er niemand die op haar wacht. Het stof blijft wel liggen, stofzuigen kan later in de middag ook nog. Alles kan wachten. Ze wil zich nog even koesteren in de zorg en warmte van haar ouderlijk huis. Ze heeft een fantastische vader en ze hoopt dat Elise dat later ook zal kunnen zeggen van háár vader. Marius Halewijn, een koppig mens die echter niet anders wil dan haar vader: zijn kinderen gelukkig zien. Als ze straks thuiskomt zal ze de verwarming hoog opdraaien, neemt ze zich voor, zodat de kilte in huis verdreven zal worden.

Opnieuw staat ze voor de pastorie. Nu staat de auto wel voor de garage. Ze loopt een paar passen het pad op naar de voordeur, aarzelt dan en draait zich weer om. Dominee Timmer, de gemeente loopt met hem weg. Hij wordt ge-

roemd vanwege zijn goed onderbouwde preken, zijn heldere uitleg van het Woord. De rechtzinnige herder van de
gemeente waarvan ze deel uitmaakt. Waarom krijgt ze op
dit moment het gevoel dat ze juist nu niet bij hem terecht
kan?

De tafel is gezellig gedekt, het huis is opgewarmd, maar de
spanning snijdt als een mes door de sfeer. Wanhopig zoekt
Lidewij naar woorden, maar Marius is kortaf en ook Elise
antwoordt niet meer dan nodig is. Het is Irmgard die het op
een gegeven moment niet meer uithoudt. „Moeten we nu zo
doorgaan?" vraagt ze zich hardop af. „Moeten we doen
alsof onze neus bloedt, terwijl er hier in huis iets helemaal
fout zit?"
    „Je weet waar die fout zit," snauwt haar vader ingehou-
den met een blik op Elise, die lusteloos door haar spaghet-
ti bolognese roert. „Spreek je zuster er maar op aan," gaat
Marius verder. „Ik wil wedden dat ze die vent vanmiddag
weer gesproken heeft."
    Elise reageert niet. Haar vader heeft gelijk. Abdul stond
zoals gebruikelijk op haar te wachten en zij heeft hem in
het kort van de omstandigheden op dit moment verteld. „Ze
weten het nu," was ze haar verhaal geëindigd. „Zoals ik al
had verwacht waren ze er niet blij mee."
    „Ik hoop niet dat je vanwege mij te veel moeilijkheden
krijgt," had Abdul bedachtzaam opgemerkt.
    „Het kan me niet schelen. Ze kunnen wel zeggen dat ik
met je moet breken, maar dat zal ik nooit doen. Ik hou van
je en dat zullen ze moeten accepteren. Op dit moment zullen we het even rustig aan doen. Ik heb nog geen flat, maar
ik blijf schrijven tot ik wel een flat toegewezen krijg. Dan
kunnen ze me niets meer maken. Niemand kan me verbieden om jou te ontmoeten. Zelfs mijn vader niet!" Op dat
moment had ze strijdlust gevoeld, die langzaam was verdwenen tijdens de ongemakkelijke stiltes aan tafel.

Hoelang zou dit gaan duren? Had ze maar vast een flat. Niemand hoefde haar te helpen met schoonmaken en inrichten. Ze had de hulp van haar familie niet nodig. Ze zou zichzelf wel redden, maar hoelangzou ze moeten wachten voordat ze een flat had? Een maand, twee maanden, langer? Die gedachte had haar met wanhoop vervuld, met zoveel wanhoop dat het eten haar bijna in de keel bleef steken. Nu kijkt ze op, recht in de ogen van haar vader.

„Is het een fout als je zielsveel van iemand houdt?" Ze ziet hoe zijn kaakspieren bewegen, zijn ogen zich vernauwen.

„Wel als je weet dat het een onmogelijke liefde is," is zijn weerwoord.

„Marius, misschien moeten we gewoon eens kennismaken met Abdul," probeert haar moeder. Het levert haar een dankbare blik op van haar jongste dochter.

„Ik voel geen enkele behoefte om met die vent kennis te maken."

Het doet haar pijn haar vader zo te horen praten, maar ze begrijpt dat hij zichzelf op die manier beschermt. Met 'die vent' houdt hij de mens Abdul op een afstand en dat is wat hij op dit moment het liefste wil.

„Hier kom je niet verder mee," gaat haar moeder verder.

„Laat maar mam. Doe voor mij geen moeite."

„Ik heb geen zin om hier in die verstikkende sfeer te moeten leven, omdat mijn jongste zus het in haar hoofd heeft gehaald om met een moslim aan te pappen." Radboud heeft er al die tijd nog niets over gezegd, nu legt hij z'n vork en mes neer. „Elise, ik heb je altijd voor verstandig gehouden, maar jij weet net zo goed als wij hier allemaal dat het niets worden kan. Het zal best een aardige jongen zijn, maar..."

„Ik hoef jouw preek niet te horen," zegt ze. Het is alsof juist Radbouds woorden iets openbreken wat ze steeds het zwijgen heeft trachten op te leggen. Ze heeft steun van hem verwacht, van haar enige broer, maar niet deze woorden. Van haar vader kan ze de woede begrijpen, maar niet deze opmerking van Radboud. Hij laat haar vallen, zoals haar hele familie haar laat vallen met uitzondering van haar moeder op dit moment. „Ik wil helemaal niets meer horen!" schreeuwt ze. „Ik ben me heel goed bewust van het feit dat ik hier de sfeer bederf. Dat juist ik een stoorzender binnen dit gelukkige gezin ben. Het spijt me dat jullie dit moet overkomen. Het spijt me dat ik jullie zo verschrikkelijk tegenval. Jullie weten het allemaal zo goed. Pa, heb je net in je gebed niet stilgestaan bij onze naasten, de mensen in deze wereld die het niet zo goed hebben getroffen als wij? Wat zijn je woorden waard? Heb je niet gevraagd of God ons wil helpen om naar die naaste om te kijken? Wie bedoel je dan met onze naaste? Onze naasten zijn dus niet de moslims. Ik behoor zelfs niet tot jouw naasten."

„Je trekt mijn woorden in het belachelijke!" Ze ziet hoe de aderen op zijn voorhoofd vervaarlijk opzwellen en vreemd genoeg maakt haar dat juist rustig.

„Het is niet mijn bedoeling om jouw woorden in het belachelijke te trekken. Ik wil je alleen maar duidelijk maken dat ik van Abdul hou. Ik kan niet anders dan mijn hart volgen, maar in datzelfde hart zijn ook andere gevoelens. Ik had het graag anders gezien. Was het niet veel makkelijker geweest om verliefd te worden op een keurige christelijke jongen, het liefst van onze kerk? Denk je niet dat ik niet weet dat Abdul uit een andere cultuur komt, geloof je niet dat ook mijn gedachten onophoudelijk bezig zijn met de vraag wat God in dit geval van me wil?"

„Lees de bijbel," reageert haar vader.

„Staat daar de pasklare oplossing? Wil God niet dat een mens gelukkig wordt?"

„Ook na Abdul kun je gelukkig worden."

„Dat zeg je verkeerd, pa. Jíj zou na Abdul gelukkig worden. Als ik naar je zou luisteren kon je weer gewoon je gezapige leven doorleven. Je zou opnieuw de keurige christen uit kunnen hangen..."

„Hou je grote mond! Ik tolereer dit niet in mijn huis!"

„Niemand zou het hoeven weten!" Ze overschreeuwt hem. Allebei staan ze nu, hun ogen vastgehaakt in elkaar. „Niemand zou het hoeven weten, pa. Je zou je niet hoeven te schamen voor je dochter. Als ik maar wilde luisteren!"

„Je zúlt naar me luisteren!"

„Zolang ik in dit huis woon. Daarna is het voorbij."

„Marius toe... Elise, hou je mond nu eens." Zenuwachtig is ook Lidewij opgestaan. Niemand lijkt haar te horen.

„Dan is het voor mij ook voorbij." Haar vader schreeuwt niet meer. Zijn stem klinkt vreemd rustig, maar zijn woorden klinken hard door de immense stilte, die plotseling rond de tafel hangt. „Op dit moment tolereer ik je hier in dit huis, maar als je met die vent doorgaat op een flat, dan ben je het niet langer waard mijn dochter te zijn. Sterker nog, dan bén je mijn dochter niet meer!"

Haar gezicht is wit, een lichte vlek in de vroege avondschemering. Ze antwoordt niet, maar haar ogen zijn even staalblauw als de zijne. Langzaam draait ze zich om, loopt de kamer uit, maar nog voordat ze de deur opent hoort iedereen haar luid en duidelijk zeggen. „Ik wíl je dochter niet eens meer zijn!"

Het is opnieuw Irmgard die de stilte verbreekt die is blijven hangen nadat Elises voetstappen naar boven zijn gegaan. „Godsdienstoorlogen. Ik heb nooit begrepen hoe het mogelijk is dat mensen oorlogen voeren vanuit hun geloof. Vanavond heb ik aan deze tafel gezien dát het mogelijk is en het maakt me bang, hartstikke bang!"

Er is niemand die reageert.

Ze staat voor het raam en staart naar de verregende tuin. De regen is opgehouden, het grijze wolkendek hult de wereld in een grauwsluier. Ze legt haar hoofd tegen het koude glas, probeert zo haar gedachten te ordenen die als een maalstroom haar hoofd in beslag hebben genomen. Eén gedachte overheerst: ze houdt het hier niet langer uit tot ze een flat heeft. Ze wil niet langer zijn in een huis waar zij de oorzaak is van doorlopende onenigheid. Ze wil niet de sfeer bederven, ze kan niet langer de blik van haar vader trotseren. Heel moedig heeft ze hem te woord gestaan. Ze heeft hem gezegd dat ze zijn dochter niet meer wíl zijn, maar het was niet anders dan een reactie op zijn woorden. Ze is niet moedig, ze is bang, ontredderd en bovenal teleurgesteld in de man die haar vader is. Beneden gaat een deur open, ze hoort voetstappen op de trap en voor haar deur opengaat weet ze al dat het Irmgard is die naar haar op weg is. Ze bijt op haar lip, maar draait zich niet om als haar zus de kamer binnenkomt.

„Elise..." Irmgards stem klinkt klein, kwetsbaar bijna. „Elise, ik wil je zeggen... als ik het allemaal van tevoren had geweten, had ik papa en mama niet ingelicht."

„Het kan niet meer teruggedraaid worden," zegt ze zacht en nu draait ze zich wel om. Ze ziet de tranen op het gezicht van haar zus, voelt hoe haar eigen keel dicht zit. „Het heeft geen zin om jezelf verwijten te maken. Op een dag waren papa en mama er toch achter gekomen."

„Ik maakte me bezorgd om je," gaat Irmgard verder. „Papa en mama maakten zich ook bezorgd. Je veranderde zo. Ineens wilde je niet meer met me weg en dat terwijl we zoveel samen deden. Je had toch ook problemen kunnen hebben die je niet met ons durfde delen? Het had toch veel erger kunnen zijn?"

„Is dit niet erg genoeg?" Ze gaat op de rand van haar bed zitten. Haar kamer is zo vertrouwd. Het gebloemde dekbed op haar ledikant, het kleine, witte bureau dat haar ouders voor haar kochten toen ze naar de middelbare school ging, de zachtgele muren, de moderne gordijnen in blauwe en gele tinten. Haar kamer is altijd een zonnige kamer geweest, maar wat heb je daaraan als de zon uit je hart verdwenen is? „Ik heb me echt wel gerealiseerd dat er enorme problemen zouden rijzen als ik aanpapte met een buitenlandse jongen. Nachten heb ik ervan wakker gelegen. Ik heb tegen mezelf gezegd dat ik wijzer moest zijn, dat ik mijn verstand moest laten spreken, maar ik kan het niet. Mijn gevoel wint het van mijn verstand. Abdul is de meest geweldige man die ik in mijn leven ben tegengekomen. Ik hou van hem en ik kan niet anders. Ik wil ook niet anders, zelfs als dat zou betekenen dat ik daarvoor mijn familie moet opofferen.”

„Papa en mama zullen bijtrekken en mij zul je niet kwijtraken. Hoe het met Radboud zal gaan, weet ik niet. Ik heb altijd het gevoel dat hij niets van ons begrijpt, maar mij zul je niet kwijtraken.” Voorzichtig is ze naast Elise op het bed gaan zitten. Elise, die haar knuffelkoe gepakt heeft en stijf in haar armen houdt. Ooit kocht ze die in een souvenirwinkel tijdens hun vakantie in Oostenrijk. Een bruine koe, voorzien van een lederhose en een Tirools hoedje. Ze noemde de koe 'Heini', naar een Oostenrijks vriendje. Jarenlang waren ze onafscheidelijk tijdens logeerpartijen, in moeilijke dagen en in bed. Ze heeft er nooit toe kunnen komen om het beest weg te doen. Nu houdt ze zich er opnieuw aan vast.

„Dank je wel,” zegt ze zacht.

„Papa en mama zullen echt bijdraaien als ze merken dat het je ernst is. Het was een schok voor hen. Ze zullen moeten wennen en dan komt het weer goed,” merkt Irmgard nogmaals op.

„Mama misschien, maar papa... papa niet. Ik heb hem teleurgesteld. Hij schaamt zich ervoor. Over een poosje zal iedereen weten dat de dochter van Halewijn met een buitenlander loopt. Ik begrijp het wel, maar ik kan niet anders.”

Van beneden klinkt geschreeuw. De stem van haar vader,

van haar moeder, die van Radboud er tussendoor. Een deur die hard dichtgeslagen wordt. Ze ziet hoe Irmgard onrustig op en neer wipt op de rand van het bed. „Ga maar gauw naar beneden," zegt ze zacht. „Zeg maar dat ik het hen niet moeilijk zal maken."

„Ik weet het niet..." aarzelt Irmgard.

„Naar jou luisteren ze," weet ze zeker. „Jij bent de vredesduif hier in huis."

„Vredesduif, wat een uitdrukking." Irmgard staat toch op.

„Bedankt Irmgard, ik neem je niets kwalijk. Misschien had ik het andersom ook gedaan, ik bedoel... als jij met een buitenlander..."

Ze ziet haar zus de kamer uitgaan. Haar oudere zus, die altijd in haar schaduw had gestaan. Zij was het leuke jongste zusje. Irmgard zag er ook leuk uit met haar donkerblonde, schouderlange haar. Ze was iets molliger dan zij en gewoon minder opvallend mooi, iets rustiger. Ze zou later een goede onderwijzeres worden. Irmgard de vredesduif en zij... Ons 'enfant terrible' noemde haar vader haar soms liefkozend. Ze deden op dit moment hun koosnaampjes wel eer aan.

Het is de volgende morgen heel vroeg als ze het huis verlaat. De duisternis van de nacht heeft nog maar net plaatsgemaakt voor een dichte schemer. In die schemer kijkt ze nogmaals haar kamer rond. Haar boeken op de plank, de nu lege toilettafel, het keurig opgemaakte bed met daarop een witte brief. Zo heeft ze het weleens in films gezien. Voor haar is het waarheid. Ze slikt, voelt tranen branden en probeert die terug te dringen. Er is geen andere weg. Voetje voor voetje daalt ze de trap af, luistert gespannen naar eventuele geluiden maar die bllijven achterwege. Het hele huis slaapt. Iedereen blijft slapen, ook nadat ze de achterdeur heeft gesloten en als ze haar fiets uit de schuur pakt. De wereld slaapt nog, gehuld in een lichte ochtendnevel.

Door die nevel fietst zij in de richting van de stad. Vanuit haar volgepropte rugzak kijkt 'Heini' de wereld in. Zijn groene hoedje wordt langzaam vochtig.

„Ben je nu tevreden? Is dit het wat je wilde?" Lidewij komt zwaaiend met de witte brief de huiskamer in waar Marius samen met Radboud en Irmgard aan de ontbijttafel zit. Haar stem klinkt schril. Niet-begrijpend staart hij z'n vrouw aan, die even daarvoor naar boven is gelopen om Elise te wekken. Ze gooit de brief op z'n bord waar een halve bruine boterham met kaas ligt te wachten op de volgende hap. Zwijgend staart hij naar de letters, die dansen voor zijn vermoeide ogen. Langzaam worden die letters waarheid, dringt de betekenis ervan tot hem door. Elise is weg. Ze moeten zich vooral geen zorgen maken. Het is beter zo. Als ze een flat heeft zal ze contact opnemen. Tot die tijd duikt ze een poos onder. Irmgard grist de brief van zijn bord, spelt de woorden en ziet ineens haar gesprek van gisteravond met Elise in een ander licht. „Ik neem je niets kwalijk," had Elise gezegd, „bedankt Irmgard," alsof ze op dat moment al afscheid nam. Zwijgend overhandigt ze de brief aan haar broer.

„Ze zal naar haar werk moeten." Marius voelt iets van opluchting. „Ze kan toch niet zomaar van haar werk wegblijven? Lidewij, rijd jij vandaag even langs haar werk en vertel haar dat ze zich niet als een klein kind moet gedragen. Als ze haar verstand een beetje gebruikt is ze zo weer thuis."

„Denk je echt dat ze naar haar werk zal gaan?" informeert Irmgard cynisch. „Elise zal haar verstand werkelijk gebruiken en dat houdt in dat ze of verlof of ziekteverlof heeft."

„Het meest logische lijkt me dat ze naar die Abdul is gegaan," mengt Radboud zich ertussen. „Zo'n probleem moet het niet zijn om zijn adres te achterhalen. Weet iemand zijn achternaam?"

Er valt een stilte. Abdul is al die tijd Abdul geweest, of die vent, die kerel, die moslim, maar een achternaam?

„Ze heeft het een keer laten vallen," begint Lidewij dan toch hoopvol. Volgens mij begon het met een S of nee... met een A. Ik heb toen nog gedacht aan de anonieme alcoholisten. Abdul A..."

„Dat schiet mooi op," sneert Marius. „Abdul A, daar komen we verder mee."

„Hou je mond even, dan kan ik rustig nadenken." Lidewij probeert haar paniek te onderdrukken om zo haar gedachten de ruimte te geven. „Abdul As... Aser... Het was nogal een moeilijke achternaam."

„Die lui hebben allemaal vreemde achternamen," zegt Marius opnieuw, wat hem op een woedende blik van z'n echtgenote komt te staan.

„Ik pak het telefoonboek." Radboud voegt de daad bij het woord, bladert in het groene boek. Lidewij volgt zijn vinger.

„Weet je zeker dat zijn achternaam met een A begint?"

„Heel zeker." Ze kijkt niet naar Marius. ze voelt hoe de spanning zich langzaam maar zeker een weg omhoog zoekt. „Laat mij eens kijken." Ze neemt het telefoonboek over. Nu glijdt haar vinger langs de namen, maar ze vindt geen naam die haar bekend voorkomt. „Hij kan een geheim nummer hebben," oppert ze. „Dan komen we natuurlijk niet verder."

„Die lui hebben altijd iets te verbergen. Daarom hebben ze allemaal een geheim telefoonnummer," mengt Marius er zich opnieuw in.

„Met negatieve opmerkingen komen we niet verder. We weten nu allemaal hoe je erover denkt en inmiddels weten we ook wat het heeft opgeleverd," haalt Irmgard fel uit. „Om negen uur kunnen we naar de winkel bellen. Dat is het enige wat we op dit moment kunnen doen."

„En als ze zich heeft ziek gemeld? Het maakt toch een

vreemde indruk als wij dan bellen of ze er is," bedenkt Lidewij.

„Ik bel. Ik kan zeggen dat ik haar vanmorgen nog niet heb gezien voor ik naar school ging en dat ik het dus niet weet. Ik kan toch net doen alsof ik op school ben. Jullie hoeven alleen maar je mond te houden."

„Je moet zo naar school," aarzelt Lidewij.

„Je denkt toch niet dat ik vandaag naar school ga? Ik zou geen moment rust hebben. Nee, ik wil Elise zoeken."

„Hoe denk je dat te doen als Elise zich werkelijk heeft ziek gemeld?" merkt Radboud praktisch op. „Wil je de hele stad uitkammen? Denk je echt dat je haar zomaar zult vinden?"

Er valt een stilte. „We moeten rustig blijven," gaat Marius dan verder. „Bovendien, wat bereiken we ermee als we het adres van die vent weten? Ik ben niet van plan daar aan de deur te gaan smeken of mijn dochter alsjeblieft terug wil komen. Ze komt binnenkort met hangende pootjes terug, let op mijn woorden."

„Daar zou ik niet te zeker van zijn." Lidewij is rood aangelopen. „Je schijnt je dochter nog steeds niet te kennen. Elise komt nooit met hangende pootjes terug. Nooit!" Ze ziet hoe Marius een blik op zijn horloge werpt. „Ga maar naar je werk. Ze kunnen je daar niet missen."

„Ik heb vandaag functioneringsgesprekken," verdedigt hij zich.

„Die zijn veel belangrijker dan je dochter op dit moment." Haar stem klinkt hard.

„Mijn aanwezigheid hier voegt op dit moment niets toe."

Een beetje onhandig staat hij op, drinkt staande de laatste thee uit zijn kopje.

Lidewij staart hem aan, ontvangt plichtmatig zijn kus voor hij de deur uitloopt, gevolgd door Radboud die vindt dat hij ook niet langer kan wachten.

„En jij mam, hoe doe jij dat vandaag met je werk?" informeert Irmgard praktisch.

„Ik bel op," zegt ze resoluut. „Ik zal uitleggen dat er hier in huis problemen zijn en dat ik vrij moet hebben. Verlofdagen heb ik nog genoeg. Misschien kan ik later in de week deze dag inhalen. Er is veel werk, maar op de een of andere manier zal ik dat wel klaar krijgen. Ik ben niet zo onmisbaar op m'n werk als je vader." Ze verkruimelt haar boterham. „Het is net alsof dit niet echt is. Dit kan binnen ons gezin niet gebeuren. Ons leven verliep rimpelloos. Hoe is het mogelijk dat het binnen een paar dagen allemaal zo kan veranderen?"

„Het komt allemaal wel weer goed," tracht Irmgard haar op te beuren. „Heus mam, Elise loopt niet in zeven sloten tegelijk en als ze naar Abdul is, dan kan haar niets gebeuren. Toen ik hen laatst samen zag leek hij me geen onaardige jongen. Volgens Elise is hij de meest hoffelijke man die ze ooit ontmoet heeft. Daar moeten we maar op vertrouwen. Elise heeft het gevoel alleen te staan binnen ons gezin en op dit moment is dat natuurlijk ook zo. Hebben wij ons niet allemaal tegen haar gekeerd? Wij hebben haar toch steeds verteld dat het niet goed was wat ze deed zonder ons erom te bekommeren hoe zij zich voelde?"

„Het is zo moeilijk allemaal."

„Dat is het ook, maar Elise heeft echt wel nagedacht over de consequenties. Zij zou ook liever zorgeloos verliefd zijn. Wij benaderen het allemaal zo rationeel, maar wat weten we van haar gevoelens? Als je werkelijk van iemand houdt is het niet mogelijk om die ander los te laten. Zeg eens eerlijk, mam, toen jij verliefd was op papa kon toch ook niemand je tegenhouden?"

„Dat was een hele andere situatie. Opa en oma waren heel content met hem."

„Maar als dat eens anders was geweest? Als papa uit een heel ander milieu was gekomen, of als hij rooms-katholiek was geweest, dan zouden ze er ook op tegen zijn geweest. Zo was dat toch in die tijd? Had jij je dan laten tegenhouden?"

„Nee," zegt Lidewij eerlijk. „Ik hield zoveel van die man. Ik ben niet zo'n doortastend type als Elise, maar ik had me in die tijd ook niet laten tegenhouden. Voor je grote liefde heb je alles over."

„Hij is je grote liefde gebleven, hè mam?"

„Ja, hij is mijn grote liefde gebleven, ondanks de meningsverschillen die we soms hebben, omdat hij zo afschuwelijk koppig kan zijn."

„Ook nu jullie allebei een verschillende mening over Elise hebben?"

„Ik ken hem zo goed. Je vader weet niet hoe hij ermee om moet gaan. We maken ons allemaal zorgen om Elise, maar je vader waarschijnlijk het meest. Bovendien geeft hij zichzelf de schuld van het feit dat Elise ervandoor is. Hij zal dat niet toegeven, maar ik ken hem zo goed." Ze glimlacht. „Ik ken hem misschien nog beter dan hij zichzelf kent. Hij wil zijn hart nooit tonen, maar dat hart is veel kleiner dan zijn zelfbewuste uitstraling doet vermoeden." Ze staat op. „Ik ga nu eerst m'n chef op de hoogte stellen. Om negen uur mag jij naar de winkel bellen. Daarna zullen we ons beraden op verdere stappen. Het moet weer goed komen, het zál goed komen."

Marius Halewijn kijkt de jongeman tegenover hem doordringend aan. Hij werkt nog niet zo lang op de afdeling, maar hij is een goede kracht en hij wil meer dan hij nu doet, heeft hij gezegd. „Waar denk je dan aan?" informeert Marius. „Een uitbreiding van je taken?"

Hij haat functioneringsgesprekken, maar ze zijn een onderdeel geworden van zijn functie als chef, zoals er steeds meer verantwoordelijkheden op zijn hoofd worden gestapeld. Reorganisatie lijkt op reorganisatie te volgen binnen dit bedrijf waar hij al meer dan vijfentwintig jaar werkt. Tegenwoordig moet alles beter, efficiënter en vooral goedkoper.

„Ik wil doorgroeien," merkt de jongeman op.

„Doorgroeien..." Ergens in zijn hoofd zit Elise. Ze is net zo'n vastberaden type als deze jongen, alleen was zij destijds wars van studeren geweest. Ze wilde niet doorgroeien. Ze wilde in een leuke boetiek werken waar ze om zes uur de deur achter zich kon sluiten om fluitend naar huis te gaan. Na een damesmodezaak koos ze vorig jaar voor de winkel in vrijetijdskleding en de meeste avonden kwam ze vrolijk thuis met verhalen over lastige en leuke klanten.

Hij moest toegeven dat ze geknipt was voor dit werk.

„Als het mogelijk is zou ik graag een studie oppakken, die me binnen dit bedrijf meer mogelijkheden geeft."

Hij is weer terug bij de les als hij de blik van de jongen tegenover hem doordringend op zich ziet rusten. Verward kijkt hij een andere kant uit. Wat heeft hij allemaal van zijn verhaal gemist? Om zich een houding te geven maakt hij aantekeningen. „Ik zal je wensen meenemen," zegt hij dan. „Uiteraard zijn er mogelijkheden om te studeren. Je kent de condities?"

„Terugbetaling bij het onderbreken van de studie en als ik binnen een jaar na de studie een andere werkgever vind," somt de jongen op.

„Prima. Heb je verder nog op- of aanmerkingen op de afdeling? Dingen die je verbeterd zou willen zien?"

„Het bevalt me hier goed."

„Oké, dan wil ik je vragen dit formulier even door te lezen en te ondertekenen als je het ermee eens bent."

Er valt een stilte, waarin de jongen leest en hij door het raam naar buiten kijkt. De lucht is grijs en nevelig, maar heel voorzichtig probeert de zon door die grijsheid heen te breken. Hij neemt het formulier van de jongen aan en blijft dan alleen achter in zijn kamer. Nu zou hij op moeten staan en met zijn werk verder moeten gaan, maar hij kan er niet toe komen. Zijn gedachten verblijven onophoudelijk bij zijn jongste dochter. Is ze werkelijk naar het huis van die vent gegaan? Abdul, hij kan de naam bijna niet uitspreken zonder er een zwaar gevoel van in zijn maag te krijgen. Hij spreekt de naam vrijwel nooit uit. Op deze manier kan hij de man op afstand houden, blijft hij anoniem. Hij moet er niet aan denken werkelijk naar het huis van die man te gaan. Hij zou niet alleen een naam krijgen, maar ook een gezicht. Hij zou een mens worden en niet langer die islamitische kerel zijn. Waarom heeft Elise niet nagedacht? Hoe komt het dat ze niet in de gaten heeft dat hij voor haar eigen bestwil zo reageert? Ze kan niet gelukkig worden met een buitenlander. Hij heeft niet alleen z'n eigen geloof, maar ook z'n eigen achtergrond, z'n eigen cultuur. Hoe kan ze ooit gelukkig worden met zo'n man? In theorie klinkt het allemaal goed. Natuurlijk kun je in theorie elkaar vrij laten bij het belijden van je godsdienst, maar godsdienst is meer dan kerkgang en de bijbel lezen. Het is een levenshouding, voor hem is het nog meer dan dat. Het is van levensbelang. Hoe kun je iemand tolereren in huis die de betekenis van Jezus voor de mensheid ontkent? Hij heeft veel van Elise getolereerd, hij is vaak gezwicht voor haar argumenten. Juist in zijn jongste dochter herkent hij zoveel van zichzelf. Nu is ze te ver gegaan en ze zal zelf de consequenties moeten dragen. Als ze voor deze man blijft kiezen, kiest ze tegen hem. Een tussenweg is niet mogelijk.

„Hoe zijn de gesprekken tot nu toe verlopen?"
Hij heeft z'n directeur niet binnen horen komen. Met enige tegenzin draait hij zich om. Wat doet hij hier nog? Hij verlangt naar huis en tegelijkertijd vervult hem de gedachte aan thuis met heftige tegenzin. Wat is er in hem gevaren? Vermoeid schuift hij de ingevulde papieren over zijn bureau in de richting van Van Erven.

„Alles goed met je, Marius?"

Hij realiseert zich niet dat hij bleek is, dat hij een matte indruk maakt.

„Waarom zou het niet goed met me zijn?" reageert hij. „Voor vanmiddag heb ik de laatste twee functioneringsgesprekken gepland. Het gaat om de twee probleemgevallen van de afdeling, daar heb ik extra tijd voor uitgetrokken."

„Spijkerman en meisje Doornbos," begrijpt Van Erven meteen.

Marius kan een glimlach bijna niet onderdrukken om dat 'meisje Doornbos'. Het gaat om een vrouw van vijfentwintig. In de ogen van de bedaagde Van Erven schijnen vrouwen onder de veertig allemaal onder 'meisje' te vallen.

„Heb je al enig idee hoe je dat gaat aanpakken?"

Hij probeert Elise te vergeten en zich te concentreren op dit gesprek met Van Erven. Het gaat goed met hem. Hij kan het allemaal aan. Niemand hoeft te weten wat hij voelt, niemand hoeft te weten wat er in zijn huis gebeurt. Marius Halewijn heeft hier geen problemen. Die problemen liggen thuis.

Ze weet zelf niet waarom ze deze kant is uitgelopen. Ze weet alleen dat ze het thuis niet meer uithoudt nu Irmgard naar de stad is gegaan. Het telefoontje naar de jeansshop heeft als resultaat gehad dat ze nu weten dat Elise zich ziek gemeld heeft.

„Wat heb je in de stad te zoeken?" heeft ze aan Irmgard gevraagd.

„Ik weet het zelf niet, maar ik weet wel dat ik dan niet werkeloos thuis hoef te zitten. Ik weet hoe Abdul eruitziet. Misschien gebeurt er een wonder en kom ik hem tegen. Je weet maar nooit. Ik heb zo in ieder geval het idee dat ik iets doe."

Na het vertrek van Irmgard was de stilte benauwend geworden, kon ze niet langer stil blijven zitten en wachten op het geluid van de telefoon, in de hoop dat Elise zou bellen. Daarom heeft ze haar jas aangetrokken en is ze door de nevelige ochtend naar dit huis gelopen. Ze heeft er eerder voor gestaan, maar had toen haar weg vervolgd. Nu drukt ze op de bel naast de donkergroene voordeur. Hier verwacht ze steun, hulp, een oplossing misschien. Dominee Timmer doet zelf open. „Mevrouw…"

Hij weet haar naam niet, hij kent haar gezicht misschien niet eens, hoewel ze een trouwe kerkganger is.

„Halewijn," zegt ze.

„Ach ja, natuurlijk. De moeder van Irmgard en Elise. Kan ik iets voor u betekenen?"

„Ik zou even met u willen praten, als u tenminste tijd hebt, het zal niet zo lang duren. Het is…" Ze hakkelt, voelt zich onzeker tegenover deze man in zijn donkere pak met het smetteloos witte overhemd, zijn geplakte haren. Ook door de week blijft hij predikant.

„Ik heb wel even tijd." Hij legt de nadruk op even. „Komt u maar binnen."

Hij gaat haar voor, vraagt haar niet haar jas uit te doen. Wat onhandig zit ze even later tegenover hem in de woonkamer vol degelijk, donker eiken. Haar ogen vallen op de foto's aan de wand. Kinderfoto's, een trouwfoto. Ze lijken het enige in deze kamer te zijn wat nog een beetje kleur geeft.

„Steekt u maar van wal." Het moet uitnodigend klinken, maar zo ervaart ze het niet. Het is of zijn blik haar op afstand houdt. Waarom is ze hiernaartoe gegaan?

„Het gaat om Elise," zegt ze moeilijk, krijgt ineens het gevoel dat ze haar dochter verraadt en niet alleen haar dochter maar ook de rest van haar familie. Wat zal Marius zeggen als ze hem vertelt dat ze naar dominee Timmer is gegaan? Hij houdt er niet van als ze de vuile was buiten hangt en dat doet ze op dit moment.

„Wat is er met Elise aan de hand?"

„Ze is van huis weggelopen."

„Elise?" Het moet hem vreemd in de oren klinken. Hoe kan een dochter uit zo'n prettig gezin van huis weglopen? Ze heeft het zelf ook niet voor mogelijk gehouden. Het is nog steeds onvoorstelbaar, dit gebeurt in andere gezinnen, maar niet in het hare. Langzaam vormen haar woorden een verhaal, vertelt ze alles wat haar de laatste dagen heeft beziggehouden. Het gezicht tegenover haar vertoont geen emotie. Het blijft in de plooi, alleen ziet ze hoe hij af en toe met zijn hand in een nerveus gebaar door zijn geplakte kapsel strijkt. Een kleine pluk haar gaat weerbarstig omhoog staan. Normaal gesproken zou ze erom moeten lachen, nu registreert ze het zonder er iets bij te voelen. „Mijn jongste dochter heeft ons veilige bestaan op de helling gezet," eindigt ze haar verhaal. „Ik heb me altijd bevoorrecht geweten. Ik moet u eerlijk bekennen dat het me met trots vervulde als ik met mijn hele gezin in de kerk zat. Niemand haakte af. Irmgard en Elise waren actief binnen de kindernevendienst. Radboud zie ik in de toekomst nog wel in de kerkenraad terechtkomen. Marius heeft dat werk ook jarenlang gedaan. Delia komt uit dezelfde kerk en ik nam als vanzelfsprekend aan dat mijn dochters binnen onze gemeente ook de ware tegen het lijf zouden lopen. Het heeft niet zo mogen zijn. Elise heeft een moslim getroffen en ik weet niet hoe ik daarmee om moet gaan."

„Ze moet ervan doordrongen worden dat ze op de verkeerde weg is," is het antwoord van dominee Timmer. Hij strijkt met zijn hand langs het witte boordje van zijn overhemd. Lidewij staart hem aan.

„Dat is de enige weg," gaat Timmer verder. „Christenen en moslims kunnen geen combinatie vormen."

„Ook niet als ze elkaar vrij laten in het belijden van hun geloof?"

„Dat is een utopie, mevrouw Halewijn, een ideaal dat nooit te verwezenlijken is. Men kan de ander in deze belangrijke zaken nooit werkelijk vrij laten. Het is een verkeerde keuze van Elise. Heb ik het nu goed begrepen dat ze op dit moment in het huis van de betreffende jongeman verkeert?"

„Het is een vermoeden, maar geen zekerheid."

„Ik denk dat u haar erop moet wijzen dat ze in strijd handelt met het Woord."

„Denkt u dat we dat de afgelopen dagen niet hebben gedaan? Wat heeft het opgeleverd? Liefde is sterk, dominee Timmer. Liefde trekt zich schijnbaar niets aan van religie of achtergrond."

„Dan zal het verstand moeten zegevieren. Met liefde alleen kom je er niet in deze wereld."

„Weet u wat ik me vanmorgen afvroeg?" Haar vingers plukken nerveus aan de lange, grijze rok die ze draagt. „Ik heb me afgevraagd wat Christus zou hebben gedaan als Hij in onze plaats stond. Zou Hij die jongen ook direct veroordeeld hebben of zou Hij hem misschien eerst op de koffie hebben gevraagd?"

„Christus zou Elise op haar zonden hebben gewezen."

„Wat weet u van de islamitische godsdienst?"

„Niet veel. Het is voor mij absoluut ondenkbaar dat ik me in een valse boodschap zou verdiepen."

Ze kan niet zeggen wat ze voelt. Verlatenheid misschien, een gevoel van intense eenzaamheid. Traag staat ze op. „Dank u voor uw tijd."

„Ik hoop dat u Elise zult vinden. Ik bid dat ze terug mag keren op de goede weg," zijn de laatste woorden van de predikant, die haar vergezellen op de terugweg naar huis. De goede weg, wat is in dit geval de goede weg?

ᢞ 8 ᢜ

„Ik heb Bianca gesproken." Irmgard zit achter een kop koffie als ze thuiskomt. „Zal ik voor jou eerst ook maar koffie inschenken? Je ziet eruit als een dweil. Waar ben je trouwens geweest, bij opa?"

„Bij dominee Timmer." Ze laat zich in een stoel zakken, veegt met een vermoeid gebaar langs haar ogen.

„Wat moest je daar?"

„Ik weet het zelf niet en om eerlijk te zijn heb ik er ook niets gevonden. Schenk maar koffie in en vertel me dan wat je bij Bianca hebt gedaan."

Ze hoort de voetstappen van Irmgard in de richting van de keuken gaan. Een keukenkastje wordt opengetrokken, het geluid van een kopje op een schoteltje. Ze sluit haar ogen.

„Ik ben naar de winkel geweest om Bianca te vragen of zij enig idee heeft waar Abdul woont."

„Ben je naar de winkel geweest? Heb je zomaar gezegd wat hier aan de hand is?"

„Jij hebt Timmer toch verteld wat hier aan de hand is?"

„Dat is iets anders."

„Ja, jou heeft het niets opgeleverd. Ik weet nu tenminste waar ik moet zoeken."

Lidewij weet dat haar dochter gelijk heeft. Het is onzin om haar daarop aan te vallen. Over een poosje zal iedereen het weten en waarom zouden ze het niet mogen weten? Heeft Elise geroofd of gemoord, is ze zwanger van een onbekende? Is het zo vreselijk om te moeten vertellen dat je dochter verliefd is? Ze moet aan Marius denken. Ze veroordeelt hem, maar diep in haar hart is ze geen haar beter. Het enige verschil is dat ze een vrouw is en vrouwen schijnen zich eerder door emoties te laten leiden. Vrouwen laten hun kinderen niet vallen, wat ze ook doen. Ze zucht. „Vertel me maar waar ze uithangt."

„Dat is natuurlijk nog niet met zekerheid te zeggen. Bianca wist van Abdul af. Zo verwonderlijk is dat niet, want Elise heeft hem in de winkel ontmoet en hij stond haar vrijwel elke avond op te wachten. Ze heeft er weleens met Elise over gepraat en zo is ze te weten gekomen dat Abdul in één van die grote componistenflats woont. Het nummer is haar niet bekend, maar ze wist te vertellen dat het de 'Beethovenflat' is. Het moet toch niet zo moeilijk zijn om daar zijn naam op de brievenbussen te vinden."

„Ik weet het niet. Heel veel mensen hebben geen naamplaatje geplaatst en wat doe je dan?"

„Dan geef ik de moed niet op. Al zal ik overal moeten aanbellen, ik zal die jongen vinden."

„Hij kan ook niet thuis zijn."

„Wat wil je nou? Elk initiatief dat ik toon druk jij met je zwartgallige opmerkingen direct de kop in. Helpt het als ik hier thuis blijf zitten en niets doe?"

„Ik ga mee," reageert ze ineens beslist. „Met z'n tweeën weten we meer dan één."

„Moet je pa niet even op de hoogte stellen?"

„Pa?" Ze schudt haar hoofd en schrikt van haar eigen gedachte dat ze geen enkel vertrouwen in hem heeft.

Ze staan voor de deur waarvan ze weten dat hier Abdul moet wonen. Ze kijken elkaar aan, dan drukt Irmgard op de bel. Er is geen weg terug meer. Straks zullen ze tegenover Abdul en Elise staan. Lidewij draait zich om, kijkt naar de flat tegenover dit adres. Hoe kunnen mensen leven in dergelijke blokkendozen? Overal dezelfde voordeuren, dezelfde ramen. Wat voor mensen leven hier?

„Ja?"

Ze heeft zijn voetstappen niet horen komen. Opnieuw draait ze zich om en kijkt in het gezicht van een onbekende jongeman. Zijn donkere, krullende haren omvatten zijn innemende gezicht. Zijn diepbruine ogen kijken haar van achter een moderne, ronde bril, afwachtend aan.

„Meneer Ajoubair?" vraagt ze vormelijk.

„Ja." Het klinkt niet toeschietelijk.

„Ik ben de moeder van Elise."

„Ja." Het gezicht tegenover haar verandert niet. Ze voelt zich steeds ongemakkelijker.

„U begrijpt dat het moeilijk voor me is om hier te staan," zegt ze dan. „Ik zou graag met Elise willen praten en we hebben aangenomen dat ze naar u is toegegaan."

„Ze is hier niet," reageert Abdul kort.

Ze balt haar vuisten in de zak van haar jas. „Waar is ze dan?" vraagt ze langzaam. „Waar zou ze anders moeten zijn? Weet u waar ze is?"

Even glijdt er een vage glimlach rond de mond van Abdul.

„Ik weet inderdaad waar ze is," antwoordt hij dan. Zijn donkere ogen hechten zich vast in de hare. „Maar ze heeft mij nadrukkelijk gevraagd haar verblijfplaats niet door te geven."

„Dat geloof ik niet!" barst ze uit. „Daar geloof ik geen woord van. U wilt het mij niet vertellen." Woede voelt ze en onmacht. Heeft ze daar samen met Irmgard zoveel moeite voor gedaan? Heeft ze daarvoor beneden al die naamplaatjes nagelopen, waartussen die van hem ontbrak? Hebben ze daarvoor zomaar aangebeld bij de nummers waarvan het naamplaatje niet bij de brievenbus geschroefd was tot er eindelijk iemand wist te vertellen dat Abdul van de achternaam Ajoubair heette en ook het nummer van zijn huis wist door te geven?

„Ze heeft het mij werkelijk nadrukkelijk gevraagd," hoort ze Abdul zeggen. „Ik begrijp dat u ongerust bent, maar ik kan haar wens niet negeren. Elise heeft rust nodig en ze is nu ergens waarvan ik zeker weet dat ze daar die rust zal

92

vinden." Hij aarzelt even, maar doet dan een stap achteruit en trekt de deur uitnodigend open. „Het is niet goed om bij de voordeur deze dingen te bespreken. Komt u verder."

Ze kijkt naar Irmgard, die haar bemoedigend toeknikt en neemt de uitnodiging aan. Even later zitten ze samen in de ruime woonkamer waarin alleen het hoogst noodzakelijke een plekje gevonden heeft.

„Gaat u zitten." Abdul wijst naar de kale, leren bank. „Kan ik u een kopje koffie aanbieden?"

Ze knikt, haar ademhaling gaat snel, het is alsof ze elk moment kan flauwvallen. Irmgards hand rust even op haar arm. „Rustig blijven, ma. Hij heeft ons binnen genodigd. Het is de eerste stap voorwaarts."

„Elise is hier niet," zegt ze toonloos. „Ik had gehoopt dat ze hier zou zijn, dat ik in alle redelijkheid met haar zou kunnen praten."

„We zullen geduld moeten oefenen. Veel geduld misschien, maar ik weet zeker dat het goed komt. Elise moet weten dat we van haar houden."

„Ik hou ook van haar." Abdul is de kamer binnengekomen met koffie. Hij zet de kopjes voor hen neer, gaat zitten en kijkt hen rustig aan. „We houden van elkaar. Daar kan niemand iets tegen doen."

„Begrijp je iets van onze zorgen?" reageert Lidewij fel. „Elise is negentien. Voor de wet zal dat volwassen zijn, maar in werkelijkheid is ze nog erg jong. Volgens mij is ze te jong om de consequenties van jullie liefde helemaal te overzien."

„Elise is misschien volwassener dan u denkt."

Het valt haar ineens op dat ze hem ongemerkt is gaan tutoyeren. „Hoe oud bent u?" probeert ze opnieuw afstand te creëren.

„Ik ben vierentwintig jaar."

„U bent vijf jaar ouder dan Elise."

„Vijf jaar is niet veel op een mensenleven."

„Het doet er ook niet toe, eigenlijk wil ik alleen maar weten of het allemaal goed met Elise is en uiteraard wil ik nog steeds weten waar ze zich op dit moment bevindt."

„En als u dat weet?"

„Dan wil ik met haar praten."

„Dan wilt u opnieuw proberen haar ervan te overtuigen dat het verkeerd is wat ze doet." Hij buigt zich voorover. „Is het verkeerd dat twee mensen van elkaar houden?"

„Het is verkeerd als de één christen is en de ander moslim."

„Wat is daar verkeerd aan?"

„Het kan niet goed gaan, het kan gewoon niet."

„Is dat het wat u Elise nogmaals wilt vertellen?"

„We zijn doodongerust."

„Ik begrijp dat u zich zorgen maakt, maar ik durf met de hand op mijn hart te beweren dat u zich niet ongerust hoeft te maken."

„Waarom is ze niet gewoon hier?"

Opnieuw verbaast haar de open blik in Abduls ogen die zich vast in de hare boren.

„Is dit een omgeving voor een jonge vrouw?" reageert hij dan bedachtzaam. „Getuigt het van fatsoen om samen in dit huis te leven?"

De woorden van dominee Timmer schieten haar ineens te binnen: „Heb ik het nu goed begrepen dat ze op dit moment in het huis van de betreffende jongeman verkeert?" Ze had geantwoord dat het een vermoeden was, maar geen zekerheid. Op dat moment had ze gelogen. Ze was ervan overtuigd dat Elise hier bij Abdul was. Ze verwachtte echter dat dominee Timmer over fatsoen zou zijn gaan praten en ze had ze daar op dat moment geen behoefte aan. Nu praat deze jongeman over fatsoen. Abdul Ajoubair, ze zal die naam nooit meer vergeten. Hij heeft zich vastgezet in haar geheugen.

„Vanmorgen stond ze hier voor zessen al aan mijn deur.

Ik heb haar binnengelaten en we hebben samen uren gepraat over al die dingen die onze liefde zo moeilijk maken."

Ze had beelden voor zich gezien van Elise, samen met deze jongeman in bed. Nu voelt ze iets van schaamte, omdat ze haar dochter zo schromelijk onderschat heeft, en niet alleen Elise, maar evenzeer deze onbekende jongeman.

„Samen hebben we besloten dat het beter is dat ze hier niet blijft. Ik heb mijn oudere zuster gebeld. Zij was nog onwetend van mijn relatie met Elise, omdat ik bang was dat ook zij er weinig van zou begrijpen. Aan het einde van de morgen zijn we samen naar Jamila gegaan. Ze toonde begrip, ze zette haar huis voor Elise open. Ik ben daar een paar uur gebleven, omdat er nog veel gepraat moest worden. Zouden alle verliefde mensen zoveel samen praten over geloven en wat dat betekent voor hun leven?" Hij wacht even, maar als er geen reactie van Lidewij komt, gaat hij verder. „Ik moest naar huis om te studeren, maar ik heb Elise beloofd vanavond terug te komen. Vanavond zal ik haar vertellen dat u hier geweest bent."

„Daar schiet ik niets mee op." Lidewij heeft haar kopje opgepakt. Langzaam drinkt ze van de sterke koffie.

„Ik begrijp dat u teleurgesteld bent, maar ik hoop dat u begrip voor mijn standpunt hebt. Ik heb Elise beloofd…"

„Ik weet wat u Elise hebt beloofd." Ze staart naar de kale muren.

„Doe Elise vanavond de hartelijke groeten van ons," hoort ze dan Irmgard zeggen. „Vertel haar dat we van haar houden. Dat is misschien het belangrijkste. Ze moet weten dat we ons bezorgd maken, omdat we van haar houden."

„Ik zal aan Elise vragen of ze contact met u opneemt," zegt hij langzaam. „U bent haar moeder. U hebt daar recht op."

Langzaam voelt ze een vage bewondering voor deze jongeman. Hij is een mooie jongen, maar daarnaast ook fijngevoelig en intelligent.

„Elise en ik zijn ons al die tijd bewust geweest van de problemen in onze relatie," gaat hij verder. „Ik ben vanaf mijn tiende jaar in Nederland opgegroeid. Ik ben hier helemaal ingeburgerd. Mijn vriendenkring bestaat voor een deel uit Nederlandse, en voor een deel uit Marokkaanse vrienden. Het gaf soms problemen tussen twee culturen op te groeien. De islam is hier niet zo verweven met het dagelijks leven als in een land als Marokko. Thuis heerste die islamitische traditie, de Marokkaanse cultuur. Thuis betekende een andere wereld dan daarbuiten."

„Elise is opgegroeid in die wereld 'daarbuiten'."

„We hebben respect voor elkaars opvattingen. Elise heeft me verteld dat ze belijdenis heeft gedaan en dat dat betekent dat ze een bewuste keuze heeft gemaakt voor het christelijk geloof. Ik heb ook de bewuste keuze voor mijn geloof gemaakt. In mijn jeugd heb ik gedronken en gerookt, hoewel mijn ouders daar absoluut op tegen waren. Op een gegeven moment word je ouder en je gaat je afvragen wat de zin van het leven is en hoe je dat leven verder in wilt richten. Ik heb bewust gekozen voor de islam, met de consequenties die dat met zich meebrengt."

„Er zijn genoeg moslims die wel alcohol drinken," weet Irmgard.

„Misschien hebben zij de keuze nog niet gemaakt, hoewel er ook velen zijn die drank inderdaad niet laten staan. Voor mij is het belangrijk dat wel te doen. Het hoort bij mijn levenshouding."

„Je zegt het mooi, maar we schieten er niets mee op. Stel je voor dat er inderdaad een dag komt dat jullie samen trouwen. Hoe willen jullie dat doen? Trouwen jullie in de kerk of wordt het de moskee? Dan heb ik het nog helemaal niet over kinderen gehad. Wat denk je daarvan? Mogen ze als christen opgevoed worden, of moeten ze met de koran in de hand grootgebracht worden?"

„Mam," laat Irmgard waarschuwend horen.

„Laat maar. Ik begrijp het wel," zegt Abdul rustig. „U moet niet denken dat Elise en ik daar niet over nagedacht hebben. Het is zo, mevrouw Halewijn, dat een kind in zo'n gemengd huwelijk automatisch moslim wordt. Die lijn loopt via de vader, zoals bij de joden het kind automatisch joods wordt als de moeder joods is."

„Dus mijn kleinkinderen zullen later besneden worden?" Er klink ongeloof door in haar stem.

„We zijn er nog niet uit. We hebben nog geen kinderen. Een normaal stel denkt nog helemaal niet over zulke dingen na, maar wij wel. Elise mag nog jong zijn, maar ze is niet onbezonnen. We begrijpen wat u drijft."

„O ja? Jullie gaan anders gewoon door. Het kan jullie niet schelen hoe een ander erover denkt. Voorlopig zit Elise ergens ondergedoken. Heeft ze daarbij aan mij gedacht, aan ons gezin? Jullie begrijpen helemaal niets van mijn zorgen." Haar woorden klinken als een aanklacht, maar zijn niet zo bedoeld. Het is haar bezorgdheid, het zijn de slapeloze nachten, het is haar totale onmacht.

„Ik kan op dit moment niet anders." Hij haalt in een moedeloos gebaar zijn schouders op.

„Ik denk dat we op deze manier niet veel verder komen. Het blijft bij verwijten en daar heeft niemand iets aan." Irmgard haalt diep adem. „Mijn moeder maakt zich bezorgd over haar dochter, meneer Ajoubair. Daarom zitten we hier. Op dit moment is het beter dat we vertrekken. Ik hoop dat u de boodschap aan mijn zuster wilt overbrengen. Zeg haar dat we graag in alle rust met haar willen praten. Er moet een oplossing komen. Elise kan niet bij uw zuster blijven. Zij zal dat ook inzien."

„Praten heeft alleen zin als er naar elkaar geluisterd wordt," reageert Abdul heftig.

„Daar hebt u gelijk in. We zullen naar haar luisteren." Irmgard staat op. „Laten we gaan, mam."

Lidewij volgt haar voorbeeld.

„Mevrouw Halewijn, u kunt erop vertrouwen dat Elise en ik allebei het beste willen. Ze moet nu eerst tot rust komen. Voor haar is het evenmin de makkelijkste weg. Ik hou van haar en ik wil niet dat haar iets overkomt. Daarop kunt u vertrouwen."

„Dank u," zegt Lidewij stijfjes, loopt dan achter Irmgard aan naar buiten. De zon is door de wolken heen gebroken en verwarmt haar gezicht. Ze voelt die warmte, ademt diep in, maar ze blijft zich een verliezer voelen.

Hij is blij als hij haar terugziet in het huis van zijn zuster. Ze ziet er minder gespannen uit dan toen dat hij haar achterliet. Hij slaat zijn armen om haar heen, voelt haar warmte, snuift diep de geur van haar haren op, de zachtheid van haar lichaam tegen het zijne maakt hem week. Jamila heeft hen discreet alleen gelaten in de gang. „Ik hou van je," zegt hij zacht. „Ik hou zoveel van je dat het bijna pijn doet. Ik heb het altijd een rare uitdrukking gevonden, maar nu weet ik niet hoe ik het anders moet zeggen. Ik voel het zo. Het bestaat. Je kunt zoveel van iemand houden dat het pijn doet."

Hij kust haar, sluit zijn ogen, drukt haar nog dichter tegen zich aan. „Waarom ben ik een Marokkaan en jij een Nederlandse?" gaat hij dan verder. „Nederlanders komen naar Marokko en Marokkanen trekken naar Nederland. We proeven van de wederzijdse culturen, maar als er liefde tussen die twee culturen ontstaat wordt iedereen bang. Waarom lijkt het zo onmogelijk?"

„We moeten de wereld rondom ons vergeten." Haar handen strelen zijn haren, zijn nek, zijn schouders.

„Is het mogelijk om midden in die wereld te leven en je er dan niets van aan te trekken?" is zijn wedervraag.

„Nee," zegt ze eerlijk. „Op de momenten dat ik bij jou ben lijkt het mogelijk, maar zodra anderen zich ermee bemoeien wordt het te ingewikkeld. Ik ben blij dat ik nu even bij je zuster mag zijn. Jamila is een heel aardige vrouw. Het is hier rustiger dan thuis en dan bedoel ik dat ik me niet steeds hoef te verdedigen. Aan de ene kant vind ik dat prettig, aan de andere kant stemt het me verdrietig. Waarom kan het bij mij thuis niet zo zijn?"

„Ik moet je iets vertellen," begint hij voorzichtig. Hij ziet in gedachten het gezicht van haar moeder. Hij hoort weer haar stem, de verwijten, de felle aanklacht. Wat moest hij tegen Elise vertellen? Die zus van haar had gevraagd over te brengen dat ze van haar houden, maar wat is houden van? Hoe kun je van iemand houden en tegelijkertijd de liefde van haar leven afwijzen?

„Je moeder is bij mij thuis geweest, samen met je zus."

„Dan is het goed dat ik naar Jamila ben uitgeweken," zegt ze.

„Ik moest je de groeten overbrengen. Ze willen heel graag dat je contact met hen opneemt."

„Ik wil dat contact niet meer."

„Ze houden van je."

„Als ik aan hun verwachtingen voldoe."

„Misschien hebben ze gelijk. Ze willen met je praten. Dit is geen situatie die lang kan blijven voortduren."

„Waarom niet? Ik schrijf me steeds in voor een flat. Op een dag zal het raak zijn. Tot die tijd kan ik hier toch blijven?"

„Hoe wil je dat met je werk doen? Je kunt niet ziek blijven. Er kan een controleur langskomen."

„Ik heb het adres van Jamila doorgegeven. Ze kunnen me hier vinden."

„Je bent niet werkelijk ziek. Tegenwoordig gelden daar strenge regels voor. Als je weer aan het werk gestuurd wordt, dan zullen je ouders je daar weten te vinden. Ze geven het niet zomaar op. Op een dag staat één van hen bij je in de winkel, of misschien allebei. Zou je dat prettig vinden?"

Ze weet dat hij gelijk heeft, maar wil niet terug naar huis. De gedachte dat ze opnieuw in de beklaagdenbank plaats zal moeten nemen benauwt haar.

„Abdul, gun me nog een beetje tijd. Ik zal Jamila helpen waar ik kan. Ik geloof niet dat ze last van me heeft."

„Dat weet ik wel zeker. Toch is het niet goed om lang hier te blijven. Ik wil je de tijd gunnen, maar beloof me dat je naar huis belt. Vandaag hoeft het niet, maar probeer het morgen. Ze zijn werkelijk ongerust. Het blijven je ouders en die moet je respecteren. Stel voorwaarden. Zeg hun dat je naar huis komt zodra ze onze relatie accepteren. Ze hebben geen andere keus. Er is niemand die ons kan tegenhouden. Nee toch?"

„Nee," beaamt ze. „Helemaal niemand." Ze weet dat het de waarheid is, maar het gevoel van veiligheid in dit huis is verdwenen. Een ongekende spanning maakt zich opnieuw van haar meester. Mét Abdul is haar familie weer binnengekomen. Vanuit haar nek trekt de spanning op in de richting van haar hoofd.

Aarzelend hangen haar vingers boven de drukknoppen van de telefoon. De telefoonkaart heeft ze in de daarvoor bestemde gleuf gestoken. Op de display ziet ze dat de kaart vol is. Ze kan een lang gesprek voeren. In het winkelcentrum lopen mensen met tassen. Mensen die haar geen blik waardig keuren. Ze heeft net boodschappen voor Jamila gedaan. Vanmiddag komt Abdul weer en ze weet dat hij van haar verwacht dat ze contact met haar familie opgenomen zal hebben. Om rustig te kunnen praten heeft ze voor deze telefooncel gekozen, zodat het lawaai van de neefjes en nichtjes van Abdul het gesprek niet zal kunnen storen. Langzaam drukt ze het nummer van thuis in, hoort de telefoon overgaan, hoopt in stilte haar vaders stem op de voicemail te horen, zodat ze de hoorn weer neer zal kunnen leggen. Het is haar moeder die opneemt. Opnieuw is er de haast onweerstaanbare neiging om de verbinding te verbreken en hiervandaan te gaan. Ze weerstaat die drang en noemt haar naam.

„Elise." De stem van haar moeder klinkt aangedaan. „Ik ben blij dat je belt. We hebben ons zorgen gemaakt."

„Abdul heeft toch gezegd dat alles goed met me is?" reageert ze geprikkeld.

„Als je niet weet waar je dochter verblijft is dat een schrale troost. Kind, wat heeft je toch bezield?"

„Begrijp je dat niet?" Opnieuw is er irritatie.

„Ik doe mijn best om het te begrijpen. Ik begrijp best dat je je de laatste dagen in ons huis niet gelukkig hebt gevoeld. Kunnen we niet afspreken dat we elkaar ergens zien? Door de telefoon praat het zo moeilijk. Ik denk dat je nog niet naar huis wilt komen?"

„Wat zou je willen voorstellen?

„Misschien kan ik naar de zuster van Abdul rijden?"

„Het lijkt me beter als we ergens gaan koffie drinken in een lunchroom." Ze wil niet dat haar moeder weet waar Jamila woont. Het geeft haar een gevoel van veiligheid als ze weer kan onderduiken ingeval het gesprek niet naar wens verloopt.

„Welke lunchroom?

„De Kubus."

„Afgesproken. Over tien minuten, hooguit een kwartier kan ik daar zijn."

„Je komt toch alleen?"

„Uiteraard, je ziet me zo."

Gehaast verlaat ze de telefooncel, fietst eerst naar Jamila's huis om de boodschappen af te leveren en te zeggen dat ze nog even weg moet.

Daarna koerst ze in de richting van de stad, laveert door het drukke verkeer, ontwijkt automatisch auto's en vraagt zich af wat ze nu voelt. Ze heeft zich laten overdonderen door haar moeder. Dit was niet de bedoeling. Ze had alleen willen zeggen dat het goed met haar gaat, dat ze nog niet naar huis wilde. Bijna krijgt ze de neiging om te keren en terug te rijden naar Jamila's veilige huis, waar de kinderen luidruchtig achter elkaar rondrennen en een buurvrouw zich net op de bank had genesteld, in rad Marokkaans verhalen vertellend die zij niet verstond. Ze is nog niet aan een confrontatie met haar moeder toe. Haar benen trappen verder, ze parkeert haar fiets in een bewaakte fietsenstalling, loopt door het grote winkelcentrum in de richting van de lange winkelstraat waaraan ook 'haar' jeansshop ligt. Ze zorgt ervoor een eind uit de buurt van de winkel te blijven. Het zou niet goed zijn als één van haar collega's haar hier zou zien lopen. Als ze de lunchroom betreedt ziet ze dat er inmiddels vijfentwintig minuten verstreken zijn. Ze ontdekt haar moeder ergens achterin, een ongeduldige blik op haar horloge werpend. Ze verontschuldigt zich niet voor haar te laat komen, gaat tegenover haar moeder zitten en bestelt een cappuccino bij de serveerster, die haast meteen naast hun tafeltje staat. „Hier ben ik." Het klinkt zekerder dan ze zich voelt. „Nu kun je met je eigen ogen zien dat het goed met me gaat."

Is het echt nog maar zo'n dertig uur geleden dat ze haar ouderlijk huis verliet? Ze heeft het gevoel dat er eeuwen voorbij zijn gegaan.

„Ik ben blij dat je wilde komen," begint Lidewij. „De afgelopen uren heb ik erg veel nagedacht." Ze neemt een slok van haar koffie en zet daarna het kopje behoedzaam op het schoteltje. „Ik denk dat we fouten hebben gemaakt. We hebben ons vastgepind op het gegeven dat Abdul een buitenlander is met een andere religieuze en culturele achtergrond dan jij. Jij denkt misschien dat we steeds aan onszelf dachten, maar het gaat ons om jouw geluk, jouw welzijn. We houden namelijk van je en voor ons gevoel kun jij niet gelukkig worden met een man waarmee je jouw geloof niet kunt delen. Het klinkt goed als je beweert dat jullie ieder je eigen geloof willen belijden, maar ik weet hoe belangrijk het is dat je partner je geloof met je deelt. Papa en ik verschillen ook wel eens van mening. De één interpreteert de bijbel soms anders dan de ander. We discussiëren af en toe over een preek, maar in de diepste zin van het woord stoelt ons geloof op dezelfde fundamenten. Dat schept een band."

„Soms denk ik dat Abdul en ik meer over geloof hebben gepraat dan welk ander jong stel dan ook. We hebben ontdekt dat er veel verschillen zijn, maar we proberen ook overeenkomsten te ontdekken."

„Ik blijf bang dat je de consequenties niet helemaal overziet. Gisteren heb ik met Abdul gesproken. Ik moet toegeven dat het geen onaardige jongeman is. We kwamen op het onderwerp kinderen uit. Nu besef ik wel dat het rijkelijk vroeg is om daar nu al aan te denken, maar op een dag zullen Abdul en jij kinderen willen krijgen."

„Ik weet wat je wilt zeggen. Abdul en ik hebben ook daar veel over gepraat. Kinderen worden als moslim geboren."

„Dat houdt in dat een zoon besneden moet worden, dat er geen sprake van kan zijn dat jullie kinderen gedoopt worden."

„Denkt u niet dat dit probleem iets tussen Abdul en mij is?"

„Natuurlijk is dit een probleem tussen Abdul en jou, maar je kunt me niet verbieden om me daar zorgen over te maken. Ik realiseer me ook dat je nog erg jong bent, dat er nog helemaal geen sprake is van kinderen, maar als ik aan de toekomst denk dan maakt het me bang."

„Wordt het niet eens tijd dat je me als een volwassen vrouw gaat behandelen? Ik heb zelf belijdenis gedaan en op dat moment voor mijn geloof gekozen. Het is mijn verantwoordelijkheid. Ik kan je inderdaad niet verbieden om je daar zorgen over te maken, maar het blijft wel mijn verantwoordelijkheid. Mam, op deze manier lost een gesprek niets op. Jij wilt graag dat ik weer thuiskom, maar ik voel op dit moment geen enkele behoefte om als een verloren schaap terug te keren. De discussie over mijn toekomst met Abdul ben ik onderhand spuugzat."

„Wat wil je dan? Wil je dat ik tegen je zeg dat je thuis van harte welkom bent en dat we nergens meer over praten?"

„Ik wens niet langer in de beklaagdenbank gezet te worden. Ik wil wel praten. Het liefste wat ik wil is dat Abdul gewoon bij ons thuis kan komen, dat hij geaccepteerd wordt net zoals jullie dat destijds bij Delia deden."

Er valt een stilte, waarin Lidewij nadenkend in haar koffie roert. Ze wil dat Elise thuiskomt. Ze beseft heel goed dat ze het tegenovergestelde bereikt als ze zo doorgaat. Ze zal haar dochter kwijtraken en dat is wat ze wil voorkomen. Er is geen andere weg dan inderdaad te accepteren dat Elise voor Abdul gekozen heeft. Ze trekt aan het kortste eind als ze blijft proberen op haar dochter in te praten. Tegelijkertijd ziet ze Marius voor zich, die vanmorgen aan het ontbijt nog heeft beweerd dat hij niet van plan is om 'die vent' in zijn huis toe te laten, dat Elise maar moet blijven waar ze is als ze daarop staat. Ze kijkt naar Elise, die rustig tegenover haar zit. Haar dochter heeft gelijk. Ze is een volwassen vrouw, uiterlijk lijkt ze op de jonge vrouw die zij vroeger was, maar innerlijk is ze net zo taai en onverzettelijk als Marius. Ergens welt een felle woede in haar op. Ze zit tussen haar jongste dochter en haar man in en ze weigert dit spel langer mee te spelen. Wat wil zij? Zij wil dat Elise thuiskomt en als de enige weg is dat ze daarmee ook moet accepteren dat haar dochter een relatie met een buitenlander heeft, dan zál ze dat accepteren. Het huis van Marius is ook haar huis.

„Ik wil graag dat je weer thuiskomt," zegt ze langzaam en haar blik boort zich in de blauwe ogen van haar dochter. „Je weet dat ik dit niet zo gewild heb. Ik houd van al mijn kinderen. Iedereen is altijd welkom geweest in ons huis. De deur staat nu ook voor Abdul open." Het is of Marius vlak naast haar staat, of ze zijn afkeurende blik op zich voelt rusten, of ze hem nu al hoort schreeuwen. Waarom schreeuwt Marius altijd als hij zijn zin niet kan krijgen?

„Ik kom niet met hangende pootjes thuis." Er ligt een onverzettelijke blik in Elises ogen.

„Dat verwacht ik ook niet van je." Hangende pootjes kent haar jongste dochter niet, maar Marius ook niet. Er zal nog heel veel overwonnen moeten worden en uiteindelijk zal niemand als winnaar uit de strijd tevoorschijn komen. Het leven is soms verliezen.

9

De zon schijnt met gulle stralen. De temperaturen aan het einde van deze junimaand bereiken waarden van meer dan dertig graden. Het strand is overvol met glimmende, vette, dikke en dunne lijven van mensen die in het water verkoeling zoeken. Elise opent haar ogen, ziet hoe Abdul languit ligt met zijn armen over zijn ogen, zich beschermend tegen de felheid van de zon. Ze kijkt naar zijn smalle, gebruinde lichaam in de sportieve short. Ze wendt haar blik af in de richting van het water, waar kleine kinderen aan de rand druk bezig zijn met schepjes en emmertjes. Moeders zitten in het zand en kijken toe hoe hun kroost zich vermaakt. Zal er ooit een tijd komen dat zij zo aan de waterkant zal zitten? Zal ze ooit kijken naar de kinderen van Abdul en haar? De zon weerspiegelt in het water. Ze knijpt haar ogen tot spleetjes, kijkt naar de mensen zonder hen werkelijk te zien. Sinds anderhalve maand woont ze weer thuis, na het eerst nog een paar dagen bij Jamila volgehouden te hebben. Abduls zuster is een fijne vrouw met wie ze lange gesprekken heeft gevoerd. „Liefde is niet altijd makkelijk," had Jamila gezegd. „Ik had het geluk dat ik verliefd werd op Faisal, maar het had mij ook kunnen overkomen dat ik een Nederlandse man van mijn dromen zou zijn tegengekomen. Dat is het risico van een leven in Nederland. Voor mij zou het erger zijn geweest. Het is absoluut onvoorstelbaar dat een moslimvrouw met een christen trouwt. Andersom is het mogelijk, maar heel vaak stuit dat ook op vreselijk verzet. Ik weet nog niet hoe mijn ouders zullen reageren op jullie relatie. Bij mijn weten heeft Abdul hen nog steeds niet ingelicht, maar ik denk niet dat je uit die hoek veel steun kunt verwachten. Er bestaat altijd angst voor een andere religie, angst ook voor wat de buitenwereld zal zeggen. Zelf denk ik dat het beter is om met iemand uit je eigen cultuur te trouwen."

„Abdul en ik zijn toch gelukkig?"

„Jullie zijn nog niet getrouwd. In de toekomst zullen er dingen zijn die je van de ander niet begrijpt. Kijk, Faisal en ik zijn helemaal in deze samenleving geïntegreerd, maar binnen de muren van ons huis houden wij onze cultuur hoog. Wij spreken samen Marokkaans. Hoe zal het zijn als Abdul vrienden ontvangt en jij kunt hen niet verstaan? Ik merkte aan je dat je het soms moeilijk vond in ons huis als ik met vriendinnen of Faisal met zijn vrienden praatte. Ik merkte dat je er moeite mee had dat ons huis regelmatig vol zit met vrienden van Faisal. Gastvrijheid behoort bij onze cultuur. Wij zijn niet zo vernederlandst dat we met een agenda klaarzitten om daar onze afspraken in te noteren. Iedereen is bij ons op elk uur van de dag welkom. We zullen nooit zeggen dat we moeten eten om onze gasten het gevoel te geven dat het tijd wordt om naar huis te gaan. Ze blijven gewoon mee-eten."

Het had haar tot nadenken gestemd. Jamila heeft gelijk. Het niet kunnen volgen van de gesprekken had haar geërgerd, evenals de drukte in huis. Ze had gastvrijheid genoten, maar er was toch een zeker gevoel van opluchting over haar gekomen, toen de tijd rijp was om terug naar haar eigen huis te gaan. Daar heerste rust en regelmaat, ondanks het feit dat haar vader nauwelijks tegen haar sprak. Wat zich tussen haar ouders heeft afgespeeld kan ze alleen maar raden. Een feit is dat er een duidelijk meningsverschil heerst tussen haar vader en moeder. Ze kijkt opnieuw naar Abdul, kust hem voorzichtig op het puntje van zijn neus. Als dat geen reactie oplevert, staat ze op en loopt naar het water. Heel even blijft ze staan kijken naar twee kinderen die een zandkasteel bouwen, naar een vader die met een huilend kind het water inloopt, dan stapt ze voorzichtig met haar voeten in het water dat koud aanvoelt tegen haar warme huid. Langzaam loopt ze verder, terwijl het water omhoog kruipt tegen haar benen en haar bikinibroekje bereikt. Ze huivert, maakt met haar handen haar armen nat en laat zich dan helemaal in het water vallen. De kou omsluit haar, maar even daarna voelt het water aangenaam koel aan. Met forse slagen zwemt ze naar het oranje touw, voorzien van plastic vlaggetjes, dat de overgang van ondiep naar diep water markeert. Ze duikt onder het touw door, zwemt kalm verder. Hier wordt het rustiger. In de verte ziet ze een boot. Achter een speedboot komt met een enorme gang een waterskiër voorbij. Ze gaat op haar rug liggen en laat zich drijven op de golven, dreigt soms kopje onder te gaan, maar komt proestend weer boven en probeert het opnieuw. De zon streelt haar gezicht, haar lichaam, haar leven.

Abdul heeft haar niet weg horen gaan. Kort daarna schrikt hij wakker, heeft even tijd nodig om tot zijn positieven te komen. Een lichte hoofdpijn trekt op naar zijn schedel. Traag komt hij overeind en ontdekt het lege badlaken van Elise. Hij heeft dorst. Uit de koeltas haalt hij een blikje cola dat hij gretig achter elkaar leegdrinkt. Onderwijl zoeken zijn ogen de waterkant af. Hij ziet vrouwen, mannen en kinderen, maar niet de vertrouwde figuur van Elise. Landerig staat hij op, brengt het lege blikje naar een overvolle afvalbak en loopt dan in de richting van het water. Een paar kinderen spetteren hem nat. De koude spetters voelen haast pijnlijk aan op zijn doorgewarmde huid. Zijn ogen zoeken het water af, vinden nog steeds geen spoor van Elise. Een vage onrust maakt zich van hem meester. Dan ziet hij haar, haar ranke lijf gehuld in de kleine, felrode bikini. Ze staat op een paar grote stenen, een heel eind het meer in. Hij knijpt zijn ogen tot spleetjes en ziet hoe ze uitdagend naar hem zwaait. Met een aanloop rent hij het koude water door, duikt het diepe gedeelte in en zwemt

langzaam in haar richting. Het is verder dan hij had verwacht, hij is niet zo'n geweldige zwemmer, maar toch
wordt de afstand zichtbaar kleiner. Hij hoort haar roepen,
maar hij kan niet verstaan wat ze zegt, al zijn aandacht is op
haar gericht. Ze zwaait met heftige gebaren en hij verwondert zich dat ze daar zo staat in die kleine bikini, die niets
te raden overlaat. Hij is daar niet mee opgegroeid. Zijn
moeder of zus zouden zich nooit op deze manier vertonen,
hoewel Jamila een moderne moslimse is, die zich westers
kleedt. Voor Elise is het normaal, zoals er meer dingen zijn
die in haar ogen normaal zijn, maar in zijn ogen zo verwonderlijk. Die gedachten gaan allemaal door hem heen,
terwijl hij in haar richting zwemt. Hij let niet op de speedboot, die in zijn richting komt. Hij concentreert zich op zijn
gedachten, op Elise, op de wereld die hij met haar deelt. Pas
op het laatste moment begrijpt hij waarom ze zo naar hem
zwaait, maar dan is het te laat. De boot weet hem nog te
ontwijken, maar de waterskiër daarachter niet meer. Hij
voelt een vlijmende pijn, die hem de adem beneemt. „Ik
verdrink…" is het laatste wat hij denkt voor zijn gedachten
verdwijnen in een grijze leegte.

„Heb je een beetje water voor me?" Hij probeert te glimlachen en zij glimlacht terug, opgelucht omdat hij iets tegen
haar zegt. Ze is zo bang geweest, toen hij daar stil en wit in
bed lag. „Een zware hersenschudding," heeft de dienst-
doend specialist geconstateerd. „Plus twee gebroken rib-
ben. Pijnlijk en vervelend, maar gezien de omstandigheden
mag meneer zich nog gelukkig prijzen dat hij er op deze
manier is afgekomen."
    „Het spijt me," zegt ze nu.
    „Wat spijt je?" vraagt hij verwonderd.
    „Dat ik je overhaalde naar me toe te zwemmen."
    Langzaam komen zijn herinneringen terug. Het water, de
felle schrik, de intense pijn, de angst. „Ik zwom uit eigen

vrije wil naar je toe. Jij hoeft je nergens voor te verontschuldigen."

„De speedboot kwam veel te dicht bij de kust. Aan de vrouw die op de waterski's stond heb je je leven te danken. Ze hield je boven water tot ik bij haar was," zegt Elise zacht. „Je was niet eens ver van me verwijderd, maar nog nooit heeft zo'n korte afstand zo lang geduurd. Daarna was er gelukkig al heel snel hulp."

„Ja, gelukkig wel." Hij sluit z'n ogen, de hoofdpijn maakt hem misselijk, het praten vermoeit hem.

„Ga maar slapen," zegt ze. „Ik blijf bij je."

Ze blijft naast hem zitten met zijn hand in de hare. Ondertussen malen haar gedachten rond. Hoe moet het nu verder? Hij zal niet direct naar huis kunnen zonder hulp. Ze zullen hem hier zo snel mogelijk ontslaan, maar dan zal hij het nog rustig aan moeten doen, veel moeten rusten. Ze kijkt naar zijn gezicht, verwondert zich erover dat het in zo korte tijd zo vertrouwd geworden is. Het is onvoorstelbaar haar leven verder zonder hem te moeten leiden. Ze heeft het zich vanmiddag ineens gerealiseerd, bliksemsnel, op het moment dat ze die boot op hem af zag komen, die waterskiër boven op hem zag duiken, hem kopje onder zag gaan. Doodsangst heeft ze gevoeld, terwijl ze in zijn richting zwom. Doodsangst om hem te moeten missen. In het ziekenhuis had ze naar haar ouders gebeld. Irmgard was aan de telefoon geweest en in het kort had ze de situatie uitgelegd. „Moet ik bij je komen?" had Irmgard gevraagd, maar ze had op dat moment geen behoefte aan familie gehad. Ze wilde hier alleen zijn met Abdul. Nu had ze spijt van die beslissing. Ze zou met iemand over haar ervaringen willen praten, over het gevoel van angst, over het niet weten hoe het op dit moment moet, maar hoe zal iemand van haar familie dat kunnen begrijpen?

Hoelang ze bij Abdul heeft gezeten weet ze niet. De meeste tijd slaapt hij. Soms slaat hij even z'n ogen op, om even later weer weg te zakken. Achter zich hoort ze de deur opengaan, ze verwacht een verpleegkundige, maar ziet het vertrouwde hoofd van haar opa, vergezeld van Irmgard.

„Kind, ik weet dat we je wens nu negeren, maar iets zei me dat ik hier toch naar toe moest gaan om te kijken hoe het met jou en Abdul is. Ik hoop dat je het me niet kwalijk neemt," merkt hij bescheiden op.

„Kwalijk nemen? Ik ben vreselijk blij dat jullie er zijn." Ze neemt het grijze hoofd van haar opa tussen haar handen, kust zijn wangen en slaat dan haar armen om Irmgard heen. „Echt, ik ben blij dat jullie er zijn."

Abdul slaat z'n ogen op, kijkt verwonderd van de één naar de ander. „Dit is mijn opa," zegt Elise zacht. Ze ziet hoe haar opa de koude hand van Abdul in de zijne neemt.

„Ik had je graag in andere omstandigheden leren kennen," zegt hij ernstig. „Maar misschien is dit het begin." Er glijdt een glimlach over het smalle gezicht van Abdul, hij wendt z'n blik naar Irmgard. „Wij kennen elkaar al."

„Ik hoop dat je gauw weer opknapt," reageert ze enigszins verlegen.

Abdul sluit z'n ogen. „Misschien kunnen we ergens een kopje koffie drinken," stelt opa voor. „Heb jij al iets gegeten?"

Nee, Elise heeft nog niets gegeten. Ze heeft er niet eens aan gedacht. Nu haar opa het aankaart, voelt ze dat ze trek heeft.

„Ga maar even koffie drinken," hoort ze Abdul zeggen. „Ik wil toch het liefste slapen."

„Als er iets is…"

„Wat zou er moeten zijn? De verpleegsters hier letten goed op me. Neem rustig de tijd."

Buiten de stille kamer is het leven gewoon doorgegaan. Ze meldt bij de verpleegstersbalie dat ze naar het restaurant gaat, loopt dan mee door de lange gangen, waar verpleegsters lopen, artsen en patiënten. Een lift brengt hen naar beneden waar het restaurant zich bevindt. „Ik haal wel koffie en je zult vast zin hebben in een broodje," biedt Irmgard gedienstig aan.

„Ik anders ook wel. Het was nog een hele rit hiernaartoe. We hebben in de file gestaan. Ik was blij dat Irmgard wilde rijden, want zo'n eind rijden wordt me toch te inspannend."

Opa leunt over het tafeltje. Hij draagt een keurige combinatie van een beige pantalon met daarop een groen colbert. Zelfs de stropdas ontbreekt niet. Ze voelt zich bijna naakt naast hem in haar korte broek en felgekleurde hemdje. Opa blijft er altijd als een heer uitzien, zelfs op de meest warme dagen, alleen in zijn tuin draagt hij een overall of een korte broek. Zodra hij zijn huis verlaat, kleedt hij zich als een heer.

„Je moeder wilde me in eerste instantie vergezellen." Opa aarzelt even. „Het leek ons echter beter dat ze thuisbleef." Hij wil niets vertellen van de scène die zijn schoonzoon heeft gemaakt, waarna Lidewij besloot haar plannen te laten varen. „Irmgard zag onmiddellijk haar kans schoon. Ondanks dat je had aangegeven dat je niemand wilde zien, had ze hetzelfde gevoel als ik. Toen heb ik deze oplossing bedacht."

„Ik ben blij dat jullie er zijn. Als je naast zo'n bed zit zijn er zoveel dingen die je bezighouden. Ik weet niet hoe het verder moet. Abdul zal over een poosje naar huis mogen, maar hij zal nog veel rust moeten hebben. Hoe kan dat als hij alleen thuis is en voor elk wissewasje zelf zijn bed uit moet? Uiteraard wil ik hem wel helpen, maar ik heb overdag mijn werk. Er zullen nog zoveel uren overblijven waarin hij alleen thuis is."

„Daarover heb ik met Irmgard ook van gedachten gewisseld. Ik weet natuurlijk helemaal niet of Abdul ervoor voelt, maar ik heb de gedachte geopperd dat Abdul zolang bij mij zou kunnen logeren. Hij kan een eigen kamer krijgen waar hij zich kan terugtrekken als hij daar behoefte aan heeft. Mijn huis heeft nog steeds vier slaapkamers, waarvan er maar één in gebruik is."

„Durft u dat wel aan?"

„Waarom zou ik dat niet aandurven? Een beetje aanspraak op z'n tijd weet ik wel te waarderen en het lijkt me een goede gelegenheid om Abdul beter te leren kennen."

„Er zal over geroddeld worden in het dorp."

„Daar zullen we niet aan kunnen ontkomen. Die roddels zullen toch de ronde wel doen, zodra de mensen er lucht van krijgen. Ik denk dat het tijd wordt dat we accepteren dat Abdul deel van onze familie uit gaat maken."

„Wat denkt u dat mijn ouders zullen zeggen?"

„Ik denk dat mama het helemaal met opa eens zal zijn." Irmgard is teruggekomen met een dienblad vol koffie en broodjes dat ze behoedzaam op de tafel neerzet. „Papa is een ander verhaal. Die man kan zo vreselijk koppig zijn. Opa heeft hem vanmiddag al niet bepaald zachtzinnig op zijn nummer gezet." Ze kijkt met enige bewondering naar de oude man aan hun tafeltje. „Ik wist niet dat mijn opa zo hard uit de hoek kon komen. Papa werd er stil van."

„Ach kind, ik heb gedaan wat mijn hart me ingaf. Niemand is gelukkig met deze situatie. Abdul is nog steeds niet voor een nadere kennismaking uitgenodigd. Ik heb het idee dat dit gewoon zo niet verder kan. Misschien heeft deze gebeurtenis niet voor niets plaatsgevonden. We zijn allemaal van jouw telefoontje geschrokken. Het had ook anders kunnen aflopen en wat dan? We zullen moeten accepteren dat jij van Abdul houdt en dat zullen we kunnen, omdat wij van jou houden."

Omstandig roert hij in zijn koffie. „Dat wil niet zeggen dat alles ineens goed zal komen. Alles heeft zijn tijd nodig."

„Ook van onze kant, maar vooral van Abduls kant,"

meent Elise. „Hij is gekwetst en dat weegt in zijn cultuur zwaar, hoewel hij er wel begrip voor heeft."

„De reacties binnen je familie zijn nog maar een voorproefje van wat je straks te wachten staat als ook in het dorp bekend wordt dat jij verkering hebt met een Marokkaanse jongen. Daar zullen jullie je tegen moeten wapenen."

„Ik ga over een poosje in de stad wonen."

„Je zult je vrienden overhouden, die menen dat ze je moeten vertellen dat je er geen goed aan doet. De kerk zal over je heen vallen."

„Dominee Timmer is een aardige man. Ik heb via de kindernevendienst contact met hem. Ik verwacht dat hij begrip zal tonen."

„Misschien moet je de komende tijd niet te veel van mensen verwachten," zegt haar opa bedachtzaam. „Praat veel met Abdul. Dat is in elke relatie belangrijk, maar zeker in die van jullie. Denk na over wat je zelf wilt. Wil je hem volgen in zijn geloof?"

„Ik ben christen, opa. Ik heb belijdenis gedaan. Daar heb ik het met Abdul vaak over gehad. Het is toentertijd mijn keuze geweest en ik blijf achter die keuze staan. Abdul is moslim, ik ben christen. We zullen ieder ons eigen geloof houden en het is belangrijk dat we elkaar daar de ruimte voor geven." Ze hapt van haar broodje, rijkelijk belegd met kaas en leunt achterover. „We zijn allebei van goede wil, dan moet het toch lukken?"

„Het is belangrijk dat je allebei van goede wil bent maar dan nog kun je dingen tegenkomen waar je geen van beiden op voorbereid bent. Dingen die je relatie onder zware druk kunnen zetten. Beloof me dat je er nooit een prestigekwestie van maakt. Je zult het idee hebben dat juist jij je extra zult moeten bewijzen. Je zult misschien denken dat je niet mag falen, omdat je tegenover de buitenwereld moet laten zien dat het je wél lukt, ondanks alle zwarte beweringen van je familie, je vrienden en kennissen. Het is van belang dat je blijft inzien dat ook jij mag falen. Die ruimte moet je jezelf gunnen. Het zal je relatie meer ontspannen maken."

„Het zál ons lukken," beweert Elise zelfbewust. „We houden zoveel van elkaar. Het móet ons lukken."

„Dat gun ik je van harte." Hij lacht, maar ergens in zijn hart blijft de zorg, omdat ze nog zo jong is, nog zoveel idealen heeft en nog zoveel vertrouwen in de mensheid. Hoeveel tijd zal er overheen gaan voordat ze dat kwijt is?

Ze verblijven die nacht in een klein hotel vlak bij het meer. Opa heeft het voorgesteld. Zijn kleindochters hebben het aanbod gretig geaccepteerd. Elise heeft zelf naar huis gebeld om haar ouders te informeren. „Ik ben blij dat het zo goed is afgelopen," heeft haar moeder door de telefoon gezegd. „En ik ben ook blij dat ik zo'n wijze vader heb. Ook als je tegen de vijftig loopt heb je soms nog veel te leren. Ik hoop dat Abdul snel naar huis mag. Als we iets kunnen doen moet je het maar even laten weten." Vreemd, dat ze zich zo licht en gelukkig voelt, ondanks alles wat er deze dag is gebeurd. Langzaam ebt de spanning weg, verdwijnt het beeld van Abdul in het witte ziekenhuisbed naar de achtergrond. Ze weet zelfs te genieten van haar drankje op het terras van het hotel, van de mensen die voorbij flaneren, van de zon die als een rode bol afscheid neemt. Ze ziet hoe haar opa van zijn glaasje wijn nipt. Haar eigen vertrouwde opa. Zevenenzeventig is hij nu, maar hij lijkt jonger, veel jonger dan de jaren die hij telt en ze is trots op hem. Wie heeft een opa die zijn kleindochter komt opzoeken als haar vriend een eind van huis plotseling in een ziekenhuis belandt? Wie heeft een opa die nog zo midden in het leven staat dat hij begrip kan opbrengen voor de liefde van zijn kleindochter voor een buitenlandse jongen? Haar vader zou er een voorbeeld aan kunnen nemen. Haar vader, Marius Halewijn. Hij is een donkere wolk aan de onbewolkte hemel van dit moment.

10

Enkele dagen later komt Abdul naar huis. Naar huis betekent in dit geval het huis van opa Niemeijer, waar het naar koffie geurt als ze de achterdeur binnenstappen, waar bloemen op tafel staan, speciaal voor Abdul. Haar moeder staat een beetje onhandig in de woonkamer als ze met z'n vieren binnenstappen.

„Abdul, ik vind het prettig om nader met je kennis te maken." Ze steekt hem haar hand toe, die hij enigszins onzeker drukt. „Ik had graag gewild dat de omstandigheden anders waren," zegt ze.

„Het is goed zo," meent Abdul.

„Gaan we buiten zitten?" Verlangend kijkt Irmgard naar de achtertuin, waar een bontgekleurd kleed de tafel van de tuinset siert en de parasol uitbundig en uitnodigend uitge-klapt staat. Allemaal kijken ze naar Abdul die met zijn donkere zonnebril en nog bleke gezicht haar blik gevolgd heeft. Buiten is de zon, de warmte. „Ik vind het prima," zegt hij dan. Lidewij Halewijn loopt al naar de keuken om koffie in te schenken en de vruchtenvlaai aan te snijden die ze gisteravond nog heeft staan bakken, speciaal voor Abdul. „Heb je iets goed te maken?" heeft Marius geringschattend geïnformeerd.

„Doe niet steeds zo negatief, het lost niets op," had ze hem terechtgewezen. Diep in haar hart weet ze dat hij gelijk heeft. Ze voelt zich schuldig tegenover deze jongeman, die ze verafschuwde omdat hij hun hele rustige bestaan op de kop zette. Haar vader heeft haar doen inzien dat ze het op deze manier niet zou winnen. „Elise houdt van die jongen," had hij gezegd voordat hij samen met Irmgard naar het ziekenhuis vertrok. „Niemand zal daar iets aan kunnen veranderen. Het enige wat jullie zullen bereiken als jullie op deze manier doorgaan is dat je Elise kwijt zult raken. Jullie zijn bang voor de invloed van zijn geloof. Jullie hebben te weinig vertrouwen in haar en in plaats van haar te steunen maken jullie het haar nog moeilijker dan het al is. Is dit jullie manier om te laten zien wat het christendom inhoudt? Denk je dat er één moslim zal zijn die jaloers zal worden op de beleving van jullie geloof? Geloof je niet dat Elise op den duur alleen maar teleurgesteld zal raken in jullie halsstarrige verwijten en daardoor de goede kanten van het christendom uit het oog zal verliezen?"

„Dus we moeten het gewoon accepteren?" had Marius tegengeworpen. „We willen haar behoeden voor een verkeerde keuze, want deze keuze kan nooit de goede zijn."

„Door jullie opstelling zal ze nooit toegeven als ze ooit zelf het gevoel heeft dat ze de verkeerde keuze heeft gemaakt. Koste wat kost zal ze de schijn op willen houden, zal ze door willen gaan om te laten zien dat jullie het verkeerd hebben. Steun haar en laat haar weten dat ze samen met Abdul welkom bij jullie is. Als jullie zo doorgaan zal de goede relatie die jullie ooit hadden verbleken tot oppervlakkigheid, want Elise zal haar problemen nooit meer bij jullie neerleggen."

„Die relatie is allang niet meer wat het geweest is."

„Hoe komt dat, denk je? Ze kan bij jullie ook niet meer terecht. Het enige wat ze van jullie te horen krijgt zijn verwijten. Steun haar, houd van haar zoals jullie altijd van haar hebben gehouden, al maakt ze op dit moment een keuze die jullie niet kunnen begrijpen. Laat haar niet in de kou staan, maar laat haar juist op dit moment inzien wat het christendom in de praktijk betekent. Jullie trekken op deze manier aan het kortste eind en het enige wat jullie ermee zullen bereiken is dat ze meer oog zal hebben voor de goede kanten van het islamitische geloof. Bij de zus van Abdul was ze welkom, toen ze in nood zat. Jullie laten het totaal afweten."

Marius had zijn hoofd geschud, maar zij had gevoeld dat haar vader gelijk had. Daarom deed ze nu zo haar best, daarom had ze gisteravond die vlaai nog staan bakken, daarom is ze nu hier, ondanks de tegenwerpingen van Marius. Hij mocht dan niet achter haar staan, zij zal dit op haar eigen manier regelen. Marius vindt in Radboud een bondgenoot. Radboud en zijn Delia staan pal achter Marius.

„Binnen de kortste keren is Elises plaats het aanrecht en meneer gaat met vrienden op stap," had Delia gisteravond zeker geweten. „Nu zal die jongen misschien nog aardig en hoffelijk voor haar zijn. Nu zal hij beweren dat hij haar vrij zal laten in haar keuze van godsdienst, maar zodra ze werkelijk getrouwd zijn is dat helemaal afgelopen." De bevooroordeelde, zelfverzekerde woorden van haar schoondochter hadden haar woedend gemaakt. „Hoe weet jij dat allemaal zo goed?" had ze ingehouden gevraagd. „Heb je ervaring met dit soort dingen?"

„Ma, dat weet toch iedereen. Je kent de verhalen toch wel."

„De verhalen ja, maar kan de realiteit niet anders zijn?"

„O, er zullen vast en zeker gemengde huwelijken bestaan die wel harmonieus zijn, maar dan denk ik toch dat de vrouw een heel stuk van zichzelf moet inleveren. Wat denk je van kinderen? Zal een moslim zijn vrouw toestaan hun kinderen te laten dopen? Wil jij een kleinkind dat besneden is? Hoe denk je dat het moet als hun huwelijk toch strandt? Binnen de kortste keren zal vader met zijn kinderen naar Marokko vertrekken en dan kan Elise ernaar fluiten. Je kent die verhalen toch ook?"

„Het blijven verhalen," had ze kort gezegd. „De werkelijkheid kan best anders zijn. Misschien voldoet Abdul wel helemaal niet aan het stereotiepe beeld van de buitenlander. Hij studeert immers ook." Dat die verhalen ook door haar eigen hoofd spoken hoeft Delia niet te weten. „In elk huwelijk moet geïnvesteerd worden. Jij en Radboud zullen er straks net zo goed voor moeten knokken en als jullie kinderen krijgen en ooit zouden scheiden dan zou het ook een drama worden, want ouders willen nooit van hun kinderen scheiden."

„Bij ons speelt het verschil in cultuur niet mee," was het laatste woord van Delia geweest en daarin moet ze haar schoondochter gelijk geven, maar tevens waren daar de woorden van haar vader. Ze zal Elise kwijtraken als ze op deze weg doorgaat. Ze wil haar dochter niet kwijtraken en daarom heeft ze die vlaai gebakken, om haar goede wil te tonen, ondanks Marius' snijdende opmerkingen. „Die buitenlanders hebben een waanzinnig eergevoel. Als ze zich daarin aangetast voelen kun je dat niet goedmaken met een zelfgebakken vlaai."

„Mam…" Ze voelt zich betrapt als Elise de keuken binnenkomt waar zij werkeloos met het mes in haar handen naar de vlaai staat te staren. „Ik vind het zo lief van je dat je hier bent," hoort ze haar dochter zeggen. „Dat je hier een warm welkom voor Abdul bereidde. Dat waardeer ik heel erg en dat wil ik je toch even zeggen."

„Ach kind," zegt ze en begint dan de vlaai aan te snijden. Een vlaai vol aardbeien en slagroom. Een vlaai waarin haar angst en onzekerheid ligt, maar ook haar liefde. De woorden van Elise doen haar goed. Waardering van haar jongste dochter. Is het daar niet allemaal om begonnen?

„Welk lied hebben jullie vanmorgen in de kindernevendienst geleerd?" Dominee Timmer is van de kansel afgekomen en staat naast de kinderen, die met de nodige herrie de kerkzaal zijn binnengekomen, maar nu enigszins timide samen met juf Elise voorin staan.

„Kinderen van één Vader," zegt een klein jongetje verlegen.

„Kinderen van één Vader," herhaalt de dominee. „Dan

hebben jullie daar vast ook een verhaal over gehoord."

„Juf Elise heeft ons verteld dat we allemaal gelijk zijn voor God," weet een meisje te vertellen. Haar donkere krullen wippen parmantig op en neer in het vuur van haar verhaal. „God houdt van ons allemaal," gaat ze verder. „Het doet er niet toe of we blank zijn of zwart, of we in China wonen of in Nederland. God houdt van ons allemaal."

„Jij hebt goed geluisterd," complimenteert de dominee haar, terwijl zijn ogen over de kinderen heen de blik van Elise zoeken. Ze kijkt onbevangen terug. „Nu willen alle mensen in de kerk dat lied natuurlijk graag horen."

Het orgel zet zachtjes in, de kinderen zingen mee: „Kinderen van één Vader, reikt elkaar de hand. Waar wij mogen wonen, in wat streek of land, hoe wij mogen spreken, in wat tong of taal: Kinderen van één Vader, zijn wij allemaal."

Daarna gaan ze terug naar hun plaats, de dominee beklimt opnieuw de kansel. Elise loopt naar haar ouders, haar schouders recht, haar blik richt zich op haar vader. Hij zwijgt, maar ze ziet wat hij haar wil zeggen. „Moest dat nu zo?"

Ja, het moest zo. Ze heeft dit verhaal verteld, omdat het haar zelf bezig hield. Ze heeft het lied met hart en ziel gezongen. Nu zingt ze de laatste psalm mee, ontvangt de zegen en loopt dan met haar ouders mee de kerk uit. Dominee Timmer staat in de hal. Voor hij iets zegt weet ze al dat hij haar moet hebben. „Kun je een momentje wachten, Elise? Ik wil straks even met je praten."

Ze haalt haar schouders op, blijft staan en zegt tegen haar ouders dat ze vast naar huis kunnen gaan. De gemeente praat na in de hal en buiten, een paar kinderen komen naar haar toe. Ze maakt een praatje, lacht, maar haar hart klopt met zware, snelle slagen. Langzaam wordt de hal leger. De eerste leden van de kerkenraad gaan richting huis. Ze ziet hoe dominee Timmer uit de consistorie komt, zoekend om zich heen kijkt en haar dan wenkt. Rustiger dan ze zich voelt loopt ze in zijn richting. De deur wordt zorgvuldig gesloten. „Ga maar zitten." Hij wijst naar een stoel, neemt zelf tegenover haar plaats. Zoals een rechter tegenover een verdachte, schiet het door haar heen, maar ze houdt haar hoofd hoog.

„Elise, ik heb vernomen dat je verkering hebt," begint de predikant.

„Dat hebt u goed gehoord." Ze kijkt hem uitdagend aan.

„Voert u altijd een gesprek met jonge gemeenteleden zodra ze verkering hebben?" Ze hoort zelf hoe brutaal het klinkt. Ze wil niet brutaal overkomen, maar ze wapent zich tegen de woorden die zullen volgen. Woorden waarvan ze gehoopt had dat ze niet uitgesproken zouden worden, omdat ze dominee Timmer altijd graag heeft gemogen. Via de kindernevendienst had ze nog weleens contact met hem. Hij was altijd vriendelijk, aardig, vol lof over de manier waarop ze met de kinderen omging. Nu is het anders. Hij kijkt op een andere manier naar haar, een blik vol afkeuring en onbegrip.

„Nee," beantwoordt hij haar vraag. „Normaal gesproken spreek ik niemand daarover aan, maar dit ligt anders en dat realiseer jij jezelf ook heel goed. Je hebt verkering met een buitenlander."

„Abdul komt uit Marokko."

„En is Abdul bekeerd?"

„Hij is een overtuigd moslim."

„Hij is dus niet bekeerd. Jij bent christen, Elise."

„We laten elkaar daar vrij in."

„Is dat een basis?"

„Liefde is onze basis," reageert ze.

„Geloof je werkelijk dat je daarmee ver komt in dit leven? Stel je het je niet enigszins te rooskleurig voor? Liefde kan een basis zijn, maar hoe staat het met jouw geloof? Moet het geloof in het leven niet de basis van alles zijn?"

„Mijn geloof is de afgelopen tijd niet veranderd. Vorig jaar deed ik belijdenis. Waar ik destijds mee heb ingestemd, daar sta ik nog steeds helemaal achter."

„Hoe is het dan mogelijk dat je verkering krijgt met een moslim?"

„Zoals je altijd verkering krijgt, dominee. Je ontmoet elkaar en de vlam slaat over. Je beseft dat er problemen gaan komen, maar je kunt niet om je gevoelens heen. Ik hou van Abdul, daar kan niemand iets aan veranderen."

„Hoe denk je dat te doen als je trouwt?" Zijn ogen staan fel, priemen in de hare.

„We hebben daar veel over nagedacht en we hoopten dat er een mogelijkheid zou zijn om onze beide geloven te combineren."

„Je bedoelt dat ik samen met een imam jullie huwelijk zou moeten inzegenen?"

„Vroeger was het een probleem als een protestants meisje met een rooms-katholieke jongen wilde trouwen. Tegenwoordig kan er oecumenisch getrouwd worden. Abdul en ik hebben dezelfde God, die Abdul consequent Allah noemt, maar die toch dezelfde is. Denkt u niet dat God onze liefde ziet en zou willen zegenen?"

„Je beziet het allemaal veel te eenvoudig. Lees de bijbel maar eens goed. Laat tot je doordringen wat God over die huwelijken te zeggen heeft. God wil dit niet, Elise."

„U wilt dit niet," zegt ze hard.

„Heb je echt gemeend dat ik in staat zou zijn om mijn christelijk geloof te verloochenen door jullie trouwdienst samen met een imam te leiden? Heb je al eens aan eventuele kinderen gedacht? Moet een zoon van jullie gedoopt én besneden worden? Denk je dat je met het geloof kunt sjoemelen, dat je God naar jouw hand kunt zetten?"

„Ik wil God niet naar mijn hand zetten, maar ik weet dat

ik dezelfde God heb als Abdul en op die basis durf ik het aan."

„Wil je de dood van Jezus Christus loochenen?"

„Die wordt ook door de moslims niet verloochend."

„Nee, maar wel zijn opstanding en dat zie ik als blasfemie."

„Blasfemie?" Ze staart hem schaapachtig aan.

„Blasfemie ja, godslastering, als je dat beter begrijpt."

Ze is even van haar stuk gebracht, herstelt zich dan en zegt vastberaden: „Het heeft niets met godslastering te maken. Het is een verschil in inzicht en niets houdt mij tegen om in die opstanding te blijven geloven."

„Je bent op de verkeerde weg, meisje." Dominee Timmer strijkt zijn donkere haren achterover. Ze bekijkt hem ineens anders, deze dominee. Hij is begin dertig, maar hij lijkt ouder in zijn donkere pak, het smetteloos witte overhemd, de saaie, grijze stropdas. Moet een christen er zo uitzien?

„De tijd zal het leren," zegt ze. „Misschien wilt u eens met Abdul praten, zodat u zelf hoort dat hij het met me eens is. Ik hoop dat u dan een ander beeld van moslims zult krijgen."

„Ik voel geen enkele behoefte om met een moslim te discussiëren. In de tussentijd hoop ik dat je over mijn woorden na zult denken en ook over je positie binnen de kindernevendienst. Ik begrijp wat je onze gemeente vanmorgen wilde leren met het lied: Kinderen van één Vader. Ik hoop dat jij zult begrijpen dat ik dit niet tolereer. Het lijkt me beter als jij je activiteiten voor de kindernevendienst voorlopig op een laag pitje zet."

Ze kijkt hem verbijsterd aan. Ze wil iets zeggen, maar de woorden verstommen in haar mond. Ze is bang dat ze hem verkeerd begrijpt, maar aan zijn harde blik ziet ze dat ze hem heel goed heeft begrepen. Ze wordt uitgekotst vanwege haar relatie met Abdul. „Ik trek mij met onmiddellijke ingang terug," zegt ze koel.

„Ik doe dit voor je eigen bestwil, meisje," probeert hij vaderlijk op haar in te praten. „Je begrijpt toch wel dat dit niet kan. De kinderen binnen deze gemeente mogen niet beïnvloed worden, niet op deze manier. Ik hoop dat je het begrijpt. Mocht je ooit tot bezinning komen dan ben je uiteraard welkom om opnieuw de kindernevendiensten te leiden. Je bent een heel goede kracht en ik heb je altijd erg gewaardeerd, evenals de kinderen."

„Ik zal niet tot bezinning komen," zegt ze zacht. „Volgen er nog meer maatregelen misschien? Word ik in de ban gedaan, uitgespuugd door de gemeente?"

„Je blijft welkom in onze zondagse erediensten."

Ze geeft hem geen hand als ze opstaat. Ze vindt geen woorden om haar gevoelens tot uitdrukking te brengen. Haar keel lijkt dichtgesnoerd te zitten, maar ze loopt kaarsrecht als ze de consistorie verlaat na nog een laatste blik op haar predikant te hebben geworpen, die met het hoofd in de handen geleund voor zich uitstaart. Buiten verwelkomt haar een warme zon aan een strakblauwe hemel. Dominee Timmer, ze heeft maar kort catechisatie van hem gehad, maar tijdens die uren maakte ze grapjes met hem, voerde diepe gesprekken over allerlei zaken die haar bezighielden. Nu heeft hij haar veroordeeld zonder werkelijk te luisteren naar wat zij hem wilde vertellen. Ze ervaart een teleurstelling die zo hevig is dat ze er bijna in stikt.

Langzaam loopt ze naar het huis van haar opa, waar ze ook de rest van haar familie weet. Ze zullen buiten in de tuin zitten en zich verwonderd afvragen wat dominee Timmer van haar wilde. Misschien zijn ze niet eens verwonderd, maar hadden ze dit wel verwacht. Had ze het vanmorgen verkeerd aangepakt tijdens de kindernevendienst? Had ze een ander verhaal moeten nemen, een ander lied moeten aanleren? Het is vakantietijd. Binnen het team is afgesproken dat je dan zelf invulling aan de kindernevendienst mag geven. Zij heeft vanmorgen de behoefte gevoeld om het verhaal te vertellen over Jezus, die de kinderen tot zich riep, ondanks de tegenwerpingen van zijn discipelen. Ze heeft de kinderen willen vertellen dat ze allemaal belangrijk zijn en daarna is ze vanzelf tot de uitspraak gekomen dat het voor God niet uitmaakt of je blank of bruin bent. De kinderen in hun dorp worden nauwelijks met buitenlanders geconfronteerd. Ze vindt het van wezenlijk belang hen toch te laten weten dat er anderen zijn, die in Gods ogen net zo goed meetellen. Automatisch kwam ook het lied in haar boven. Het lied dat ze in haar kindertijd iedere keer volmondig had meegezongen zonder werkelijk aan de diepere achtergrond te denken. Misschien heeft ze daarbij onbewust gedacht aan haar relatie met Abdul. Terwijl zij daar met de kinderen voor in de kerk stond was het plotseling tot haar doorgedrongen wat de gemeente ervan zou denken, haar ouders, de dominee. Dat dominee Timmer haar op deze manier tot de orde zou roepen had ze niet verwacht. Het doet pijn, net zoals zijn woorden dat ze de dood van Christus wilde loochenen. Heeft hij gelijk? Loochent ze op deze manier haar eigen geloof? Ze wil dat toch niet? Ze praat met Abdul onbevangen over haar geloof, maar ook over het zijne. Ze heeft hem verteld hoe belangrijk juist dat lijden en sterven van Jezus voor haar is. Hoe Hij de zonden van de hele mensheid op zich heeft genomen, hoe Hij de dood heeft overwonnen. Diep in haar hart hoopt ze dat Abdul dat ook eens zal inzien. Er hoefden geen offers meer te worden gebracht. Christus heeft dat offer gebracht en het enige wat de mens hoeft te doen is die boodschap aannemen en geloven dat Jezus zijn bloed vergoten had voor al zijn zonden. Misschien zit het grote verschil in het feit dat christenen ervan uitgaan dat de mens in zonde is geboren en dus verlost moet worden, terwijl in de moslimvisie het menselijk wezen gezien wordt als de hoogste vorm van Gods schepping. Het is verwarrend allemaal, maar ze zal haar geloof nooit kunnen verloochenen. Wellicht is het verkeerd om diep in haar hart te hopen dat Abdul het ook ooit zo eens zal zien. De basis is verkeerd als je ervan uitgaat dat de ander moet veranderen. Ze luistert ook naar Abdul als hij vertelt over de koran, het heilige boek van de islam, zoals de bijbel dat was voor de christenen. De bijbel is door mensen geschreven, beweert Abdul altijd stellig, de koran door Godzelf. Mohammed had de uitspraken in een visioen ervaren en doorgegeven als letterlijk door God, door bemiddeling van de engel Gabriël, aan hem geopenbaard. Verloochent ze haar eigen geloof als ze daarover met Abdul van gedachten wisselt? Te snel is ze bij het huis van haar opa. Wat moet ze zeggen als iemand haar vraagt wat dominee Timmer van haar wilde? Wat zal Abdul ervan vinden? Opnieuw een christen die het laat afweten. Of is dat niet zo? Geeft dominee Timmer alleen maar de rechte leer door en is zij degene die daarvan afwijkt? Eén ding is zeker. Zijn woorden hebben haar aan het twijfelen gebracht. Waarom is het allemaal zo moeilijk? Waarom kan ze niet gewoon van Abdul houden zonder al die twijfels? Ze opent het hekje dat naar de achtertuin van haar opa leidt. Ze ziet haar hele familie zitten, zelfs haar vader, Radboud en Delia zijn van de partij. Niemand ziet haar en ze zou willen dat dat zo bleef, dat ze onzichtbaar zou kunnen aanschuiven om te horen waar ze het over hebben.

„Daar hebben we Elise!" Het is opa, die haar het eerst opmerkt. Ze voelt zijn bezorgde blik op zich rusten, probeert te glimlachen.

„Deze dame heeft zin in koffie."

„Ik zal direct inschenken." Lidewij staat al op, ook haar blik staat bezorgd.

„Wat had Timmer met je te bespreken?" hoort ze haar vader vragen en even doet ze alsof ze die vraag niet hoort. Ze loopt naar Abdul, geeft hem een kus, zich niets aantrekkend van haar familieleden die er getuige van zijn. „Hoe is het vandaag?" informeert ze als ze een plekje naast hem vindt. Ze legt haar warme hand op de zijne.

„Het gaat elke dag een beetje beter," zegt hij. „Je opa gunt me alle rust van de wereld." Hij knikt dankbaar naar de oude man, die aan de andere kant naast hem zit. „Hij heeft zelfs een nieuwe braadpan gekocht."

„Een nieuwe braadpan?" informeert Marius Halewijn.

„Ik wil uiteraard geen varkensvlees aan deze jongeman serveren," legt opa uit. „De kwestie is dat ik in mijn braadpan regelmatig een varkenslapje of een karbonade braad. Ik vond dat een probleem en het was maar een kleine moeite om een andere te kopen."

„Dat gaat wel ver," bromt Marius.

„Abdul vond het ook niet nodig, maar ik ben van mijn eigen gevoel uitgegaan," legt opa rustig uit. Abdul lacht een beetje ongemakkelijk onder de afkeurende blik van de man die hij misschien ooit als zijn schoonvader zal moeten beschouwen.

„We zijn hier in Nederland. In Marokko pas ik me aan de gebruiken daar aan, hier in Nederland verwacht ik…"

„Marius, ik vertelde je net dat ik degene was die voor een nieuwe pan koos." Opa verheft zijn stem.

„Hoever wil je daarin gaan? Wat doe je de volgende keer?"

„Ik heb me aangepast. Ik woon vanaf mijn tiende in Nederland, ik ben volledig geïntegreerd in deze samenleving. Uiteraard heb ik mijn principes. Ik eet geen varkensvlees, ik rook niet, ik drink geen alcohol en ik zeg mijn dagelijkse gebeden op. Ik weet dat er moslims zijn die daar de hand mee lichten, maar in mijn ogen hoort het bij mijn geloof. Ik denk dat niemand daar last van heeft." Abdul spreekt rustig, maar aan zijn handen die nerveus aan de rand van het tafelkleed friemelen ziet Elise dat hij zich aangevallen voelt.

„Nou ja, dat is tenminste positief," geeft Marius een beet-

127

je toe. „Verwacht je later van Elise dat ze zich ook aanpast?"

„Ik denk dat we ons allebei zullen moeten aanpassen en ik weet zeker dat het mogelijk is om tot op zekere hoogte met elkaar mee te gaan, zolang het eigen geloof daarmee niet in de knel komt."

„De theorie is prachtig…" vindt Delia.

„Koffie voor Elise," valt Lidewij haar in de rede. „Ach, nu ben ik de koeken vergeten. Delia, zou jij die nog even willen ophalen?"

Irmgard kan een grijns niet onderdrukken, Radboud en Marius kijken geërgerd, opa knipoogt naar zijn dochter en Abdul weet zijn opluchting nog net te verbergen. Elise knijpt in zijn hand. Voor iedereen is het duidelijk wat Lidewij wil zeggen: laten we het vandaag gezellig houden.

„Wat wilde dominee Timmer nu van je?" vraagt Marius dan toch weer.

„We hebben het over de kindernevendienst gehad. Ik heb besloten er voorlopig mee te stoppen," antwoordt ze, daarmee de waarheid verhullend.

„Je vond het altijd zo leuk." Marius laat zich niet met een kluitje in het riet sturen.

„Ik doe het al zoveel jaar. Het wordt tijd dat anderen het eens gaan overnemen."

„Drie jaar is toch niets."

„Na drie jaar kan je motivatie verdwenen zijn. Als je dat voelt wordt het tijd om ermee te stoppen. Het is niet goed voor mij noch voor de kinderen om dan door te gaan." De leugens komen vanzelf. Vanmorgen was ze nog gemotiveerd. Met plezier had ze de kerk verlaten met in haar kielzog een grote groep enthousiaste kinderen. Ze krijgt het gevoel dat niemand haar gelooft, maar iedereen zwijgt. Delia houdt haar een schaal met gevulde koeken voor. Over een poosje zal haar vader de waarheid horen. Dominee Timmer zal het hem vertellen en anders zullen er anderen zijn. Zulke dingen lekken uit, gaan als een lopend vuurtje door de gemeente, door het dorp. Ze heeft het nooit geweten, maar nu beseft ze dat geroddel en achterklap een probleem nog veel zwaarder kunnen laten wegen dan het al is.

⊰11⊱

„Je hebt vanmorgen gelogen," zegt Abdul. Ze zitten bij haar opa in de tuin. De familie is naar huis gegaan. Opa heeft aangegeven na het eten een middagdutje te willen doen. „Ik hoop dat jullie het zonder mij wel even zullen redden," heeft hij lachend gezegd en ze weet dat hij hen met opzet alleen laat. Ze zitten samen onder de parasol. Abdul met zijn onafscheidelijke zonnebril, zij met haar hoofd tegen zijn schouder.

„Wat bedoel je?" informeert ze.

„Je weet het best, over die kindernevendienst. Die dominee heeft met je gepraat. Wat heeft hij gezegd?"

„Ach, het doet er niet toe. Het is beter zo."

„Wil je dat je hele leven doen? De dingen die belangrijk voor je zijn voor mij verborgen houden, omdat het voor mij misschien pijnlijk kan zijn? Dan kunnen we maar beter ophouden. Al die mensen hebben gelijk. We zullen het zo samen niet redden. Dit is niet de goede basis."

„Misschien kunnen we een eindje wandelen door het bos? Daar is het koel en het praat makkelijker als je loopt."

„Ik wil best met je wandelen, maar ik vind het een rare gedachte dat je makkelijker praat als je loopt. Tegenover mij moet je altijd makkelijk kunnen praten."

„Soms doet het zo zeer," zegt ze zacht. „Niet alleen jou, maar ook mij. Dan wil ik…"

„We gaan wandelen," valt hij haar in de rede, drukt een kus op haar voorhoofd en staat op. Ze legt een briefje voor haar opa neer, loopt samen met Abdul het tuinpad af. Ze slenteren tussen de huizen door. Er zitten mensen in tuinen. Mensen die haar groeten. Wat zullen ze zeggen als ze voorbij zijn? Op straat spelen kinderen, verdiept in hun spel letten ze niet op hen. Ze lopen langs de pastorie waar de zon-

130

neschermen neergelaten zijn. Vrolijk gekleurde zonne-schermen, heel anders dan de inwoners. Dominee Timmer in zijn zwarte pak. Zou hij nu in zijn pak in de tuin zitten of heeft hij toch een korte broek aangetrokken? Ze kan zich hem niet voorstellen in een sportieve outfit.

„Hé, juf Elise!" Een vrolijk stemmetje haalt haar uit haar gedachten. Ze herkent de kleine jongen als Gideon Timmer, die vanmorgen ook bij haar in de kindernevendienst was.

„Hé, is dat jouw vriend?" informeert hij, terwijl hij met schep en emmer op hen toe komt lopen.

„Ja," zegt ze. „Dit is mijn vriend."

„Hoe heet jij?" wendt Gideon zich tot Abdul.

„Abdul."

„Wat een gekke naam, Abdul… Waarom heb jij zo'n gekke naam?"

„Ik kom uit Marokko en daar is dat geen gekke naam."

„Marokko is zeker heel ver weg?"

„Als je met het vliegtuig gaat valt het wel mee, maar met de auto is het een heel eind rijden."

Verbeeldt Elise het zich of staat er werkelijk iemand van achter die gekleurde zonneschermen naar hen te kijken? Zou de dominee straks naar buiten komen om zijn zoon tot de orde te roepen?

„Vinden ze in Marokko Gideon een gekke naam?" vraagt zoon Timmer rustig door.

„Nou, raar misschien niet, maar ze vinden het wel moei-lijk om uit te spreken."

„Hoe heet jouw moeder?"

„Mijn moeder heet Zohra," vertelt Abdul geduldig.

„Woont jouw moeder in Marokko?"

„Mijn moeder woont in een dorpje in Marokko."

„En jij woont hier?"

„Ik woon hier."

„Het is toch helemaal niet leuk als je moeder zover weg is?"

De figuur achter het raam heeft zich verwijderd. Ze verwacht nu ieder moment dominee Timmer of zijn vrouw te
zien, maar er gebeurt niets. Abdul wisselt nog rustig van
gedachten met Gideon.

„Soms is het niet leuk," geeft hij toe op diens laatste
vraag.

„Als je verdrietig bent is het niet leuk, hè?"

„Als je verdrietig bent niet, maar ook niet als je heel erg
blij bent of als je een lief meisje hebt ontmoet dat je graag
aan je moeder wilt voorstellen."

„Ben jij verliefd op juf Elise?"

„Heel erg."

„Ik eigenlijk ook wel een beetje," bekent Gideon. „Weet
je, ze kan zó mooi zingen. Zingt ze ook weleens voor jou?"

„Ze heeft nog nooit voor mij gezongen."

„Je moet haar vragen of ze voor je zingt. Van 'Kinderen
van één Vader', dat heeft ze vanmorgen ook voor ons
gezongen."

„Gideon, we gaan nu verder wandelen." Ze wil niet meer
praten over vanmorgen, over 'Kinderen van één Vader'.

„O." Gideon kijkt teleurgesteld. „Ik wil ook wel met jullie wandelen."

„Een andere keer mag je met ons mee." Het is een dood-
doener. Hij zal nooit met hen wandelen. Zijn vader zal het
verbieden, maar hoe kun je dat aan een jongetje van zes jaar
vertellen?

„Nou, ik vind Abdul een rare naam, maar ik vind jou toch
wel aardig." Gideon heeft zich al over de teleurstelling
heen gezet. Ze zien hem gewapend met z'n schep en emmer
naar een bult zand lopen waar hij zich onmiddellijk weer
aan zijn onderbroken bezigheden gaat wijden.

„Wandel maar lekker!" horen ze hem nog roepen als ze al
een heel eind verder zijn.

Het bos is koel, rustig. Elise snuift de typische geur op van rottend hout, van mos, van al die dingen die bij een bos horen. Ze hebben gezwegen vanaf hun ontmoeting met Gideon, maar het is een goed, saamhorig zwijgen. Het is Elise zelf die de stilte verbreekt. „Gideon is het zoontje van onze dominee," begint ze zacht.

„Het is een leuk jongetje," meent Abdul.

„Misschien zouden ouders soms een voorbeeld aan de eerlijkheid van een kind moeten nemen. Je naam is vreemd, maar uiteindelijk blijk je toch wel aardig te zijn, ondanks dat je niet van hier bent."

„Volwassenen hebben dat afgeleerd. We krijgen een eerste indruk van een mens en op grond van die eerste indruk vormen we ons een beeld. Tegen sommige mensen voelen we direct een antipathie. Als we met hen in gesprek raken blijkt dat gevoel niet altijd terecht te zijn. We moeten mensen eerst goed leren kennen voor we ons werkelijk een oordeel kunnen vormen, maar in de praktijk blijkt die eerste indruk heel moeilijk weg te nemen."

„Hoe kunnen we iemand veroordelen die we nog niet kennen?"

„Als diegene een bedreiging voor ons bestaan en ons geloof lijkt in te houden dan zijn we daartoe geneigd," antwoordt Abdul rustig.

„Waarom willen we dan niet luisteren als een ander probeert uit te leggen dat het geen bedreiging is?"

„We hebben allemaal onze eigen opvattingen en we zijn niet genegen die snel aan de kant te schuiven, omdat we menen dat onze opvattingen de juiste zijn."

„En wat kunnen we daaraan doen?"

Abdul glimlacht. „Ik vrees dat we daar niets aan kunnen veranderen, schat. We moeten onze eigen weg erin vinden en weten dat we weinig of geen steun van familie en vrienden kunnen verwachten. Het is niet alleen jouw familie, jouw omgeving die het er moeilijk mee heeft, maar mijn familie net zo goed. Een paar dagen geleden heeft Jamila de post bij mij thuis opgehaald en hiernaartoe gebracht. Er zat een brief van mijn moeder bij. Met vrees en beven heb ik die brief geopend en de werkelijkheid was inderdaad zoals ik me die heb voorgesteld. Ze verwijt mij dat ik een slechte zoon ben, vindt dat het beter is dat ik terugkom naar Marokko om zo van het waanidee af te komen om met een Nederlands christenmeisje te trouwen. Ze schreef dat mijn vader mij niet meer zou willen zien of spreken als ik volhardde in dit slechte gedrag en dat ik mijn naam niet waard was. Je weet dat mijn naam van Abdullah komt, wat 'dienaar van Allah' betekent?"

Ze heeft daar nooit bij stilgestaan. Abdul is gewoon Abdul, het is de naam van de man die bij haar hoort, ze heeft nooit aan een betekenis gedacht. Nu begrijpt ze zijn pijn, ze houdt zijn hand vaster in de hare.

„Ik zou met je naar Marokko willen reizen," merkt hij zacht op. „Ik zou mijn ouders willen laten zien dat je de moeite waard bent en geen bedreiging vormt voor mijn geloof. Ook bij hen overheerst de angst, ze zien in jou de bedreiging van mijn geloof. Ik wil hun woede, onrust en twijfels wegnemen en hen ervan overtuigen dat je de ware voor me bent. Ik wil hen laten weten dat ik niet veranderd ben, dat mijn leven zonder jou nog maar een half leven zal zijn en dat er niets is om bang voor te zijn. Ik zou zo graag willen dat ze kennis met je konden maken."

„Waarom doen we dat dan niet?"

„De vakantie is bijna voorbij. Mijn studie staat weer voor de deur. Ik zal hard moeten werken en ik hoop dat ik daar binnenkort weer toe in staat ben. Bovendien kost zo'n reis veel geld. Ik ga niet met de auto. Een autorit naar Marokko betekent een aanslag op je gezondheid. Dan zou ik er zeker zes weken willen blijven en dat kunnen we ons geen van beiden permitteren."

„Luister eens, Abdul... ik wil ook graag kennismaken met jouw familie in Marokko. Tot nu toe heb ik weinig verlofdagen opgenomen. Ik kan me een week vrij veroorloven. De zomervakantie is inderdaad bijna voorbij en een vliegreis zou op dit moment te vermoeiend voor je zijn. In oktober is het weer herfstvakantie. Laten we die week benutten om samen naar Marokko te gaan. Over de financiën hoef jij je niet bezorgd te maken. Ik heb voldoende op de bank staan voor jou en mij samen. Het gaat in eerste instantie toch om de vliegreis."

„Elise, ik weet niet hoe het daar zal gaan. Het kan zijn dat mijn ouders je in hun hart sluiten, maar het kan ook zijn dat ze de deur voor ons beiden op slot houden."

„Dan is er voldoende geld voor een hotel."

„Ik wil geen geld van jou aannemen."

„Wat van mij is, is van jou."

„Jouw familie zal zeggen…"

„Mijn familie heeft daar niets over te zeggen. Bovendien is het mijn rekening en niemand hoeft te weten wie die reis betaald heeft. Het gaat niet alleen om jou, het gaat ook om mij. Ik wil graag kennismaken met het land waar je vandaan komt. Ik wil jouw ouders leren kennen als ik daar de gelegenheid voor krijg. Eigenlijk wil ik hetzelfde als jij. Ik wil ook jouw familie overtuigen dat we het samen goed zullen krijgen ondanks onze verschillen in cultuur en religie."

„Twijfel jij nooit, Elise?" Hij staat stil midden op het bospad.

„Twijfelen, waaraan?"

„Aan ons…"

„Aan ons?" Ze aarzelt even, trekt hem dan het pad af in de richting van een boomstam, die half onder de struiken verscholen ligt. „Ik twijfel weleens," bekent ze dan, terwijl ze gaat zitten en Abdul haar voorbeeld volgt. „Ik twijfel vaker dan ik zou willen. Niet aan onze liefde, niet aan onze gevoelens voor elkaar, maar wel aan een toekomst voor ons samen." Ze haalt diep adem. „Tot nu toe ben ik niemand tegengekomen die me enthousiast feliciteerde met mijn liefde voor jou. Iedereen ziet leeuwen en beren op onze weg samen. Ik vraag me soms af of die mensen meer zien dan ik, of ik in mijn liefde niet blind ben voor de problemen die we tegen zullen komen. Ik vraag me af of al die mensen het zo verkeerd zien, of dat ik toch degene ben die er te licht over denkt. Ik ben soms bang dat onze relatie te verkrampt zal worden in onze angst om fouten te maken, juist om die tongen van buitenaf het zwijgen op te leggen. In elke relatie vinden twee verschillende mensen elkaar. Twee mensen uit twee verschillende gezinnen met verschillende achtergronden. In een huwelijk is het geven en nemen. Iedereen heeft het recht om zijn achtergronden en gewoontes te koesteren, maar in een relatie zul je ook open moeten staan voor de wensen en gewoontes van de ander. Dat is een vanzelfsprekende zaak waar door niemand moeilijk over zal worden gedaan. In elke relatie moet gewerkt worden om die verhouding goed te houden."

„Kunnen we dat volhouden?"

„Mijn opa vroeg me laatst er nooit een prestigekwestie van te maken. Hij zei me dat ik waarschijnlijk het idee zou hebben dat ik me extra zou moeten bewijzen, maar dat ik moest inzien dat ook ik mocht falen, omdat onze relatie daardoor meer ontspannen zou zijn. Ik heb daar toen heel zelfverzekerd op gereageerd en gezegd dat het ons wel zou lukken, maar de laatste dagen kwamen die woorden van hem boven, werd hun betekenis me werkelijk duidelijk. Hij heeft gelijk. We moeten weten dat we van elkaar houden, maar we moeten oppassen dat we geen te grote druk op onszelf leggen door te menen dat we de buitenwereld koste wat kost moeten laten zien dat het ons wel zal lukken. Ik denk dat onze relatie juist dan geen bestaansrecht heeft."

Haar woorden klinken hard door het rustige bos, daarna valt er een stilte, waarin het lijkt of Abdul haar woorden tot zich door moet laten dringen. „Jouw opa is een wijze man," reageert hij dan kalm. „Een heel wijze man." Ze kan niet anders dan zijn woorden beamen. Ze is blij met haar opa, met die rustige man, met zijn bedachtzame woorden. Zal zij ooit later voor haar kleinkinderen kunnen betekenen wat hij op dit moment voor haar betekent? „Hij heeft me ook gewaarschuwd voor de reacties van mensen om ons heen, voor te veel vertrouwen in vrienden, in onze predikant. Wat dominee Timmer betreft heeft hij gelijk gekregen. Die man heeft me ontzettend teleurgesteld. Vanmorgen heeft hij me vriendelijk doch dringend verzocht mijn activiteiten voor de kindernevendienst te staken en hij heeft me verweten dat ik mijn geloof verloochen. Hij had het zelfs over godslastering. Het heeft me meer pijn gedaan dan ik mijzelf wil toegeven."

„Als je van een man houdt met een andere godsdienstige opvatting wil dat niet zeggen dat je je eigen geloof verloochent," meent Abdul ernstig. „Ik geloof niet dat jouw dominee gelijk heeft en ik geloof dat mijn moeder het ook niet bij het rechte eind heeft. Ik ben mijn naam nog steeds waard. Ik wil Allah dienen. Jij wilt jouw God dienen. Dezelfde God als mijn God. Ons grote verschil blijft de ervaring van de dood van de profeet Jezus. Daar zullen we mee moeten leren leven."

„Vanmorgen schrok ik van mijn eigen gedachten," bekent ze hem dan. „Ik bedacht ineens dat ik zo graag zou willen dat jij ook zou inzien wat het lijden en sterven van Jezus voor ons betekent en ik weet dat het verkeerd is om zo te denken."

„Is het verkeerd om het beste in je leven te willen delen met degene die je liefhebt?" is Abduls eenvoudige vraag en even is ze in verwarring, dan is er dankbaarheid omdat hij haar begrijpt, ook hierin. „Nee," geeft ze dan toe. „Dat kan niet verkeerd zijn." Ze voelt zijn armen vast om haar heen, ziet zijn gezicht vlak bij het hare en even zijn ze weg: dominee Timmer, haar ouders, al die mensen die problemen met hun relatie hebben. Even is ze een gewone jonge vrouw, die verliefd is. Ze geeft zich aan dat gevoel over.

De warmte eist zijn tol in de tuin, overpeinst Lidewij, terwijl ze met een tuinslang tracht te redden wat er te redden valt. De hortensia's hangen slap, de bladeren van de vlinderstruik zien er evenmin florissant uit, de gladiolen lijken zich te hebben overgegeven. Ze voorziet ze rijkelijk van water. Een paar mussen profiteren mee, wentelen zich door de plassen op het smalle tuinpad om even later op de rand van de schutting te gaan zitten drogen. Langzaam zakt de hitte weg, maakt plaats voor de aangename koelte van een vroege nazomeravond. Vanuit de tuin van de buren klinken stemmen, door een geopend raam hoort ze het gehuil van een baby, die, gehinderd door de warmte, niet in slaap kan komen. Het herinnert haar aan de tijd dat het haar kinderen waren die hinder van de hitte ondervonden. Vooral Irmgard had daar altijd last van gehad. Ze krijste alles bij elkaar, waardoor ze juist nog meer last van de warmte kreeg. Ze woonden in die tijd in een klein huis met de slaapkamers pal onder het dak. Het was er tijdens perioden met tropische temperaturen bijna niet uit te houden. Samen met Marius versleepte ze dan uiteindelijk de wieg van de babykamer naar de badkamer, die beneden was gelegen en de koelste plek in huis bleek. Het was altijd weer de meest doeltreffende oplossing. Met een glimlach herinnert ze zich die tijd, terwijl ze de hortensia met een waterstraal nieuw leven probeert in te blazen. Wat waren de problemen destijds klein in vergelijking met de moeilijkheden die nu op haar weg komen. Ze kon volkomen in paniek raken van een kind dat bleef huilen, nu lijken het futiliteiten waarover ze zich met de kennis die ze zich de afgelopen jaren heeft eigen gemaakt nauwelijks meer druk kan maken. Soms verlangde ze naar de volwassenheid van haar kinderen, naar de tijd waarin ze hun eigen gang zouden gaan zonder op haar of

Marius te leunen. Ze zag voor zich hoe hun gezin zich zou uitbreiden met een schoondochter en schoonzoons. Het leek zo vanzelfsprekend dat haar kinderen de goede keuze zouden maken. „Kleine kinderen, kleine zorgen," zei haar moeder weleens, „maar grote kinderen, grote zorgen."

Ze had het typisch een uitspraak van haar moeder gevonden. Haar moeder die van elke mug een olifant wist te maken. Nu vraagt ze zich af hoe haar moeder gereageerd zou hebben als ze zou hebben geweten dat haar jongste kleindochter, nog wel naar haar vernoemd, verkering heeft met een buitenlander.

„Je staat die plant te verzuipen," klinkt plotseling een bekende stem achter haar.

„Maaike!" Ze is blij verrast haar vriendin te zien. Hoelang is het geleden dat Maaike zomaar eens kwam aanwippen?

„Je hoeft die planten niet te laten lijden onder jouw dagdromen," meent Maaike met een brede lach op haar gezicht.

Ze spuit in de richting van haar vriendin, die meteen gillend van de lach haar de slang tracht te ontfutselen voor een tegenaanval. Ze is haar te snel af door naar de buitenkraan te rennen en die dicht te draaien. Proestend als twee jonge meiden staan ze op het terras, Maaike met een natte rok en een quasi-verontwaardigd gezicht. „Wat een verwelkoming."

„Je vroeg er zelf om. Kan ik het goedmaken met een fris glas witte wijn?"

„Wijn om vergetelheid te bewerkstelligen."

„Heb je problemen?" informeert Lidewij bezorgd.

„Volgens mij heeft elke moeder problemen. Geef me maar een lekkere bel wijn, dan praten we er straks over."

Ze zitten samen op het terras. Irmgard is naar een vriendin, Radboud heeft Delia opgezocht, Elise is bij opa en

Abdul, terwijl Marius naar een interessante documentaire op de televisie kijkt.

„Proost, op ons moederschap!" Lidewij heft het glas en neemt haar eerste slok. De koele wijn voelt weldadig aan tegen haar verhemelte.

„Ik moest er even uit," bekent Maaike dan. „Rosalie heeft Stef eergisteren de bons gegeven en sinds die tijd is de sfeer in huis te snijden. Het is onvoorstelbaar wat een druk zoiets op een huisgezin kan leggen. Stef wil niet meer verder leven. Hij kan niet zonder Rosalie, vindt het leven niet meer de moeite waard en is bepaald niet van plan om morgen naar z'n werk te gaan. Ik weet werkelijk niet wat ik ermee aan moet."

„Ik begrijp het niet," zegt Lidewij. „Ze vormden altijd zo'n leuk stel."

„Rosalie heeft zichzelf ontdekt," merkt Maaike een beetje wrang op. „Ze hebben al vijf jaar verkering. Rosalie was net zestien toen ze Stef ontmoette en sindsdien waren ze onafscheidelijk. Inmiddels volgt ze een opleiding aan de kunstacademie en voelt ze zich beknot in haar vrijheid en expressie door Stef. Stef werkt natuurlijk al een aantal jaren. Hij wil inmiddels vastigheid, trouwplannen maken, een gezin stichten. Rosalie is daar nog lang niet aan toe. De laatste tijd boterde het niet meer zo tussen die twee. Hun verschillende zienswijzen zorgden steeds meer voor onenigheid en eergisteren is de bom gebarsten. We zagen het allemaal aankomen. Ik meende zelf dat het Stef zou opluchten als uiteindelijk de kogel door de kerk zou zijn, maar niets is minder waar. Het is een waar drama. Vanavond kreeg ik ineens het gevoel dat ik er even uit moest, even ergens anders over praten en waar kan ik dan beter terecht dan bij jou?"

„Stef zal tijd nodig hebben om hier overheen te komen."

„Die gun ik hem ook van harte en ik wil hem met raad en

daad bijstaan, maar soms houdt het even op."

„Dat begrijp ik." Lidewij nipt uit haar glas. „Het zou zo ongeveer hetzelfde zijn als een breuk tussen Radboud en Delia. Hoewel ik me niet kan voorstellen dat die relatie ooit voorbij zal zijn. Ze lijken voor elkaar geschapen."

„Dat vonden wij van Stef en Rosalie ook, al heb ik Stef steeds gewaarschuwd dat Rosalie nog erg jong was, maar ja, dat ging vanzelf voorbij. Ik heb haar zien veranderen van een onzeker meisje in een mooie, jonge vrouw die precies weet wat ze wil. Stef heeft dat niet kunnen accepteren, dat is zijn fout geweest en het is te laat om die fout nu nog te herstellen. Mijzelf stemt het ook verdrietig. Rosalie vormde na al die jaren een onderdeel van ons gezin. Ik noemde haar wel mijn derde kind. Ze was meer bij ons dan bij haarzelf thuis waar ze schijnbaar niet de warmte en liefde vond die er bij ons was. Diep in mijn hart voel ik me ook een beetje afgedankt door Rosalie en dat vind ik een verkeerde gedachte van mezelf."

„Waarom verkeerd? Je kunt je toch aan een schoondochter gaan hechten? Ik kan me ons gezin ook niet zonder Delia voorstellen, hoewel ik je eerlijk moet bekennen dat ik niet zo'n band met haar heb. Radboud zit vaak bij Delia thuis. Volgens mij vindt Delia het bij ons een huishouden van Jan Steen. Ze komt uit een heel ander gezin dan het onze. Het probleem van het beëindigen van een relatie is altijd dat je verdriet hebt vanwege de pijn die je kinderen op dat moment voelen, maar ook vanwege het feit dat jij afscheid moet nemen van iemand die je dierbaar geworden is. Je zult Rosalie misschien willen zeggen dat ze altijd welkom blijft, maar je weet dat het niet haalbaar is. Stef en Rosalie moeten zich losmaken van elkaar en dat kan niet als zij nog steeds bij je over de vloer komt."

„Ja, dat maakt een deel uit van het verdriet dat ik voel. Rosalie heeft het uitgemaakt. Ik heb niet meer met haar gepraat, ik heb geen afscheid van haar kunnen nemen en ik

weet niet hoe ze zal reageren als ik haar op straat zou tegen-
komen."

„Ja kind, kleine kinderen, kleine zorgen, grote kinderen,
grote zorgen," verzucht Lidewij en ze moet ineens lachen
omdat ze die woorden van haar moeder nu zo vanzelfsprekend als waarheid gebruikt. Haar lach doet de spanning een
beetje breken. Genoeglijk praten ze verder over al die grote
en kleine dingen die belangrijk kunnen zijn in een mensenleven, ze halen herinneringen op en het loopt al tegen half-
twaalf als Maaike afscheid neemt. Het laatste uur hebben ze
gezelschap gekregen van Marius en Irmgard. Ze loopt nog
even mee naar het hek, zwaait Maaike uit, na de belofte te
hebben gegeven zelf ook zo eens weer bij haar vriendin aan
te komen waaien. Met tegenzin loopt ze weer terug naar het
terras, waar Marius nog achter een glas wijn zit. Stef en
Rosalie uit elkaar. Twee jonge mensen die voor elkaar
bestemd leken moeten nu hun eigen weg zoeken. Er is geen
sprake van cultuurverschil of een andere godsdienst, maar
van veranderende interesses, van een meisje dat uitgroeide
tot een moderne vrouw. Waarom heeft zij Maaike niet verteld over de verkering van Elise? Een aantal jaren geleden
had ze dat wel vol trots gedaan, toen Radboud verkering
kreeg met Delia. Wat is het verschil? Ze mag toch trots zijn
nu haar jongste dochter de man van haar dromen heeft
gevonden? Ze vormen toch samen een prachtig stel?
Vanmorgen, in de tuin van haar vader, had ze heimelijk
naar hen zitten kijken. De donkere Abdul samen met de
blonde Elise. Ze had gezien hoeveel liefde voor elkaar er
uit hun houding sprak. Waarom vertelde ze dat niet aan
Maaike? Schaamde ze zich voor het feit dat Abdul een buitenlander is, of was ze misschien bang dat ook Maaike
onmiddellijk haar oordeel klaar zou hebben en met allerlei
bezwaren aan zou komen? Vanavond was Marius woedend
uit de kerk gekomen. „Elise heeft gelogen. Ze heeft wéér
gelogen!" had hij geschreeuwd. „Timmer heeft haar gezegd

dat ze haar activiteiten voor de kindernevendienst móest staken, omdat ze onverenigbaar met haar relatie met een buitenlander, een moslim, zou zijn. Ze heeft het niet zelf gewild, zoals ze beweerde. Timmer vertelde vanavond de ware toedracht. Vanmorgen voelde ik het al toen ze met die kinderen voor in de kerk stond en daar zo nodig 'Kinderen van één Vader' moest zingen. Ze heeft haar eigen glazen ingegooid en ze durft daar niet eens voor uit te komen."

„Omdat ze ervan doordrongen was dat wij haar niet zouden steunen, maar dat ze ook van ons nog eens de wind van voren zou krijgen," had ze gezegd. Het was haar op dat moment pijnlijk duidelijk geworden. Elise verwacht niet langer steun van haar ouders, van Marius en haar. Ze kon haar problemen niet langer met hen delen en daar hebben ze het zelf naar gemaakt. Ze voelt het duidelijk als ze het tuinhekje open hoort gaan en Elises gestalte het tuinpad op ziet lopen. Ze ziet hoe Marius opstaat. „Ik ga naar bed," kondigt hij aan. „Morgen is het weer vroeg dag en er wordt deze week veel van me verwacht." Van Marius hoeft ze geen steun te verwachten, maar zij is de moeder en diep in haar hart begrijpt ze haar jongste dochter, is ze zelfs trots omdat ze volhardt in haar liefde voor Abdul, hoeveel problemen dat ook met zich meebrengt. „Ik blijf nog even een glaasje met Elise drinken," zegt ze en werpt haar dochter een bemoedigend knikje toe dat dankbaar wordt aanvaard.

Hij kruipt op z'n knieën door de tuin, trekt het onkruid tussen de planten weg dat veel hoger staat dan hij gewend is. Vermoeid richt hij zich op, haalt diep adem en probeert zo de pijn in zijn borst weg te ademen. Er parelt zweet op zijn voorhoofd. Traag haalt hij een zakdoek uit z'n broekzak en wist daarmee het zweet weg. Hij probeert langzaam rustig te worden en de paniek die hij voelt onder controle te krijgen. De pijn beneemt hem de adem. Hij sluit z'n ogen, vouwt z'n handen, zendt een woordeloos gebed op. Geleidelijk ebt de pijn weg, de vermoeidheid blijft. De tomeloze vermoeidheid die hem de laatste weken steeds vaker hindert. Hij wijt het aan de warmte die nog steeds het hele land in zijn greep houdt, die hem z'n nachtrust beneemt en z'n energie. Hij laat zich opnieuw tussen de planten zakken. Hij, de tuinman, ziet hoe zijn tuin acheruitgaat zonder dat hij in staat is daar iets aan te doen. Vanmorgen had hij zich goed gevoeld. Samen met Abdul had hij ontbeten in de tuin. Abdul had het ontbijt klaargemaakt. Warme broodjes, een eitje, vers geperst sinaasappelsap.

„Binnenkort kan ik weer naar mijn eigen huis," had Abdul opgewekt aangekondigd. „Ik voel me weer tot veel in staat. De laatste dagen heb ik het gevoel dat ik een heel stuk ben opgeknapt. Dat heb ik mede aan u te danken."

„Ik heb het alleen maar prettig gevonden je op deze manier uit de brand te helpen," had hij gezegd. „Je zit me nog niets in de weg. Mijn huis is vaak zo stil. Natuurlijk ben ik daar inmiddels aan gewend, maar nu ik het de laatste weken met jou heb kunnen delen, merk ik weer hoe prettig het is om een woordje kwijt te kunnen."

„Ik heb het hier ook erg naar mijn zin gehad, maar ik

moet mijn leven weer oppakken. Binnenkort begint de school weer."

„Je kunt hier ook leren."

„Ja natuurlijk."

Hij, de oude Theodoor Niemeijer, had op dat moment begrepen dat hij het verkeerd aanpakte. Hij moest aan het belang van deze jongeman denken en het zijne vergeten. Abdul had er recht op om zijn eigen leven te leiden en moest zich niet verplicht voelen om hem nog langer gezelschap te houden. Het was voor een jonge student immers goed om weer op eigen benen te staan. Hij werd een oude dwaas. De afgelopen jaren was hij vaak alleen geweest. Lidewij kwam wel met grote regelmaat langs, zijn kleinkinderen lieten zich niet onbetuigd, maar er bleven nog zoveel lege uren over. Hij had met de stilte in zijn huis leren leven, wist die bij tijd en wijle te waarderen, maar toch wende het nooit echt. Soms schaamde hij zich als Elise hem voor de zoveelste maal bedankte omdat ze zo blij was dat hij zijn huis voor Abdul had opengezet. Hij besefte maar al te goed dat er ook eigenbelang meespeelde. Het was goed een jong mens in huis te hebben. Het was heerlijk om hier niet elke avond alleen op het terras te zitten zonder een woord te kunnen wisselen. Hij had genoten van de gesprekken met Abdul over alle dingen die hen beiden bezighielden. Nu moest hij deze jongeman de ruimte geven om zijn eigen leven weer op te pakken. Opnieuw zou de eenzaamheid toeslaan, maar ook de angst. Hij had soms verlangd naar de dood, naar een weerzien met zijn Elisabeth. Nu hij de dood in zijn buurt wist beangstigde die hem. Niemand wist van de pijn op zijn borst, de loden vermoeidheid die hij steeds vaker voelde. Hij wilde geen dokter, geen ziekenhuis, geen vreselijke onderzoeken. Hij bad tot God dat op een dag de dood zich genadig over hem mocht ontfermen en tegelijkertijd had hij het gevoel dat hij er nog niet werkelijk aan toe was. Hij was nog nodig in het gezin van zijn dochter waarin op dit moment zoveel verkeerd leek te gaan. Marius zei niet meer dan het hoogst noodzakelijke als Abdul in de buurt was. Elise kwam vrijwel elke avond naar zijn huis, vanwege Abdul, maar ook om de spanning thuis te ontlopen. Hij wist zichzelf ook niet goed raad met deze jongen, die zo open en eerlijk tegen hem was. Samen konden ze uren praten over het geloof, zonder daar ooit uit te komen. Het was goed om erover te praten zonder direct met verwijten te komen, zonder elkaar te willen overtuigen, maar hij wist niet of hij op de goede weg zat. Wat was de goede weg? Net doen alsof er geen islamitisch geloof bestond, deze jongen weren uit de familiekring?

„Elise heeft een flat aangeboden gekregen," had hij Abdul na een wat ongemakkelijke stilte horen zeggen. „We willen er vanmorgen samen naar gaan kijken."

„Het is goed, jongen, vergeet wat deze dwaze, oude man tegen je zei. Als je zover bent opgeknapt is het niet meer dan natuurlijk dat je weer naar je eigen huis verlangt. Jonge mensen horen niet met oude mensen opgescheept te zitten."

„Zo heb ik dat niet gevoeld," was onmiddellijk Abduls verweer, maar hij had de opluchting op zijn gezicht gelezen.

„Ik heb van je aanwezigheid genoten, maar het is niet goed van me om je langer vast te houden."

„Ik ben u als een grootvader gaan zien," had Abdul gezegd. „Ik respecteer u en ik beloof u dat ik ook straks als ik weer in mijn eigen huis woon regelmatig langs zal komen. Dat ben ik aan u verschuldigd."

„Je bent mij helemaal niets schuldig."

„Ik wil het."

Hij is opnieuw op z'n knieën in de tuin gezakt. Lusteloos plukken zijn handen aan het onkruid, werpen het automatisch in de emmer aan zijn voeten. Het huis lijkt nu al leeg en dat terwijl Abdul pas een halfuurtje geleden vertrokken is om met Elise naar de flat te gaan kijken. Hij wordt werkelijk een dwaze, zwartgallige oude man. Misschien moest hij maar eens een kopje koffie bij de buurvrouw gaan halen. Hij is daar altijd welkom. Christina Haverkort is weduwe. Hij heeft haar echtgenoot nooit gekend, maar ze is een regelmatig bezoekster geworden na de dood van zijn Elisabeth. In het begin irriteerde hem dat, omdat het er zo dik oplag dat ze meer in hem zag dan een goede buurman. Hij voelde geen behoefte aan een vervangster voor Elisabeth. De laatste tijd laat hij zich haar zorgen graag aanleunen en straks zal hij haar nodig hebben. Over een tijdje, als het huis nog leger zal lijken dan normaal. Een duizeling overvalt hem. Hij probeert zich op te richten, maar de wereld draait rond en hij kan geen houvast vinden. Draaierig laat hij zich achterover zakken, gaat languit in het gras liggen en wacht tot het voorbij is. Dan staat hij op, grijpt de emmer, leegt die in het compostvat en gaat op weg naar Christina Haverkort.

„Deze flat wil ik." Elise loopt door de gezellig ingerichte woonkamer, die nu nog toebehoort aan een jong studentenpaar. Ze gaat voor het grote raam staan dat uitkijkt op een groen grasveld, voorzien van speelattributen waar een paar kleine kinderen dankbaar gebruik van maken.

„Het is een hele rustige flat," deelt de jonge vrouw ongevraagd mee. „Beneden ons woont een jong stel met een baby, boven ons een alleenstaande verpleegkundige, de overige drie huizen in dit portiek worden bewoond door oudere mensen. Eén echtpaar, een weduwe en een weduwnaar. We hebben nooit veel contact gehad, maar dat lag ook aan onzelf. We studeerden samen en voelden weinig behoefte om op de koffie bij de buren te gaan. Het is altijd bij een groet en soms een praatje in het portiek gebleven." Haar blik glijdt over Abdul, die een beetje afwachtend in het midden van de kamer staat. „Gaan jullie samenwonen?"

Resoluut schudt Abdul zijn hoofd. „Mijn vriendin gaat

hier eerst alleen wonen, maar we trouwen op korte termijn."

Met een ruk draait Elise zich om, staart verbaasd naar
Abdul die er bijstaat of ze al vastomlijnde plannen hebben.
„Het is een leuke flat voor twee mensen," zegt de jonge
vrouw, die niets van haar verbazing lijkt te merken. „Willen
jullie de slaapkamers nog even zien?"

Achter haar aan lopen ze door de rest van het huis, overleggen wat ze kunnen overnemen tegen een zacht prijsje.
„Ik had hier nog wel een poosje willen wonen," bekent de
vrouw. „Maar mijn vriend is afgestudeerd en heeft een baan
in het westen van het land gekregen. Daar hebben we
inmiddels een huis gekocht. Over een halfjaar hoop ik ook
afgestudeerd te zijn. In die tussentijd ga ik door de week
weer bij mijn ouders wonen en in de weekenden vertrek ik
dan naar ons eigen huis. Het zal weer moeten wennen om
onder moeders vleugels te leven, maar een halfjaar zal ik
het wel uithouden."

„Ik ga direct door naar de woningbouw om te zeggen dat
ik deze woning accepteer. Wanneer gaan jullie verhuizen?"
hakt Elise de knoop door.

„Volgende week. Ik was al bang dat er nog geen nieuwe
huurder gevonden zou zijn, zodat we niets konden laten
overnemen. Ik denk dat jullie hier plezierig zullen wonen."

Samen lopen ze de trappen af, die naar de ingang leidt.
Grijze brievenbussen naast de deur met daarop naambord-
jes naast huisnummers. Over een poosje zal het normaal
zijn om hier te lopen. De trappen zullen vertrouwd worden,
de brievenbussen waaruit ze haar post zal halen, de gele
voordeur van haar eigen flat. Hier zal haar thuis zijn.
Buiten overvalt de zon hen. Zwijgend pakken ze hun fietsen, trappen de straat uit in de richting van de woningbouwvereniging. Elise voelt de zoele wind door haar haren,
kijkt in de richting van Abdul. „Was dat net een verkapt
huwelijksaanzoek?"

Hij houdt in, stapt van z'n fiets af en zij volgt z'n voorbeeld. „Het ontviel me zomaar," zegt hij een beetje verlegen. „Ik heb er uiteraard aangedacht. Voor samenwonen voel ik niets, maar ik wil voor altijd bij je te zijn. Het is een mooie flat, ook voor ons tweeën, het lijkt me niet zo'n slecht plan om op korte termijn te trouwen."

„Is het niet handig om die plannen ook met mij te overleggen?"

De zon schijnt in haar ogen. Ze knijpt haar ogen tot spleetjes. „Ik moet het namelijk ook wel willen," zegt ze heftig.

„Ik dacht dat jij het wel zou willen." Ze leest ontreddering op zijn gezicht.

„Ja Abdul, ik wil wel, maar ik vind het zo snel gaan. We kennen elkaar amper vijf maanden."

„Vijf intensieve maanden."

„Ja, vijf intensieve maanden, maar voor mij nog te kort om een huwelijk op te bouwen."

„Je hebt geen vertrouwen in mij."

Het is of de zon nog feller steekt, ze voelt hoe een straaltje zweet zich een weg langs haar slapen zoekt. „Ik heb wél vertrouwen in jou, maar een periode van vijf maanden is te kort om als basis te dienen. Trouwen doe je voor je leven."

„Ik ben bang," hoort ze hem dan zeggen en ze ziet hoe hij van haar wegkijkt.

„Waarvoor ben je bang? Bang om me te verliezen?"

„Je ouders zijn nog steeds tegen mij. Je moeder doet wel haar best, maar je vader zal er alles aan doen om ons tegen te werken. Dat maakt me bang."

„Je zult me niet verliezen. Abdul, mijn vader kan zeggen wat hij wil, maar ik trek me er niets van aan. Met deze flat kan ik me helemaal aan zijn invloed onttrekken. Hij zal niet de minste behoefte voelen om me daar op te zoeken en ik kan naar huis komen als hij er niet is."

Ineens schiet ze in de lach. „Volgens mij is dit het meest

onromantische huwelijksaanzoek ooit in een mensenleven gedaan."

„Denk je, wil je…"

„Ik wil met je trouwen, maar nu nog niet. Het is goed, Abdul. Je hoeft geen angst te voelen. Gun me de tijd. Dat is het enige wat je moet doen, mij de tijd gunnen en als je het niet erg vindt fietsen we nu verder naar de woningbouwvereniging. Gaan we daarna even langs jouw flat om te kijken of er nog post is? Als je nog iets te drinken in huis hebt, houd ik me aanbevolen, want ik kom bijna om van de dorst."

Ze stapt opnieuw op haar fiets en ondanks alles doorstroomt haar een heftig geluksgevoel. Ze neuriet zachtjes terwijl ze in de richting van de woningbouwvereniging fietsten.

Hij heeft een fles cola in de koelkast gevonden en een paar oude tuinstoelen op het kleine balkon gedeponeerd. Hij zet de glazen op de rand van het balkon, gaat naast haar zitten en grijpt haar klamme handen vast. „Elise Halewijn, wil je met me trouwen?"

„Ja," antwoordt ze een beetje ademloos. „Als de tijd rijp is trouw ik met je. Ik had het je al gezegd en je kende het antwoord al, maar dit… dit vind ik romantisch. Ik hou van je, ik hou zoveel van je. Wat anderen er ook van zeggen, ik kan niet meer zonder je leven. Ik hou van je met heel mijn hart, met alles wat in me is."

„Eerst wil ik je aan mijn familie in Marokko voorstellen," zegt hij aarzelend. „Het is belangrijk voor me dat ook zij je zullen accepteren."

„En als ze dat niet doen?"

„Ik denk dat ze je wel zullen accepteren," zegt hij bedachtzaam. Ik heb de brief van mijn moeder beantwoord en daarin heb ik geprobeert haar angst weg te nemen. Ze hoeft zich voor mij niet te schamen. De afgelopen tijd heb ik niet stilgezeten, zo heb ik ook nagevraagd wat de reis naar Marokko op dit moment kost. Met je opa heb ik al overlegd dat ik op korte termijn weer naar mijn eigen huis ga. De komende tijd zal ik zo veel mogelijk werken, hoewel ze me minder nodig zullen hebben dan in de zomer. 'Le Soleil' is voor een groot deel afhankelijk van vakantiegangers. Ik ben al naar het uitzendbureau geweest voor ander, minder seizoensgebonden werk. Er zijn genoeg restaurants en hotels die doorlopend bezet zijn. Ze zullen me bellen als ze iets voor me hebben."

„Ik vind dat je meer tijd aan je studie moet besteden en niet te veel hooi op je vork moet nemen. Je loopt ook nog stage. Doe het een beetje rustig aan, straks kom je nooit meer van die hoofdpijn af."

„Ik wil niet dat jij die hele reis naar Marokko betaalt." Er ligt een vastberaden uitdrukking op zijn gezicht.

„Daar hebben we het al eerder over gehad, is het niet? Abdul, het geld voor die reis staat op de bank. Ik heb de afgelopen jaren kunnen sparen. Mijn ouders wilden niets van kostgeld weten. Het grootste deel van mijn inkomsten is altijd op een spaarrekening gezet. Als ik al op vakantie ging dan was het meestal met wat vriendinnen hier in eigen land voor hooguit een week. Daar heb ik mijn geld dus niet aan besteed, net zomin als aan de inrichting van een huis. Ik vind het prettig dat je ook een deel van die reis wilt betalen, maar daar hoef je geen halszaak van te maken. Op dit moment verdien ik meer dan jij. Jij zult dat niet prettig vinden, maar het is nu eenmaal niet anders. Als alles goed gaat rond jij over een jaar die studie af. Als je een baan kunt vinden zul jij heel ouderwets kostwinner worden."

„Als er kinderen komen kun jij ophouden met werken."

„Als ik dat wil."

„Hoezo?"

„Het lijkt me niet prettig om de hele dag thuis te zitten. Natuurlijk zou ik wel minder uren willen werken, maar een paar dagen in de week zou ik er wel uit willen."

„En wat doen we dan met de kinderen?"

„Er is tegenwoordig prima kinderopvang."

„Mijn kinderen worden niet bij zo'n verblijf gedumpt."
Ze ziet een blik van afweer in zijn ogen die ze nooit eerder
heeft gezien.

„Het is geen dumpen," betoogt ze heftig. „Ik denk dat het
helemaal niet verkeerd is als een kind een paar dagen naar
zo'n kinderdagverblijf gaat. Daar leert het met andere kinderen om te gaan en waarschijnlijk zijn ze meer gediend
met een moeder die zo nu en dan ook haar vertier buitenshuis zoekt dan met een moeder die met tegenzin thuiszit."

„Daar praten we tegen die tijd nog weleens over."

„Nu moeten we daarover praten. Als er kinderen komen
is het te laat."

„We hadden het over trouwen, over een reis naar Marokko, niet over het krijgen van kinderen."

„Het is onze toekomst en over die toekomst moeten we
praten."

Hij zwijgt, blijft stil zitten met diezelfde afwerende blik
in z'n ogen.

„Abdul, laten we onze kop niet in het zand steken. Het is
van cruciaal belang dat we er hier en nu over praten. Ik ben
er helemaal niet voor om onze kinderen door anderen te
laten opvoeden, maar ik meen dat er niets verkeerds aan is
om een paar dagen in de week te blijven werken. Daarnaast
ben ik er dan toch helemaal voor eventuele kinderen?"

„Jamila werkt ook niet en ik hoor haar niet klagen."

„Ze zal het wel uit haar hoofd laten. In jullie cultuur is het
toch normaal dat een vrouw voor de kinderen zorgt, terwijl
de man zogenaamd de kost verdient. Diep in haar hart wil
Jamila het misschien ook wel anders, misschien walgt ze er
wel van om elke dag thuis te zitten en alleen contact te hebben met al die wauwelende Marokkaanse vrouwen die daar
in en uit lopen. Er wordt van haar verwacht dat ze een

goede gastvrouw is als haar man vrienden meebrengt. Nou, Jamila legt zich daar misschien bij neer, maar ik ben dat niet van plan. Ik ben geen Marokkaanse en ik wil een stukje voor mezelf, ook als ik straks met je getrouwd zal zijn en kinderen zal hebben. Wen daar maar vast aan, want het is voor mij heel belangrijk!"

Ze staat ineens voor hem met vlammende ogen.

„Je kijkt nu al neer op onze Marokkaanse gewoontes," verwijt Abdul haar. „Je denkt dat je beter bent dan de rest, maar diep in je hart zit diezelfde achterdocht ten opzichte van buitenlanders. Je discrimineert net zo!" Ook Abdul is gaan staan.

„Dat woord moet je uit je woordenboek schrappen," sneert ze. „Discriminatie, jullie hebben er je mond vol van, maar het heeft niets met discriminatie te maken. Ik heb het heerlijk gehad in de tijd dat ik bij Jamila in huis zat en ik ben haar eeuwig dankbaar dat ze mij die plaats gunde, maar ik heb ook gezien hoe ik het later niet wilde. Dat heeft niets met discriminatie te maken, maar met het feit dat ik een moderne, jonge, Nederlandse vrouw ben. Ik ben in een andere cultuur opgegroeid. Mijn moeder werkt ook en ik heb daar nooit enige hinder van ondervonden. Het zal straks niet vanzelfsprekend zijn dat ik voor je klaarsta als jij vrienden mee naar huis brengt. Ik wil me best enigszins aanpassen, maar jij zult op sommige punten ook een stap terug moeten doen en als je dat niet van plan bent dan... dan..."

„Wat dan?" vraagt hij uitdagend.

„Dan heeft het geen zin om trouwplannen te maken."

„Iedereen heeft dus gelijk gehad. Mijn vrienden, mijn familie, jouw vrienden, jouw familie. Een gemengd huwelijk is niet haalbaar."

„Dat is wel degelijk haalbaar als je niet uit het oog verliest dat ik een andere achtergrond heb en dat ik die niet kan en wil verloochenen. Misschien wil ik over een poosje alsnog gaan studeren. Het werk in de jeansshop is leuk, maar ik kan me niet voorstellen dat ik er op m'n vijftigste nog sta. Wie ben jij om me dan tegen te werken?"

„Ik wil je niet tegenwerken, maar als ik jouw man ben zul je moeten overleggen."

„Wat overleg jij met mij? Jij gaat ook je eigen gang. Jij blijft ook steeds in je eigen cultuur steken!" Ze is steeds harder gaan schreeuwen.

„Ik kan geen respect hebben voor een vrouw die het welzijn van haar kinderen uit het oog verliest," reageert hij rustig.

„Ik heb geen enkel respect voor een man die zijn vrouw al in een dwangbuis wil stoppen nog voor hij getrouwd is. Daar pas ik voor. Wat mij betreft kun je stikken met je ouderwetse ideeën. Ik ga wel alleen in die flat wonen. Zonder jou red ik het ook wel in dit leven. Ik heb je niet nodig, hoor je… ik heb je níet nodig!"

Er valt een doodse stilte, waarin alleen het geschreeuw en gelach van kinderen buiten hoorbaar is. Ze kijken elkaar aan en begrijpen niet hoe er ineens zoveel onbegrip en woede is ontstaan. Niets is er meer over van het gevoel van saamhorigheid eerder deze middag. Niets is er meer over van hun plannen. Marokko is heel ver weg, huwelijksplannen nog veel verder.

„Stik!" schreeuwt ze voor ze de kamer uitloopt en met een knal de voordeur van zijn flat achter zich in het slot smijt.

-❧13❧-

De telefoon staat voor haar. Ze kent het nummer van zijn mobiele telefoon uit het hoofd. Ze heeft het zo vaak ingetoetst, maar op dit moment voelt ze haar hart bonzen alsof ze iets gaat doen wat volstrekt ongeoorloofd is. Haar vingers toetsen aarzelend de eerste nummers in, dan legt ze de hoorn op de haak. Het is stil in huis. Iedereen is naar zijn werk. Vanmorgen heeft zij zich ziek gemeld en ze is daarna in bed blijven liggen tot de zon hoog aan de hemel stond. Hoe kan ze werken, terwijl ze overmand wordt door een pijn die zo groot is dat ze het gevoel heeft het niet langer te kunnen verdragen?

Na de ruzie met Abdul heeft ze zich voorgehouden dat het zo beter was, dat een gezamenlijke toekomst geen enkele zin heeft als hun standpunten zo mijlenver uit elkaar liggen. Haar verstand verliest het van haar gevoel. De hoop is gebleven dat Abdul zal bellen, dat hij langs zal komen om te praten, maar tot haar teleurstelling doet hij niets van dat alles. Opnieuw toetsen haar vingers een nummer in dat ze uit haar hoofd kent. Ze hoort de vertrouwde stem van haar opa aan de andere kant.

„Hoi opa, hoe is het?"

„De stilte overvalt me een beetje," hoort ze haar opa zeggen. „Het is net of het huis veel stiller is geworden na het plotselinge vertrek van Abdul."

Ze weet nu wat ze wilde weten en ze weet niet wat ze met die wetenschap aan moet.

„Je moet je dat niet te veel aantrekken," zegt haar opa, die de stilte aan de andere kant van de lijn verkeerd uitlegt. „Abdul had het me natuurlijk 's morgens al laten weten, maar ik had niet begrepen dat hij al zo snel weg wilde. Het overviel me een beetje."

Er klinkt een soort matheid in zijn stem, ze proeft bijna zijn teleurstelling.

„We komen gauw weer eens bij je aan, opa." Ze realiseert zich dat ze 'we' zegt, terwijl ze niet eens weet of ze ooit nog samen zullen zijn.

„Dat weet ik wel, kind. Nogmaals, je moet het je maar niet aantrekken, maar het is ineens of het huis stiller dan ooit is. Sinds de dood van je oma was ik gewend geraakt aan die stilte, maar nu overvalt het me."

„Misschien moet je eens lekker in de tuin gaan werken."

„Met deze hitte valt het niet mee om in de tuin te werken."

„Voor morgen hebben ze ander weer voorspeld," weet ze. „Vanavond zal er onweer komen en dan zal het morgen aanmerkelijk koeler zijn."

„Dat hoop ik dan maar."

„Je moest je eens bij de bejaardensoos aanmelden."

„Ik voel geen enkele behoefte om daar te gaan biljarten of klaverjassen."

„Je kunt er toch ook zomaar een kop koffie gaan drinken. Zo ben je nog eens onder de mensen. Je zit veel te veel thuis."

„Ik heb er geen behoefte aan." Er klinkt afweer in zijn manier van spreken.

„Dan moet je het zelf maar weten. Soms kun je een koppige, oude man zijn." Ze voelt ergernis opkomen.

„Ik ben altijd mijn eigen weg gegaan, ik zal die nu ook wel vinden."

„Ik hoop het." Ergens voelt ze zich schuldig. Hebben ze te veel van opa verwacht? Houden ze te weinig rekening met zijn leeftijd? Hij maakt altijd zo'n vitale indruk dat je snel vergeet dat hij toch een eind in de zeventig is.

„Als ik iets voor je kan doen, dan moet je het maar zeggen," probeert ze haar eerdere woorden af te zwakken. „Deze week kom ik in ieder geval nog even bij je langs."

„Abdul is zijn tandenborstel vergeten."

„Die zal ik dan ophalen," belooft ze. „Ik hoop niet dat het ding je in de weg ligt."

Ze hoopt op een grapje, maar hij reageert serieus. „Ach, mijn huis is zo groot dat zo'n tandenborstel echt niet opvalt."

„Nou, je ziet me wel van de week."

Ze blijft nadenkend naar buiten staren als de verbinding allang verbroken is. De wereld lijdt onder de hitte. Ze ziet het aan de tuin, aan het dorre gras, aan de slappe planten die toch elke avond trouw worden natgespoten door haar moeder. Een paar mussen hippen rond het waterbakje dat haar moeder op datzelfde moment altijd zorgzaam vult, maar dat nu leeg lijkt te zijn. De mens is tot veel in staat. De medische wetenschap gaat steeds verder. Mensen kunnen kunstmatig in leven worden gehouden, ongeboren kinderen worden geopereerd, maar de natuur is nog steeds iets wat niet onder controle kan worden gehouden. Er is nog niemand geweest die de zon kon temperen, die een regenbui kon laten vallen als dat nodig is. De mens is tot veel in staat, maar nog steeds niet tot alles. Misschien is dat goed, moet de mens af en toe terechtgewezen worden om hem zijn afhankelijkheid te laten zien. Er ontsnapt haar een zucht. Abdul schijnt geen redenen omtrent zijn vertrek tegenover haar opa onthuld te hebben. Ze heeft dat ook geen moment verwacht. Abdul hangt de vuile was niet buiten. Hij zal de eerste stap niet zetten. Zij zal het moeten doen als ze dat wil, maar wil ze dat? Zou het leven niet een stuk eenvoudiger zijn als ze besluit een punt achter hun relatie te zetten? Het zit haar soms meer dan dwars dat een eventueel kind automatisch moslim wordt. Soms vindt ze het belachelijk om nu al aan kinderen te denken, maar op een dag zal ze er niet langer omheen kunnen. Ze heeft altijd gedroomd van een gezin met ten minste twee kinderen. Ze heeft zich voorgesteld hoe ze aan tafel zou zitten met een man, met kinderen. Ze had tijdens een doopplechtigheid in de kerk altijd iets van ontroering gevoeld, omdat zo'n klein, ontwetend kind toch al een kind van God mag zijn. Haar kinderen zullen niet gedoopt worden. Daar zou ze mee kunnen leven, maar de wetenschap dat haar kinderen automatisch moslim worden, dat eventuele zonen besneden zullen moeten worden vindt ze moeilijker te aanvaarden. Als ze nu definitief een punt achter haar relatie met Abdul zou zetten zijn die problemen voorbij. Ze zou verschrikkelijk veel verdriet hebben, maar op een dag zou ze met dat verdriet leren omgaan, er zou weer ruimte komen voor een andere man. Ze denkt aan Patrick van Til, die al jarenlang moeite doet om haar het hof te maken. Hij is een aardige jongen, maar iemand aardig vinden is heel iets anders dan zoveel van iemand houden dat het bijna pijnlijk is. Ze weet dat ze Abdul niet zal kunnen loslaten. Misschien houdt ze het nog een dag uit, of zelfs twee dagen, maar ze kan niet leven met het gevoel dat het voorbij is. Ze verlangt naar zijn kussen, naar zijn tederheid, zijn onverholen hartstocht, die haar eigen passie opwekt. Ze houdt van zijn krullen, van zijn donkere ogen achter de ronde, studentikoze bril, van zijn slanke handen, van de man die hij is. Niets of niemand zal daar iets aan kunnen veranderen. Laatst heeft een vriendin van haar gezegd dat God en Allah niet dezelfde zijn. Zij heeft dat ogenblikkelijk bestreden, maar ze hoorde opnieuw de woorden van Nelleke Thijs: „God en Jezus zijn één! Hoe kun je zeggen dat God en Allah dezelfde zijn als ze Jezus niet als de Zoon van God zien?"

Na die woorden heeft ze besloten de vriendschap met Nelleke Thijs op een laag pitje te zetten. Opnieuw staart ze in het telefoonboek. Bestaat er dan geen mogelijkheid om nader tot elkaar te komen? Ze heeft hem toegeschreeuwd dat ze hem niet nodig heeft, maar het is een leugen geweest. Zou ze nu hier werkeloos thuiszitten als ze zonder hem leven kon? Ze toetst het nummer van zijn mobiele telefoon in. Nu moet ze alles opzijzetten. Ze moet hem vertellen dat ze het niet zo gemeend heeft, dat ze van hem houdt, dat het leven zonder hem geen leven meer is. Ze houdt haar adem in, voelt hoe haar handen trillen, hoort dan zijn stem op de voicemail, maar spreekt geen boodschap in. Teleurgesteld legt ze de hoorn weer neer. Hoe kan hij weg zijn, terwijl ze zo'n ruzie hebben gehad? Is hij gewoon naar school gegaan, is hij nu op z'n stageadres aan het werk? Kan hij dan wel zonder haar? Even aarzelt ze, dan drukt ze op de herhaaltoets en ditmaal spreekt ze de voicemail wel in. „Abdul, ik wil je zeggen dat ik van je hou. Ondanks alle verschillen tussen ons kan ik niet zonder je. Bel me terug, bel alsjeblieft terug."

Pas dan voelt ze een zekere opluchting. Hij zal haar terugbellen. Ze is er zeker van.

Later slaat de onzekerheid weer toe. Later, als de vroege middag overgaat in de namiddag. Later, als ze haar moeder over het tuinpad in de richting van het huis ziet lopen en ze weet dat er vragen zullen worden gesteld die ze nog niet wil beantwoorden.

„Ben je nu al thuis?" begroet Lidewij haar dochter opgewekt.

„Vanmorgen heb ik me ziek gemeld," geeft ze met enige tegenzin toe.

„Ziek gemeld?" Lidewijs wenkbrauwen vormen twee vragende boogjes. „Waar heb je dan last van?"

„Ik voelde me vanmorgen gewoon rot." Ze staat op. „Wil je wat drinken? Je zult wel geen zin in koffie hebben met deze hitte."

„Doe me maar iets fris." Lidewij gooit haar linnen jasje over een stoel. „Het was op m'n werk vandaag ook haast niet uit te houden. We hadden vanmiddag een vergadering, maar ik had het gevoel dat iedereen eigenlijk te lui was om iets zinnigs te zeggen. Ik ga buiten zitten. Het tuinstel staat

159

op dit moment lekker in de schaduw en hier in huis is het ook niet te harden."

Ze kijkt haar moeder na, die nu in een mouwloos bloesje naar buiten loopt en de kussens op de tuinstoelen deponeert. Ze zal met een verklaring moeten komen. Haar moeder zal niet rusten voor ze de waarheid kent. Zuchtend schenkt ze cola in glazen, die ze extra koelt met een paar ijsblokjes. Het getinkel begeleidt haar naar buiten. Lidewij heeft de smachtende mussen opgemerkt en voorziet hun bakje met de gieter van water. „Het zal wel niet erg fris zijn, maar het is in ieder geval drinkbaar." Ze zet de gieter naast het huis neer en drinkt met grote slokken van de koele cola. „Vertel me nu eens wat er werkelijk met je aan de hand is? Ik houd er niet van als je je ziek meldt zonder geldige reden. Vanmorgen was er toch nog niets met je aan de hand?"

„Vanmorgen lag ik nog in bed en jij had zoveel haast om naar je werk te komen dat je me niet eens gewekt hebt."

„Ik mag er toch van uitgaan dat je daarin zelf je verantwoordelijkheid kent. Vanmorgen was ik inderdaad laat, maar gelukkig had ik alle verkeerslichten onderweg mee, zodat ik nog net op tijd binnen kwam draven. Vertel nu eens wat er aan de hand is. Ben je werkelijk ziek? Ik moet toegeven dat je er niet florissant uitziet."

„Abdul en ik hebben ruzie," flapt ze eruit.

„Heeft elke relatie daar niet mee te kampen? Je kunt je toch warempel bij elke ruzie met Abdul niet ziek gaan melden." Lidewij deponeert haar glas op tafel.

„Het is meer dan een ruzie," reageert Elise. „Ik weet ook wel dat er in elke verhouding onenigheid kan ontstaan, maar dit is geen normale ruzie. Het gaat hier om verschillen in zienswijze waarvan ik niet weet of we er ooit uit kunnen komen."

„Mag ik weten waarom het gaat?" Ze zou nu in de keuken moeten staan om de aardappelen te schillen, om de groente schoon te maken en het vlees aan te braden. Over een uurtje verwacht ze Marius thuis. Hij heeft er een hekel aan als hij lang op het eten moet wachten als daar geen aanleiding voor is. Gespannen leunt ze naar voren. Nu gaat haar dochter voor.

„Het klinkt misschien belachelijk, maar we hadden het over kinderen krijgen. Abdul heeft me vanmiddag een huwelijksaanzoek gedaan."

„Jullie kennen elkaar nog maar zo kort."

„Abdul wil niet te lang wachten. Hij is bang dat ik onder jullie invloed op andere gedachten zal komen."

„Ik geloof niet dat wij daarop zoveel invloed kunnen uitoefenen en het lijkt me niet goed om op die basis een huwelijk aan te gaan. Kijk eens naar Radboud en Delia. Ze zijn al zolang samen. Als zij straks een verbintenis aangaan kennen ze de mooie en minder mooie kanten van elkaar."

„Zo'n eindeloze verkeringstijd als Radboud wil ik niet, maar ik heb vanmiddag tegen Abdul gezegd dat ik nog een poosje wil wachten."

„Dat is verstandig van je."

„Toch heb ik het gevoel dat ik hem al heel goed ken, alsof we al een leven lang samen zijn. Daar ging het vanmiddag ook niet om. Ons gesprek kwam op kinderen uit en hij kwam ineens met het ouderwetse idee dat ik na het krijgen van kinderen mijn baan moest opgeven. Ik weet dat het belachelijk klinkt om daar nu al ruzie om te maken, terwijl we nog niet eens getrouwd zijn."

„In jullie geval moeten jullie vooruit kijken," begrijpt Lidewij.

„Precies! Ik heb hem verteld dat het me prettig lijkt om toch een paar dagen in de week door te blijven werken. Volgens Abdul kon daar geen sprake van zijn. Een moeder hoort bij haar kinderen en die kinderen mogen niet in één of ander dagverblijf gedumpt worden. Misschien denk ik er over een paar jaar ook zo over als er werkelijk sprake zal zijn van kinderen. Je hoort wel vaker van moeders die grootse plannen hebben voor na hun zwangerschap, maar die uiteindelijk toch kiezen voor het fulltime moederschap. Ik wil alleen niet dat Abdul me daartoe dwingt. Het moet mijn eigen keuze zijn."

„Ik kan alleen maar zeggen dat ik dat verstandig vind."

„Wat vond papa ervan toen je aankondigde te willen gaan werken?"

„De situatie was natuurlijk totaal anders. Ik ben inderdaad gestopt met werken toen ik zwanger was van Radboud. In die tijd was dat heel normaal. Op een gegeven moment werden jullie groter. Ik had het gevoel dat ik niet meer zo nodig was en het idee dat ik tot in lengte van dagen alleen mijn huishouden zou bestieren vond ik geen aantrekkelijk vooruitzicht. Ik wilde me ontplooien en bezig zijn met andere dingen. Papa steunde me daarin. Je weet dat ik indertijd eerst de moedermavo heb gedaan en daarna een opleiding tot secretaresse heb afgerond."

„Je had snel een baan."

„Dat heb ik zelf als wonderlijk ervaren. Ik behoorde niet meer tot de jongsten."

„Ik herinner me nog dat ze dat tijdens het sollicitatiegesprek juist een pré vonden."

„Ze waardeerden mijn doorzettingsvermogen en hadden het gevoel dat ze dat juist binnen hun bedrijf goed konden gebruiken."

„Ik heb ook weleens gedacht aan het oppakken van een studie. De baan die ik nu heb is leuk, maar ik kan me niet voorstellen dat ik het over tien jaar nog als leuk ervaar."

„Pa zal die gedachten zeer toejuichen."

„Het gaat niet om pa, maar om Abdul. We zijn gisteren met ruzie uit elkaar gegaan. Ik heb hem toegeschreeuwd dat ik hem niet nodig had. De waarheid is dat ik hem wel degelijk nodig heb. Zonder Abdul lijkt me het leven zo zinloos toe. Eerst heb ik nog verwacht dat hij me wel zou bellen, dat hij net zomin zonder mij kan als ik zonder hem, maar ik heb nog niets van hem gehoord."

„Je hebt hem met die uitspraak dat je best zonder hem kunt natuurlijk vreselijk beledigd."

„Hij zal toch ook wel begrijpen dat ik dat in mijn woede heb gezegd. Vanmiddag hield ik het niet langer uit. Ik heb hem gebeld, maar kreeg zijn voicemail. Eerst heb ik niet ingesproken, maar later heb ik hem gevraagd of hij me alsjeblieft terug wilde bellen."

„Dat heeft hij niet gedaan," snapt Lidewij. Ze kijkt naar haar glas, waar de ijsblokjes zijn overgegaan in een laagje water. „Wellicht moet je er eens over gaan nadenken of een gezamenlijke toekomst nog zin heeft," zegt ze dan bedachtzaam en ze schrikt van de gedachten die zich aan haar opdringen, van het gevoel dat ze dat zelf een heel acceptabele oplossing zou vinden.

„Ik kan niet zonder hem en ik weet zeker dat het wederzijds is. Abdul houdt net zoveel van mij als ik van hem. Daarom wil hij zo snel mogelijk trouwen. Hij is bang dat er iets tussen ons zal veranderen."

In de verte kleurt de lucht donker. De weersvoorspelling lijkt te gaan uitkomen.

„Elise, misschien moet je niet langer je ogen sluiten voor het feit dat hij uit een andere cultuur komt. Hij heeft andere ideeën over het huwelijk dan jij, evenals over het opvoeden van kinderen. Dat zijn belangrijke dingen in een mensenleven."

„Er zijn ook overeenkomsten," houdt haar dochter koppig vol.

„Natuurlijk zijn er overeenkomsten. De vraag blijft echter bestaan of die er genoeg zijn om tot een levenslange verbintenis over te gaan."

„We houden van elkaar."

„Houden van elkaar hoeft niet altijd genoeg te zijn. Er

zijn genoeg mensen aan een huwelijk begonnen met de beste voornemens en het weten dat ze van elkaar hielden. Later bleek dan tot hun schade en schande dat het niet genoeg was om samen verder te gaan. Ik denk dat je serieus moet nadenken over wat je verder wilt. Abdul is een aardige jongen, maar hij heeft een heel andere achtergrond dan jij. Kinderen kunnen in jullie relatie een struikelblok worden. Abdul heeft nu laten blijken dat jullie relatie hem schijnbaar niet zo dierbaar is als jij altijd hebt gedacht. Hij heeft immers niet teruggebeld?"

„Dat kan toch met heel andere dingen te maken hebben? Hij kan de boodschap nog niet ontvangen hebben. Misschien is hij met vrienden op stap. Hij moet ook naar school."

„Jij hebt je vanmorgen ziek gemeld, omdat je niet kon werken na de ruzie met Abdul. Is het dan niet tekenend voor jullie relatie dat hij wel doorgaat met zijn leven? Waarom bel je trouwens opa niet? Opa zal toch welweten waar hij uithangt?"

„Ik heb opa gebeld, maar Abdul heeft daar zijn spullen opgehaald en is naar zijn eigen huis vertrokken."

„Hij heeft er dus blijkbaar wel een punt achter gezet."

„Is het niet logisch dat hij na zo'n ruzie naar zijn eigen huis wil?"

„Hij respecteerde opa. Getuigt het van respect als je die man zomaar van de één op de andere dag laat zitten?"

„Jij stelt alles in een kwaad daglicht."

„Ik denk dat het tijd wordt dat jij verstandig over de zaken gaat nadenken."

„Ik denk meer na dan me lief is. Het heeft geen zin om hierover door te praten. Straks bel ik gewoon nog een keer. Als ik hem vanavond niet aan de lijn krijg, dan morgen wel. Voor mijn part ga ik voor zijn huis staan posten tot ik hem spreek."

„Wil jij jezelf zo vernederen? Hij zal geen contact met je

opnemen. Je bent een vrouw, Elise. Vrouwen tellen nog altijd niet mee in zijn cultuur. Ik geloof niet dat hij je zal bellen en ik zou het heel erg vinden als mijn dochter zich zou vernederen alleen omdat haar grote liefde zich niet over zijn cultuur heen kan zetten. Als je van iemand houdt dan bel je als diegene daarom vraagt, ook al heb je ruzie, ook al zijn er dingen gezegd die beter niet gezegd hadden kunnen worden."

Ze voelt zich een huichelaar. „Het verschil in godsdienst en cultuur zal een stempel op jullie relatie blijven drukken. Abdul zal zijn vrienden uitnodigen en ik geloof niet dat het op prijs gesteld wordt als jij je daartussen zou mengen. Sluit daar niet langer je ogen voor." Het is net een anti-reclamespot. Ergens gloort de hoop dat Elise zal inzien dat Abdul niet de ware is en ze doet er alles aan om haar dat te laten inzien.

Een dof gerommel geeft aan dat er onweer in aantocht is. In de verte ziet ze een bliksemflits. „Denk eraan hoe het zal zijn als je niet meer dagelijks met dit soort problemen geconfronteerd wordt. Ik weet dat je van die jongen houdt, maar je zult hem niet kunnen veranderen."

„Ik wil hem helemaal niet veranderen. Jij wilt hem veranderen," snauwt Elise dan. „Je doet wel alsof je hem accepteert, maar op dit moment hoor ik alleen maar negatieve dingen. Jij zult blij zijn als we een punt achter onze relatie zetten, zodat jij je eindelijk niet meer hoeft te schamen voor de familie, je dierbare vriendinnen en de gemeenteleden!"

„Zo is het niet!"

„Zo is het wel!" Elise staat op, schuift haar stoel aan de kant. „Ik had gehoopt op steun, maar het enige wat je doet is proberen me te overreden om mijn relatie met Abdul op te geven. Ik kijk wel door je smoesjes heen. Je doet alsof je met me meeleeft, maar het interesseert je in werkelijkheid geen zier wat ik voel. Je denkt alleen aan jezelf!"

„Ik denk aan jou," zegt ze nadrukkelijk. „Ik denk namelijk dat je met die jongen niet gelukkig kunt worden."

„Daarover verschillen we dan van mening, want ik denk
dat ik zonder Abdul niet gelukkig kan worden. Het zal weer
goed komen tussen ons, daar ben ik van overtuigd. Wees
maar niet bang dat ik je ooit nog met mijn problemen zal
lastigvallen. Ik heb niemand nodig. Niemand hoor je, helemaal niemand!"

De woorden blijven hangen als Elise allang naar haar
kamer is gestormd en Lidewij verdwaasd in haar stoel blijft
zitten in het zekere weten dat ze het verkeerd heeft aangepakt. Haar dochter heeft gelijk, helemaal gelijk. Ze zou het
vreselijk vinden als Elise verdriet zou hebben en ze zou er
alles aan doen om haar dat verdriet te laten vergeten, maar
voor haarzelf zou het een opluchting zijn als ze het hoofd-
stuk Abdul kon afsluiten. Ze heeft het niet willen laten merken, maar Elise heeft het door haar woorden heen geproefd.
Het onweer nadert snel, de eerste regendruppels spatten op
de tegels uiteen.

❧14❧

Ze ademt de geur in van de natuur die verfrist is door de onweersbui. Vanavond hoeft ze de tuin niet te sproeien. De regen heeft het van haar overgenomen. Het is alsof haar tuin zich vanuit de verstarring heeft opgericht, alsof de wereld ineens groener lijkt. De temperatuur is gedaald, ze heeft haar korte zomerjas over haar linnen pakje heen aangetrokken voor ze van huis vertrok. Het huis dat haar tot stikkens toe benauwde. Nooit heeft ze eerder ervaren dat er zo'n stilte kon heersen tussen mensen die met elkaar verbonden zijn, maar weigeren die verbondenheid te laten blijken. Nooit eerder heeft ze gemerkt dat elk woord er één te veel kan zijn, omdat de betekenis ervan steeds weer verkeerd wordt opgevat. Ze is zo naïef geweest te veronderstellen dat er voor elk probleem een oplossing is. Nu weet ze dat het soms niet opgaat, dat er problemen zijn zonder oplossing. Nogmaals ademt ze de frisse avondlucht met diepe teugen in. Haar voeten gaan automatisch over de tegels van het trottoir in de richting van het huis van haar vader. Soms groet ze een bekende, maar ze heeft te veel haast om even stil te staan voor een gesprek. Er rijden auto's door de dorpsstraat, de klok van de kerktoren geeft met een zware slag aan dat het halfacht is. Een eind verderop ziet ze een paar vrouwen staan praten, die ze kent van de vrouwenvereniging waar ze lid van is. Ze loopt langzaam in hun richting, wil na een snelle groet voorbijlopen, maar wordt tegengehouden. „Lidewij, hoe is het met jou?" Het is de presidente van de vereniging, Conny Harmsen, die het woord tot haar richt.

„Prima, met jullie ook?" Ze wil doorlopen, maar Conny is nog niet uitgesproken. „Ik vertelde net aan Marja dat ik voor het eerst oma word."

„Van harte gefeliciteerd. Krijgt jullie Miranda een baby?"

„O ja. Bert en zij zijn er zo gelukkig mee. Ze zijn al vier jaar getrouwd en vanaf het begin heeft Miranda beweerd dat ze graag kinderen wil, maar zo eenvoudig ging het niet. Er zijn wat onderzoeken aan voorafgegaan en nu is ze toch spontaan in verwachting geraakt. Het is gewoon een wonder."

„Wat heerlijk voor hen. Is alles goed?"

„Miranda heeft nergens last van. 's Morgens even misselijk, maar dat hoort er zo bij en Bert legt haar behoorlijk in de watten."

„Wat gaat de tijd toch snel," verzucht Marja Donker. „Ik ben al twee keer oma. Aan je kinderen merk je dat je ouder wordt. Het is wel genieten hoor, van die hummels. Soms krijg ik het idee dat ik nog meer van mijn kleinkinderen geniet dan ik ooit van mijn eigen kinderen deed."

„Dat hoor je vaker," weet Lidewij.

„Voor jou duurt het nog even. Heeft jullie Radboud al trouwplannen?"

„Die heeft hij al jaren," lacht ze en nu wil ze werkelijk weg. Het gesprek gaat een kant op die ze niet wenst.

„Hoelang zijn Delia en hij al bij elkaar?" informeert Conny.

„Zeker drie jaar, maar…"

„Jullie Irmgard is nog niet aan de man?" valt Conny haar in de rede.

„Ze studeert nog en ik heb het idee dat ze geniet van haar vrijgezellenbestaan. Geef haar eens ongelijk. Een mens kan nog lang genoeg gebonden zijn."

„Elise is er al wel vroeg bij. Ik zag haar laatst met een jongeman door het dorp lopen."

„De ene dochter is de andere niet."

„Waar komt die jongen vandaan?" informeert Marja.

„Uit Marokko, maar hij woont al jarenlang in Nederland."

„Daar zul je het niet makkelijk mee hebben."

„Er is niets aan te doen. De jeugd van tegenwoordig weet heel goed wat ze wil."

„Het lijkt mij vreselijk als Miranda was thuisgekomen met zo'n buitenlander. Ik denk dat Herman haar alle hoeken van de kamer had laten zien," mengt Conny zich weer in het gesprek.

„Meen je dat zo'n aanpak iets zou oplossen?"

„Zolang een kind onder jouw dak woont heeft het jouw regels te gehoorzamen."

„Dan moet je eens opletten hoe snel het niet meer onder je dak woont."

„Ze weten dan in ieder geval waar ze aan toe zijn."

„Elise weet nu ook heel goed waar ze aan toe is. Het lost niets op om als ouders te zeggen dat ze niet met die jongen om mag gaan. Ze zullen in dat geval nog sterker naar elkaar toe trekken. Wees blij dat Miranda Bert heeft ontmoet en dat ze daar keurig mee getrouwd is. Het scheelt je een boel kopzorgen."

„Is Elise van plan om ook moslim te worden?" vraagt Marja brutaal en ze zou het mens zo midden in haar gezicht willen slaan.

„Elise blijft christen en Abdul geeft haar daarvoor de ruimte."

„In theorie ja," smaalt Marja.

Ze heeft die woorden vaker gehoord. Het zijn haar eigen woorden geweest. Waarom kan ze het nu niet uitstaan dat een ander ze tegen haar zegt?

„Ik zie haar nooit meer de kerk uitgaan voor de kindernevendienst. Is dat geen veeg teken? Is dat niet het begin van het niet langer gemotiveerd zijn om aan onze eredieesten mee te werken?"

„Het is een besluit van dominee Timmer. Meisjes die verkering hebben met buitenlandse jongens zijn niet langer capabel om onze jeugd voor te gaan tijdens de kindernevendienst," zegt ze wrang. „Het is een goed voorbeeld van onze christelijke naastenliefde waar je als buitenstaander jaloers op kunt worden."

„Heeft Timmer niet een beetje gelijk? Ik ben het niet altijd met hem eens, maar als leidster van de kindernevendienst vervul je toch een voorbeeldfunctie voor de kinderen," houdt Marja vol.

„O ja? En jouw Yvonne dan?" reageert ze fel. „Zij zit toch ook nog steeds in de commissie en moest zij twee jaar geleden niet trouwen? Is zij zo'n goed voorbeeld?"

Ze schrikt van haar eigen woorden, maar weigert ze terug te nemen. Ook als christen mag je voor jezelf opkomen, hebben haar ouders haar altijd geleerd. „Ik loop verder," zegt ze. „Ik ben op weg naar mijn vader en bij oude mensen moet je niet te laat aan de deur komen."

Ze krijgt nauwelijks antwoord. Misschien wordt ze straks niet meer op de vrouwenvereniging toegelaten als moeder van een dochter die verkering heeft met een Marokkaan. In zichzelf moet ze erom lachen. Misschien wíl ze wel helemaal niet meer naar de vrouwenvereniging.

Ze ziet hem voor het raam zitten in zijn eigen, vertrouwde leunstoel. Buiten ziet ze al dat hij bleek ziet, dat zijn ogen gesloten zijn, hoewel het scherm van de televisie een quiz laat zien die hij altijd volgt. Zachtjes opent ze de achterdeur. Op het aanrecht staat de afwas van minstens twee dagen. Er liggen kruimels op de vloer, het geluid van de televisie staat te hard. Hij reageert niet als ze de kamer binnenloopt, pas als ze zijn hand aanraakt opent hij verschrikt zijn ogen.

„Ik wilde je niet laten schrikken," zegt ze en streelt vertederd door zijn weerbarstige, grijze kuif die alle kanten opstaat. „Je was ver weg."

„Ik ben moe," verklaart hij. „De hitte heeft mijn vitaliteit aangetast. Wil je koffie? Zal ik een kopje koffie zetten?"

„Laat dat maar aan mij over." Ze laat niet merken hoe ze geschrokken is van de vale kleur van zijn gezicht. „Wil je er slagroom op?"

„Ik heb wat last van mijn maag. Slagroom kun je misschien beter achterwege laten."

„Ik zal melk voor je opwarmen. Als je last hebt van je maag kun je beter geen koffie nemen."

In de keuken zet ze koffie, wast af en maakt melk warm. Als ze een tijdje later de kamer binnenkomt ziet ze dat haar vader weer ingedommeld is. Ze zet het geluid van de televisie wat zachter, hetgeen hem opmerkzaam op haar aanwezigheid maakt.

„Hoelang heb je al problemen met je maag?" informeert ze.

„Vandaag eigenlijk voor het eerst. Misschien heb ik een griepje onder de leden. Er zijn veel mensen ziek op dit moment. Het is goed dat die drukkende hitte wat is afgenomen. Een normaal mens houdt die temperaturen niet uit. Zulke dagen zijn alleen geschikt om doorlopend siësta te houden."

„Heb je de dokter al gebeld?"

„Waarom zou ik?"

„Als je toch een ziekte onder de leden hebt."

„Als elk mens met maagklachten meteen de huisarts belde had die arme man geen leven meer."

„Hebben we misschien te veel van je verwacht de afgelopen tijd?" vraagt ze voorzichtig.

„Wat bedoel je?" Hij gaat rechtop zitten, haalt een hand door zijn haren, die nu in een andere richting gaan staan. Hij ziet er breekbaar uit, alsof hij in een paar dagen kilo's is afgevallen en jaren ouder geworden is.

„We gaan er altijd vanuit dat je het allemaal alleen wel redt. Je doet de tuin nog zelf, je onderhoudt het huis en de laatste weken heb je Abdul in huis gehad."

„Als ik die bezigheden niet had zou je me meteen kunnen

opbergen en wat Abdul betreft hoef je je geen zorgen te maken. Die jongen was zo makkelijk. Ik heb van zijn aanwezigheid genoten."

„Het is nooit makkelijk om iemand voor langere tijd in huis te hebben en zo goed ken je Abdul natuurlijk niet."

„Ik heb die jongen de afgelopen tijd goed leren kennen en ik heb er alle vertrouwen in dat hij het met Elise wel redt. Ik heb alleen wat moeite met zijn vertrek. Het was zo plotseling en het huis lijkt ineens zo verlaten, ik voel me zelf een beetje verlaten, alsof ik niet meer van belang ben voor deze wereld."

„Nu praat je onzin. Je weet best dat we je allemaal nog vreselijk nodig hebben."

„Ach kind, jullie leiden je eigen leven en daar is niets op tegen. Ik heb geen klagen over jullie meeleven. Als jij niet komt, zijn het de kinderen wel en Marius laat zich ook niet onbetuigd, maar het is alsof je met de neus op de feiten wordt gedrukt als de stilte ineens op je valt. 's Morgens ontbeet ik altijd met Abdul. Tussen de middag was hij vaak weg, maar 's avonds was hij er weer, met of zonder Elise. Ik had het gevoel dat ik nodig was."

„Dat ben je ook," zegt ze nog eens.

„Je hoeft geen medelijden met me te hebben. Ik weet heel goed dat je dat zegt om me te troosten, maar de waarheid is anders. Als je ouder wordt ben je niet meer nodig. Mijn taak zit erop. Het leven is goed voor me geweest. Ik heb aan jou een fijne dochter gehad, Marius is een geweldige schoonzoon, jullie hebben samen een fijn stel kinderen. De dood van je moeder is me niet in de koude kleren gaan zitten, maar ik heb ermee leren leven. De dood is onlosmakelijk met het leven verbonden. Je hebt het maar te aanvaarden als één van de dingen die het leven zo onvolkomen maakt. Ik heb me altijd goed gered, ook zonder de dagelijkse aanwezigheid van je moeder. Ik heb het verdriet een plaats weten te geven, maar de afgelopen dagen had ik ineens het gevoel alsof het van z'n plaats kwam, alsof het me overspoelde. Na Abduls vertrek werd ik op mezelf teruggeworpen en dat is geen aangenaam gevoel. We leven nu in de laatste dagen van augustus. September maakt bijna zijn opwachting, de herfst treedt in en daarna volgt de winter."

„De winter heeft ook zijn goede kanten." Ze heeft opnieuw het gevoel dat ze faalt, dat ze weer de verkeerde woorden kiest.

„Als je een gezin hebt heeft ook de winter goede kanten," beaamt hij. „Maar als je ouder wordt zie je tegen dat jaargetijde op. De donkere dagen, de kou, het isolement waarin je komt te verkeren als je wegens gladheid geen voet buiten de deur kunt zetten."

Ze weet werkelijk niet wat ze moet zeggen. Nooit eerder heeft ze hem zo horen praten. Haar vader was een optimist, ze zorgden goed voor hem, ook in de winter. Als het weer slecht was haalden ze hem op voor de kerkgang om daarna bij hen thuis koffie te drinken.

„Wij zijn er ook nog," zegt ze nadrukkelijk. „In de wintermaanden vergeten we je heus niet."

„Je moet je daardoor ook niet aangesproken voelen. Het is zo moeilijk uit te leggen aan iemand die nog volop in het leven staat. Ik wil niet klagen, maar ik voel het zo. Misschien heeft het te maken met het feit dat ik Abdul mis. In mijn egoïsme had ik hem graag nog een poosje hier willen houden om te praten over allerlei dingen, maar vooral over zijn geloof en het mijne."

„Abdul en Elise hebben ruzie," bekent ze.

„Daar was ik al bang voor. Abdul maakte geen vrolijke indruk en Elise belde me met een smoes, maar volgens mij wist ze niet eens dat Abdul al was vertrokken."

„Ik worstel er nog steeds mee," zegt ze dan eerlijk. „Ik denk soms dat ik het kan aanvaarden dat mijn dochter een relatie met een moslim heeft, maar steeds weer blijkt dat het niet waar is. Vanmiddag heb ik de verkeerde dingen tegen haar gezegd. Diep in mijn hart wilde ik dat het niet goed zou komen, zodat we van deze problematiek verlost zouden zijn en ons rustige leven weer op konden pakken."

„Elk mens wil graag dat het leven zo loopt als hij dat heeft gepland. Het is moeilijk te aanvaarden dat je op sommige dingen geen vat hebt. Niemand kan invloed hebben op het hart van de ander, zelfs niet als het om je eigen dochter gaat," zegt hij rustig. Hij neemt zijn beker van de tafel en drinkt met trage slokken van de warme melk. Het voelt aangenaam aan, alsof het nu al zijn maag streelt en hem de rust geeft waarnaar hij zo verlangt.

„Ik weet niet wat de goede weg is," hoort hij Lidewij zeggen.

„Niemand weet ooit of hij de goede weg bewandelt. We kunnen reageren zoals dominee Timmer, maar het enige wat we daarmee zullen bereiken is dat we Elise zullen kwijtraken. We zijn allemaal bang voor die andere religie. We horen verhalen over vervolgde christenen, we weten dat ze juist de essentie van ons geloof naast zich neerleggen. Ik vraag me vaak genoeg af of ik het goed aanpak, maar de werkelijkheid is dat ik niet anders kan. Ik hou van mijn kleindochter en Abdul is een beminnelijke jongeman. Soms moeten we loslaten wat we al die jaren zo krampachtig hebben vastgehouden. Er is een andere wereld in ons leven binnengedrongen."

„Dominee Timmer beweert dat christenen en moslims geen combinatie kunnen vormen."

„Dominee Timmer kijkt niet verder dan ons kerkgebouw. Dit probleem leeft momenteel in ons hele land. Christenen komen met moslims in aanraking. Blonde meisjes vallen op donkere jongens en andersom. We kunnen onze ogen daar niet langer voor sluiten. De waarheid is waarschijnlijk dat dominee Timmer net zo bang voor het probleem is als wij."

„Bang?"

„We zijn allemaal bang. Bang voor de buitenwereld die oordeelt dat het verkeerd is. We zijn bang dat God ons zal veroordelen, dat we werkelijk op de foute weg zitten. Ik heb er veel over nagedacht en mijn conclusie is dat we deze jongen met warmte moeten binnenhalen, omdat hij alleen zo zal kunnen zien wat het christelijk geloof inhoudt. Jezus is liefde, dat heeft Hij tijdens zijn leven uitgedragen. Die liefde moet Abdul door ons heen zien."

„Het klinkt eenvoudig," verzucht ze.

„Het is niet eenvoudig. Geloof maar dat ik elke avond bid voor mijn kleindochter, voor Abdul, maar ook voor jullie, zodat jullie daarin de goede weg mogen vinden."

„Die weg heb ik vanmiddag weer afgesloten."

„Elke hindernis kan uit de weg worden geruimd. Wees eerlijk naar Elise toe en praat met haar. Ze houdt van die jongen en ik ben ervan overtuigd dat ze samen verder zullen gaan. Ooit heb ik tegen Elise gezegd dat het belangrijk is dat ze weet dat ze mag falen. Juist in de gegeven omstandigheden zal het moeilijk zijn om toe te geven dat het niet lukt, is de verleiding groot om koste wat kost de relatie door te zetten. Het mag nooit een prestigekwestie worden."

„Wat ben je toch een wijze man," zegt ze vertederd. Hij glimlacht. Er wordt hem meer wijsheid toegedicht dan hij verdient, maar ditmaal laat hij het zo. Juist nu heeft hij het nodig, het gevoel belangrijk te zijn in het leven van zijn dierbaren.

De volgende dag duurt een eeuwigheid. Elise heeft Abdul de avond ervoor niet kunnen bereiken. Steeds opnieuw was er de voicemail. Het gaf haar een gevoel van machteloosheid. Het horen van de stem van Abdul en de wetenschap dat hij onbereikbaar was. Vanmorgen is ze met grote tegenzin naar haar werk gegaan in de wetenschap dat haar ouders haar zullen verbieden nog een dag ziek te blijven. Ze heeft een intensief, verhelderend gesprek met haar moeder gevoerd, nadat die thuis was gekomen van haar bezoek aan opa. Het heeft haar een stukje rust gebracht. De eerlijkheid van haar moeder, haar angst en onzekerheid in deze problematiek hebben een bres geslagen in het schild dat ze rondom zich had opgetrokken. Ze begrijpt nu veel meer, maar op dit ogenblik denkt ze daar niet aan. Zonder veel enthousiasme bewondert ze de nieuwe wintercollectie die is binnengekomen. Dikke truien met kabels, gladde broeken met opvallende stiksels. Haar geestdrift is verdwenen voor dit werk, ze beziet de winkel met andere ogen en weet zeker dat ze hier niet blijft tot haar pensioen. Er zal een nieuwe uitdaging moeten komen. Binnenkort zal ze met haar vader eens praten over een studie. Hij zal het toejuichen, wellicht zal hij weer enige trots voelen ten opzichte van zijn jongste dochter die hem de laatste tijd zo vreselijk heeft teleurgesteld. Ze glimlacht een beetje bitter. Wat zou hij opgelucht zijn als haar relatie met Abdul definitief tot het verleden zou behoren. Haar moeder is daar eerlijk in geweest, maar haar vader heeft gisteren geen woord tegen haar gesproken. Opnieuw was de spanning in huis te snijden. Zelfs Radboud en Irmgard hadden tijdens de maaltijd hun mond niet opengedaan. Zonder dat iemand er iets van zei wist ze dat zij daarvoor als schuldige aangewezen werd. Nog een paar weken voordat ze de flat zou kunnen betrekken. Ze verlangt ernaar, heeft het gevoel thuis niet langer te kunnen ademhalen. Daar zal Abdul rustig kunnen komen zonder dat ze zich hoeft te verdedigen. Als... als Abdul ooit nog komt.

„Je ziet er niet uit of je er vandaag veel zin in hebt," merkt Bianca op. „Ben je nog niet helemaal in orde of zit je iets anders dwars?"

„Ik voel me nog niet helemaal lekker," zegt ze. Het is de waarheid. Een bijna misselijkmakende spanning houdt haar in zijn greep. Ze kan dit niet veel langer verdragen. Ze wil dit niet langer voelen. Na werktijd gaat ze naar Abduls huis. Ze wil de waarheid, zekerheid over zijn gevoelens voor haar, ook al zal die zekerheid misschien meer pijn veroorzaken dan ze kan doorstaan.

Als ze na zessen de winkel verlaat ziet ze dat ze niet naar Abdul hoeft te fietsen. Hij staat midden in de winkelstraat en kijkt naar haar als ze samen met Bianca naar buiten komt. Een onuitsprekelijk geluksgevoel doorstroomt haar. Hij is gekomen... Haar moeder heeft geen gelijk gekregen. Hij is gekomen! Een beetje ongemakkelijk loopt hij in haar richting. Ze voelt Bianca's blik in haar rug prikken, trekt zich niets van haar collega aan. Haar ogen stralen als ze voor hem staat. Dan voelt ze zijn armen om haar heen. „Ik heb je zo gemist," zegt hij. „Ik heb je zo vreselijk gemist."

„Je moet jezelf niet verliezen," zegt Abdul. Ze zitten tegenover elkaar in een klein, intiem restaurant. „Ik geloof niet dat Allah wil dat je jezelf verliest. Eergisteren heb ik de fout gemaakt jou te willen veranderen. Ik wilde mijn standpunten aan jou opdringen. Je moet niet denken dat ik tegen werkende moeders ben. Tegenwoordig zijn er ook binnen Marokkaanse huishoudens vrouwen die studeren of een baan hebben. Soms zijn de rollen zelfs helemaal omgedraaid en zit manlief thuis, terwijl zijn vrouw zich naar het werk haast. Het ergerde me dat jij zo vanzelfsprekend beslissingen nam zonder mij erin te kennen. De gemiddelde Nederlander denkt altijd dat vrouwen een ondergeschikte rol spelen binnen de moslimcultuur, maar niets is minder waar. Er wordt binnen de gezinnen veel waarde gehecht aan het oordeel van de vrouw, er is eerbied en respect voor haar, meer misschien dan binnen het doorsnee Nederlandse gezin, waar moeders soms met hun voornamen worden aangesproken door hun kinderen."

„Ondanks dat kun je toch respect voor je moeder hebben."

„Ik hoor hoe kinderen hun moeder soms uitschelden. Dat heeft toch niets met respect te maken? Ik zal het niet in mijn hoofd halen om mijn moeder uit te schelden."

„Ik ook niet. Uiteraard ben ik soms woedend op mijn ouders, vooral de laatste tijd heb ik veel onenigheid met hen gehad, maar ik zal hen nooit uitschelden. Ik heb ook respect voor mijn ouders, voor zowel mijn moeder als mijn vader."

„De fout die wij eergisteren maakten is dat we onze verschillen wilden vasthouden. Ik beweerde dat ik niet wilde dat jij na de komst van eventuele kinderen je baan aanhield en jij vond het prompt ondenkbaar om dat niet te doen. We wilden geen van beiden toegeven en in plaats van het uit te praten maakten we ruzie en jij liep uiteindelijk weg. Ik heb zelfs geen moment overwogen om je terug te halen, want ik vond dat ik in mijn recht stond, maar het gaat niet om gelijk hebben. Al denkend ben ik tot de conclusie gekomen dat wij ons gelijk niet kúnnen halen. We moeten een manier vinden om nader tot elkaar te komen."

„Ik zou geen hele dagen gaan werken. Naast mijn werk zou ik tijd genoeg overhouden voor de opvoeding van de kinderen. Bovendien verwacht ik van jou ook medewerking. Misschien is het een oplossing als jij een deel van die opvoeding oppakt door een parttime baan te nemen en op de dagen dat ik zou werken thuisblijft."

Ze ziet dat hij moeilijk kijkt en kan een glimlach niet onderdrukken. „Er zijn misschien ook andere mogelijkheden te bedenken. Als jij kinderopvang zo vreselijk vindt dan bestaan er ook gastgezinnen waar een kind naartoe kan."

„Ik zou mijn zuster kunnen vragen."

Nu is het haar beurt om moeilijk te kijken. „Ik doe niet graag een beroep op familie. Zelfs mijn eigen moeder zou ik er niet mee willen opschepen, terwijl ze waarschijnlijk heel enthousiast zou zijn."

„We kunnen toch een vergoeding aanbieden, die ook voor een gastgezin geldt?"

Ineens ziet ze de humor van de situatie in. „Abdul, we zijn nog niet eens getrouwd, van kinderen is nog geen sprake en wij zijn de oppas al aan het regelen."

„Daar gaat het niet om," meent hij ernstig. „We moeten voorbereid zijn op de dingen die gaan komen. Wil je nog steeds met me trouwen?"

„Is dit het tweede huwelijksaanzoek?"

„Zo zou je het kunnen noemen."

„Ik wil nog steeds graag met je trouwen."

„Gaan we eerst naar Marokko?"

„Als we Marokko overleven trouwen we."

„We overleven Marokko," zegt hij vol zelfvertrouwen.

Ze drinkt van haar glas cola, schuift even aan de kant als de ober hun bestelling brengt. „Als jouw ouders mij accepteren kunnen we misschien overwegen hen over te laten komen voor ons huwelijk," stelt ze dan voor. „Een groots huwelijk zal het niet worden, maar wat is er nu mooier dan aanwezig te zijn bij het huwelijk van je zoon? Bovendien, wat is er mooier voor een zoon dan de aanwezigheid van zijn ouders op de dag dat hij trouwt?"

„Het zou mooi zijn, bijna te mooi om waar te zijn."

„Soms is de waarheid mooier dan wij ons kunnen voorstellen."

Voor ze beginnen te eten vraagt ze even om stilte, sluit haar ogen en in haar is een diepe dankbaarheid aan God, van wie ze weet dat Hij ook op dit moment bij haar is. Ze weet dat Hij haar diepste gedachten doorgrondt, dat Hij ook weet waar ze het soms zo moeilijk mee heeft, maar bovenal is er de zekerheid dat Hij van haar houdt.

⇥15⇤

„Ik denk erover om te verhuizen." Marius zit op de bank en roert bedachtzaam in zijn kop koffie.

„Verhuizen?" Lidewij wendt haar ogen van het journaal af. Ze hebben geen woord tegen elkaar gezegd vanaf het moment dat Elise belde dat ze met Abdul uit eten ging.

„Ja, verhuizen. Een ander huis zoeken, de hele boel hier inpakken en alles achter ons laten om ergens anders opnieuw te beginnen."

„Waar zou je naartoe willen?"

„Het maakt me niet uit. De stad misschien. In ieder geval ergens heen waar niet iedereen weet wie ik ben, wat mijn kinderen doen, hoe mijn echtgenote heet. Ergens waar ik op zondag in de kerk kan zitten en naar de predikant kan luisteren zonder bitterheid te voelen."

„Die bitterheid zit in jezelf, die zal met je meeverhuizen."

„Nee, die bitterheid zal er niet meer zijn als er een predikant op de kansel staat die niet alleen over de liefde van God preekt, maar die deze ook uitdraagt binnen zijn gemeente."

„Je zou met dominee Timmer kunnen gaan praten en hem vertellen wat je dwarszit."

„Denk je niet dat ik dat allang gedaan heb?"

Ze zwijgt en hij vervolgt heftig: „Vorige week ben ik langs zijn huis gegaan in de hoop dat er een opening zou zijn."

„Die opening heeft hij je niet gegeven," begrijpt ze.

„Hij heeft me gezegd dat hij niet anders kan. Hij wil niet meer met Elise praten en al helemaal niet met Elise en Abdul samen. Ik heb hem gezegd dat hij een angsthaas is die wegloopt voor de problemen in de gemeente."

Ze kan zich voorstellen hoe Marius daar moet hebben

gezeten, vol van woede en wrok, hoe zijn ogen opgevlamd zijn, terwijl hij de woorden uitspuugde. Ze kan zich ook voorstellen hoe dominee Timmer tegenover hem heeft gezeten in zijn donkere pak.

„Wat zei hij?"

„Hij zei dat hij juist niet bang was, dat hij voor de waarheid opkwam en dat ik die niet wilde aanvaarden."

„Het moet je woedend hebben gemaakt."

„Het maakte dat ik me onzeker voelde en me terugtrok. Heeft hij gelijk? Ik weet mijn houding tegenover Abdul niet te bepalen. Moet ik hem met liefde hier binnenhalen? Moet ik hem de deur wijzen? Heeft Timmer gelijk en leef ik niet naar de waarheid? Wil ik de waarheid werkelijk niet aanvaarden? Is het leven zo simpel? Bestaat de waarheid? Wat wil God dan van ons? Ik bid en ik krijg geen antwoord. Komt dat omdat ik op de verkeerde weg zit? Mijn waarheid is dat ik zoveel vragen heb waarop ik geen antwoord weet. Er zijn mensen die het zo goed weten en die me direct met allerlei bijbelteksten om de oren slaan. Ik kan die bijbelteksten natuurlijk aan Elise voorleggen, maar ik weet ook dat het geen barst zal helpen. Elise volgt haar hart. Ze houdt werkelijk van die jongen. Liefde is veel sterker dan ik ooit heb gedacht en ik weet niet wat ik ermee aan moet. Ik heb het machteloze gevoel dat ik er geen invloed op kan uitoefenen. Hoe harder ik schreeuw dat Elise op de verkeerde weg is, hoe meer ze vasthoudt aan Abdul. Wat moet ik daarmee? Moet ik mijn dochter kwijtraken, omdat ik de waarheid van Timmer als leidraad moet nemen?"

Nooit eerder heeft hij zijn gedachten zo onder woorden gebracht. Ze is er blij mee, hoewel ze weet dat ze hem niet werkelijk verder kan helpen.

„Mijn vader zei gisteravond dat we allemaal bang zijn. We zijn bang dat God ons zal veroordelen, dat we werkelijk op de verkeerde weg zijn. Zijn oordeel was dat we Abdul juist met liefde moeten binnenhalen, zodat hij zal kunnen zien wat ons geloof inhoudt. Hij bidt voor ons, zoals wij ook mogen bidden voor ons kind en voor Abdul. Verhuizen heeft geen zin. Het is best mogelijk dat er in een stad meer tolerantie is ten opzichte van een relatie met een buitenlander. Er zullen predikanten zijn die er op een betere manier mee omgaan dan dominee Timmer, maar diep in ons hart zullen wij dezelfden blijven. We zijn jarenlang lid van deze gemeente geweest. Die jaren kun je niet vergeten, zelfs niet na een verhuizing. Overal zul je jezelf tegenkomen. In dit dorp lijken we door iedereen veroordeeld te worden vanwege onze dochter, maar er bestaat ook een andere kant. Soms ontmoet je oprechte belangstelling. Vaak is het alsof elke vraag uit sensatiezucht op je afgevuurd wordt, maar dan ineens is er een woord van bemoediging, dan word je niet direct met bijbelteksten om de oren geslagen. We vormen samen een hecht gezin. Inmiddels zijn er barsten in ons veilige bestaan gekomen. Die barsten zul je blijven zien, maar we kunnen ervoor zorgen dat ons bestaan niet verder uit elkaar valt door elkaar vast te houden. We hebben de laatste tijd zo weinig met elkaar gepraat. Er waren verwijten over en weer. Laten we elkaar vast blijven houden, Marius. Laten we nooit vergeten wat de basis van ons huwelijk is. We houden van elkaar en ondanks al onze verschillen zijn we van elkaar blijven houden. Ik heb je nodig, ik heb je heel hard nodig." Hij staat op, pakt even haar hand en streelt die. „Ik jou net zo goed." Er daalt een diepe rust op haar neer, een rust die ze lange tijd niet meer zo heeft ervaren.

„Soms denk ik dat de rest van ons leven zal bestaan uit compromissen," zegt Abdul in zijn flat. Ze zijn er vanuit het restaurant naartoe gefietst om nog even verder te praten. Het is alsof het eeuwen geleden is dat ze elkaar hebben gesproken. Er is nog zoveel te zeggen. „Eergisteren heb ik even gedacht dat het beter was als we uit elkaar zouden

182

gaan, maar later wist ik dat het niet waar was. Ik heb je stem wel op mijn voicemail gehoord, maar ik liep ervoor weg. Uren heb ik op straat gedwaald, rusteloos, niet wetend wat te doen. Ik kon niet naar school, heb mijn stageadres afgebeld. Met vrienden heb ik erover gepraat, maar die wisten de oplossing ook niet. Daarna heb ik weer gelopen, eindeloos gelopen en gedacht aan dat wat misschien voor altijd voorbij was. Ik kon het vandaag niet langer verdragen en daarom stond ik op je te wachten. We zullen moeten leren leven met compromissen, alleen op die manier hoeven we ons geloof en onze cultuur niet te verloochenen. Ik ben moslim, jij bent christen, we houden van elkaar. We mogen Allah bidden voor onze relatie."

„Ik heb een koran gekocht en nog steeds begrijp ik er niet veel van."

„De koran wil meer gehoord dan gelezen worden. Hele delen worden gereciteerd."

„Kun jij dat ook?"

„Niet de hele koran natuurlijk, maar bijvoorbeeld wel het openingshoofdstuk. Het is een gebed, misschien vergelijkbaar met jullie 'Onze Vader'. We bidden het bij allerlei gelegenheden, zowel gezamenlijk als privé."

„Kun je dat voor mij voordragen, of is het te lang?"

„Nee," zegt hij aarzelend. „Het is niet te lang. Ik zal proberen het in het Nederlands voor je te bidden." Ze ziet hoe hij even aarzelt en naar woorden lijkt te zoeken. Ze slaat haar ogen neer als hij voordraagt: „In de naam van God, de Barmhartige, de Erbarmer. Geprezen zij God, de Heer der werelden. De Barmhartige, de Erbarmer. Die zal heersen op de dag van het oordeel. U dienen wij en U vragen wij om bijstand. Leid ons op de rechte weg. De weg van degenen die Gij genade bewezen hebt, en die niet aan de toorn van God vervallen zijn en die niet dwalen."

Ze denkt na over zijn woorden die haar diep geraakt hebben, omdat hij ze met zoveel eerbied heeft uitgesproken. Ze durft nauwelijks adem te halen, elk geluid lijkt op dit moment te veel. Als hij gaat verzitten durft ze op te merken: „Voor ons is God tevens een Vader. Wij beginnen ons gebed met: Onze Vader, die in de hemelen woont."

„De koran spreekt nergens over God als een Vader."

„God is een heilige Vader. We dienen hem met respect te bejegenen, maar mogen Hem ook als Vader zien, die wil luisteren naar onze wanhoop, ons verdriet, maar eveneens onze blijdschap met ons wil delen."

„Jullie noemen Hem de Vader van Jezus. Jullie hebben Jezus tot een tweede God gemaakt."

„Jezus ís God. We geloven in de Vader, de Zoon en de Heilige Geest. Dat is de drie-eenheid."

„In de koran zegt Jezus zelf dat Hij geen tweede God is."

„Dat zeggen wij ook niet. Jezus ís Godzelf."

„Daar begrijp ik nu helemaal niets van."

Ze speelt met een koordje van haar shirt, zoekt naar woorden. Hij vult de stilte die valt in: „Bestaat die drie-eenheid waar je het over hebt niet uit God, Jezus en Maria?"

„Absoluut niet. God is God. Hij zond zijn Zoon naar de aarde om ons mensen te redden. Jezus heeft voor ons geleden, is gestorven, maar na drie dagen weer opgestaan. Maria was zijn aardse moeder. Godzelf schonk haar zijn Zoon. Toen Jezus terug ging naar de hemel beloofde Hij zijn discipelen de Heilige Geest. Met Pinksteren denken we daaraan. De discipelen ontvingen toen de Heilige Geest. Als je God aanneemt als je Vader en gelooft dat Hij zijn Zoon gaf tot vergeving van al onze zonden, dan ontvang je de Heilige Geest. In feite de Geest van God."

„Dat klinkt vreselijk ingewikkeld."

„Voor mij net zo goed. Voor mij is er eigenlijk maar één zekerheid. God houdt van mij en wel zoveel dat Hij zijn Zoon gegeven heeft voor mijn zonden. Het probleem is eigenlijk dat het soms te makkelijk lijkt. Wij mensen willen zelf altijd goede werken doen. We willen het zelf goedmaken. Voor sommige mensen is het niet te verteren dat we alleen Jezus maar aan hoeven te nemen. Dat wil niet zeggen dat we dan willens en wetens allerlei slechte dingen mogen doen, dat zul je ook niet willen als je de liefde van God hebt leren kennen. We zullen moeten accepteren dat we het zelf niet goed kunnen maken, maar dat we ons leven in Gods hand mogen leggen. We hoeven niet meer te offeren om God gunstig te stemmen. Godzelf offerde zijn Zoon."

„Dan kom je weer op twee goden uit."

„Nee," zegt ze heftig. „Je zou kunnen zeggen dat God in een vleselijke gestalte naar de aarde is gekomen om de zonde van deze wereld op zich te nemen. Dat deed Hij in de vorm van Jezus." Ze voelt zich zo machteloos. Ze wil de goede woorden vinden om hem te overtuigen, maar ze weet dat ze hem niet zal kunnen overtuigen en dat geeft haar een intens gevoel van onmacht dat haar bijna kwaad maakt. Ze kijkt naar hem zoals hij tegenover haar zit, geïnteresseerd, maar tevens ook vol onbegrip. Ze kent de uitspraak die haar opa eens deed. „We kunnen de ander niet overtuigen door woorden, maar we moeten hun de liefde van God laten voelen door daden. Ze moeten bij wijze van spreken jaloers worden op ons leven. Ze moeten zien dat wij leven vanuit Gods Woord." Misschien is dat het grootste probleem. Het lijkt haar op dit moment zelfs onoverkomelijk toe. Waar zou Abdul jaloers op moeten worden? Zij is toch ook maar een klein mens met al haar fouten en gebreken? Hoeveel liefde heeft hij inmiddels ondervonden van haar medechristenen? Moet hij daar jaloers op worden, daardoor overtuigd worden?

„Het is goed dat we hier zo over kunnen praten," hoort ze hem zeggen. „Al zullen we elkaar nooit helemaal kunnen vinden, we moeten er met elkaar over kunnen praten. We zullen verschillen zien, maar wellicht ook overeenkomsten. Zo zullen wij met elkaar kunnen leven."

Hij heeft gelijk, beseft ze. Ze zal hem niet kunnen bekeren, ze moet dat niet eens willen. Ze moeten zich in de achtergronden van elkaar willen verdiepen, in de verschillende religies en op die manier met elkaar in gesprek blijven. Op dit moment lijkt het haar een onnoemelijk zware taak toe.

Een paar dagen later staan ze bij het reisbureau om een vlucht naar Marokko te boeken. Ze kijkt naar de vrolijke taferelen aan de wand, die een mens bijna toeschreeuwen toch vooral op reis te gaan. Abdul voert het woord. Nu pas realiseert ze zich dat hij niet vaak het initiatief neemt, dat zij het is die dingen regelt zonder dat ze daarbij nadenkt. Ze kijkt naar de mensen die langs het reisbureau lopen. Gezinnen met kinderen, een huisvrouw met een tas vol boodschappen, een buitenlands gezin. De vrouw draagt een hoofddoek, een jas tot op haar enkels waaronder een nog langere rok tevoorschijn piept. Ze durft niet aan Abdul te vragen of hij landgenoten in hen herkent. Ze weet hoe gegriefd hij zich zou voelen als ze van andere origine blijken te zijn. Het is één van zijn gevoelige kanten die ze niet begrijpt. Wat zou het haar interesseren als ze haar vroegen of ze Duitse was of Deense? Zo zijn er meer dingen waarin hij soms hypergevoelig is, zo hypergevoelig dat ze de onderwerpen liever laat rusten. Opnieuw vraagt ze zich af of dit zal gelden voor hun verdere leven samen. Onderwerpen niet durven aansnijden, omdat ze bij de ander gevoelig liggen.

„Wilt u naast de annuleringsverzekering, ook een reisverzekering afsluiten?" De vriendelijke dame achter de lichte, houten balie kijkt hen glimlachend aan. Ze ziet hoe Abdul aarzelt.

„Lijkt me een goed plan." Ze neemt nu de leiding over. „Koffers kunnen overal gestolen worden. Ik ben van plan m'n fototoestel mee te nemen. Voor de rest natuurlijk niets kostbaars, maar een reisverzekering is toch altijd nuttig."

„Wij raden het iedereen aan."

Even later staan ze buiten, nadat de medewerkster heeft beloofd te zullen bellen als de vliegtickets binnen zijn.

„Nog anderhalve maand," verzucht ze tevreden. „Anderhalve maand scheiden je nog van het weerzien met je ouders."

„Het wordt tijd dat ze met hun aanstaande schoondochter kennismaken."

„Weet je dat ik me erop verheug en dat ik er tegelijkertijd hevig tegenop zie? Hoe zullen ze me ontvangen?"

„Ze zullen je gastvrij ontvangen," verzekert hij haar.

„De beroemde Marokkaanse gastvrijheid? Ik ben niet bang dat me de deur geweigerd zal worden, maar ik vraag me af hoe ze werkelijk over me zullen denken."

„Ik heb na het versturen van mijn brief regelmatig telefonisch contact met mijn ouders gezocht," bekent hij. „Ik heb hun verteld dat je voor mij de enige ware bent en dat dit niets te maken heeft met afvalligheid. Mijn moeder is een wijze vrouw. Ze heeft naar me geluisterd. Mijn vader zei laatst dat hij niets tegen de liefde kon doen en dat we samen van harte welkom zijn."

Ze is stil, denkt aan haar eigen ouders. Ze doen momenteel hun best, maar ze weet dat ze diep in hun hart nog steeds anders zouden willen. Misschien is het met de ouders van Abdul net zo, zouden zij het ook graag anders zien, maar leggen ze zich erbij neer, omdat ze merken dat het geen zin heeft om te vechten tegen gevoelens die liefde heten. Mensen die opgegroeid zijn in een andere cultuur, die in een ander land wonen, maar die allemaal de taal van de liefde kennen. Liefde, over grenzen heen.

Hij heeft Elise thuis afgeleverd en is zelf doorgefietst naar opa Niemeijer. Voor vanavond heeft hij afgesproken met vrienden, maar iets dwingt hem eerst bij de oude man aan te gaan. De oude man, die hij in stilte 'mijn grootvader' noemt. Opa Niemeijer is een ware vriend van hem geworden. Hij doet hem een beetje aan zijn eigen opa denken, die ook in Nederland woonde, die al jaren geleden is overleden, maar aan wie hij zoveel goede herinneringen heeft. Met zijn opa ging hij vaker naar de moskee dan met zijn eigen vader. Zijn vader was druk geweest in Nederland om zijn eigen leven op orde te houden. Hij had een baan in de groenvoorziening bij de gemeente waar hij met veel plezier had gewerkt. Rugklachten hadden hem in de ziektewet doen belanden en die ziektewet was later omgezet in een WAO-uitkering. Daarna was de vraag gerezen wat er verder gedaan moest worden. Als zijn vader hier zijn geld niet meer hoefde te verdienen, wat belette hem dan nog om terug te gaan? In eerste instantie hadden zijn kinderen hem tegengehouden. Zij hadden hier hun leven opgebouwd, voelden er niets voor om terug te gaan naar een land waar ze weliswaar geboren waren en opgegroeid, maar dat heel andere gewoontes kende, waarnaar zij zich niet meer konden en wilden voegen. Het was hard aangekomen toen zijn ouders op een avond hadden meegedeeld dat ze toch besloten hadden terug te gaan. Met hand en tand had vooral hij zich ertegen verzet. Hier was zijn leven. Hier studeerde hij. Op het rustige antwoord van zijn vader dat hij nu oud en wijs genoeg was om te blijven in het land dat hij als het zijne was gaan beschouwen, had hij tegengeworpen dat hij zich dit land niet zonder zijn ouders kon voorstellen. Hij zou zich hier ontheemd voelen zonder zijn vader en moeder, zonder zijn jongere broer en zusjes. Pas later was hij rustiger, bleek hij in staat om de zaken kalm op een rijtje te zetten en zijn eigen keuze te maken. Dat Jamila ook besloot in Nederland te blijven was een soort geruststelling geweest. Er bleef een stukje familie achter waarop hij terug kon vallen als dat nodig was. Eigenlijk had hij nooit veel met Jamila opgetrokken tot hij Elise ontmoette. Jamila had er geen probleem van gemaakt toen hij op die morgen met

Elise op de stoep had gestaan en het verzoek had gedaan Elise tijdelijk in hun huis op te nemen. Naast Jamila had hij een vast vertrouwen in opa Niemeijer. Met hem kon hij alles bepraten zonder zich te hoeven verdedigen. Hij voelt zich door zijn nieuwe grootvader werkelijk geaccepteerd. Als hij zijn fiets achter het huis zet, ziet hij opa in zijn stoel zitten. Een vertrouwd beeld dat hem op dit moment plotseling beangstigt. Vanaf deze plek ziet hij er plotseling zo kwetsbaar uit, heel anders dan de corpulente, doortastende man die hij de afgelopen tijd heeft leren kennen.

„Ha opa," begroet hij Theodoor Niemeijer als hij binnenkomt.

„Dag kleinzoon." Er verschijnt een lach op het bleke gezicht. „Wat voert jou hierheen?"

„Ik heb met Elise de reis naar Marokko besproken. Daarna heb ik haar naar huis gebracht en had ik nog even tijd om hier aan te gaan. Hoe gaat het, opa?"

„Ik mag niet klagen. Wanneer denken jullie naar Marokko te vertrekken?"

„In de herfstvakantie. Elise heeft die week vrijgenomen, ik hoef dan natuurlijk niet naar school en met mijn stageadres heb ik ook verlof kunnen regelen."

„Je ouders zullen het fijn vinden je weer te zien."

„Ik vind het ook fijn om voor een tijdje in de moederschoot terug te keren. Het was mijn gewoonte om mijn familie elke zomer te bezoeken, maar afgelopen zomer is het daar niet van gekomen. Elise kwam zelf met het voorstel. Normaal gesproken reisde ik met vrienden in de auto. Dat was een lange, vermoeiende reis, maar we reden om de beurt. Elise wil vliegen. Ik denk ook niet dat zo'n inspannende autorit haar zou bevallen."

„Als je maar zo kort de tijd hebt kun je ook niet drie dagen onderweg zijn naar je bestemming."

Hij merkt op dat opa Niemeijer zijn ogen sluit, alsof hij moe is.

„Hebt u vandaag in de tuin gewerkt?" informeert hij.

„Als je naar buiten kijkt zul je zien dat ik daar in weken niets meer aan gedaan heb. Ik weet niet wat het is, maar elke inspanning lijkt me op dit moment te zwaar. Tegen kleine klusjes kan ik opzien als tegen een berg. Ik ben hard op weg werkelijk een oude man te worden." Hij heeft zijn ogen weer geopend, probeert te glimlachen, maar de glimlach verdwijnt even snel als hij gekomen is.

„Zal ik volgende week die tuin voor u doen?"

„Jij? Ach jongen, je moet studeren."

„Ik weet zeker dat ik daar tijd voor kan vrijmaken." Hij vertelt niet hoe weinig het laatste jaar hem trekt, hoe hij opziet tegen zijn stage. Op de een of andere manier lijkt zijn motivatie verdwenen. Hij, die altijd zulke edele motieven had om deze studie te volgen. Het is alsof hij te veel aan zijn hoofd heeft. Via het uitzendbureau kan hij binnenkort in een gerenommeerd restaurant aan de slag. Elise zal er niet van willen horen, maar steeds vaker komt de gedachte in hem op dat zijn toekomst in de horeca ligt. Zelf heeft ze grootse plannen om een studie op te pakken. Hij wil met haar trouwen. Hoe is dat mogelijk als ze allebei studeren? Hij moet er binnenkort met haar over praten. Er valt nog zoveel te praten. Er zijn ook zoveel dingen die nog gevoelig liggen. Hij zou er met opa over willen praten, maar de man die op dit moment tegenover hem zit lijkt niet de goede gesprekspartner. Hij slikt zijn woorden in, voelt een vage teleurstelling en opnieuw onrust.

„Bent u al naar een dokter geweest?" informeert hij voorzichtig.

„Wat zou die voor me kunnen doen? Je hoeft je geen zorgen om mij te maken. De buurvrouw komt regelmatig langs, mijn dochter, de kinderen, jij… Er wordt voor me gezorgd. Die vermoeidheid zal wel overgaan. Misschien een kleine depressie. Op een bepaalde leeftijd ga je terugkijken en je vraagt je af welke waarde jouw leven heeft

gehad. Er zijn me in de loop der jaren zoveel dierbaren ont-
vallen. Vrienden zijn overleden, mijn twee broers leven niet
meer, mijn vrouw is gestorven. Soms kan een mens zich
ineens eenzaam voelen, hoewel er het weten is dat er nog
steeds mensen zijn die om je geven en die beweren je nodig
te hebben. De waarheid is dat ze ook zonder mij hun leven
kunnen leiden."

„Ik heb u nodig. U bent mijn grootvader."

„Dat weet ik, maar ik weet ook dat het leven een keer
ophoudt en dat het dan goed is."

„Zo moet u niet praten. Misschien wordt u wel honderd."

Theodoor Niemeijer glimlacht om de hartstochtelijke
woorden.

„Honderd, jongen, dat is een heel eind. Misschien heb je
gelijk en voel ik me op een dag weer kiplekker."

Het is een leugen. Nooit weer zal hij zich lekker voelen.
Niet eerder heeft hij zo naar Elisabeth verlangt naar een
nieuwe wereld waar geen plaats is voor de pijn en de vermoeidheid die hem de laatste tijd zo kwellen. Hij verlangt
naar zijn Hemelse Vader, maar hoe kan hij dat duidelijk
maken aan een jongeman die nog zo midden in het leven
staat? Hij is van deze jongen gaan houden, ondanks de verschillen die er blijven. Misschien heeft hij met zijn houding
iets kunnen laten zien van wat het geloof voor hem betekent. Als dat zo is heeft hij niet voor niets geleefd.

⇥16⇤

Lidewij wandelt door de tuin, waar afrikaantjes in kleur wedijveren met dahlia's en herfstasters. September is langzaam overgegaan in oktober. De herfst heeft overduidelijk zijn intrede gedaan. Ze houdt van de herfst. Elk jaargetijde heeft zijn charme, ze geniet van de prille kleuren van de lente, van de eindeloze zomerdagen, van de winterdagen, die in een zucht voorbij lijken te gaan. De symfonie van herfstkleuren ontroert haar echter elk jaar weer. In geen jaargetijde heeft ze het gevoel zo intensief te leven als juist in het najaar, als de lucht doortrokken is met de geur van rottend blad, als de ochtendnevel een bepaalde mystiek verleent aan de kille, vochtige morgens, als haar gezicht een onverwacht spinnenweb raakt. Door de gehele tuin spelen spinnen hun spel, weven hun rag dat in de morgen bezaaid is met fijne druppels die glinsteren in het licht van de gouden zon. Juist in deze tijd ervaart ze Gods grootheid, lijkt het of God het majestueuze van zijn schepping extra wil benadrukken. In de kerk mist ze dat gevoel, ervaart ze juist de gebreken van die schepping, voelt ze zich klein en alleen. Vroeger vond ze troost in de aanwezigheid van medegelovigen, spraken preken haar aan, juichte ze mee met de stem van het orgel. Het is voorbij, voor eeuwig voorbij. Ze is niet langer in staat onbevooroordeeld in de kerkbanken te zitten. De preken van dominee Timmer lijken doorspekt met tegenstrijdigheden die ze feilloos registreert. Het is niet alleen met haar zo gesteld. Ze weet dat Marius dezelfde gevoelens koestert. Er is een stille dankbaarheid te weten dat Radboud en Irmgard dat anders lijken te ervaren. Voor Elise is het anders. Teleurstelling is wat haar gebleven is. Ze heeft plannen om zich over te laten schrijven naar een andere gemeente, waar ze de laatste tijd regelmatig kerkt, heeft gesproken over moskeebezoek om zich meer in te kunnen leven in Abduls wereld. Onrust voelt ze over die voornemens. Teleurstelling groeit ook in haar, omdat Elise het binnen hun eigen gemeente niet meer vinden kan. Ze streelt met haar hand over de dahlia's, haalt diep adem en loopt haar dierbare tuin door, die zich geheel hersteld heeft van de afgelopen zomerhitte. Ze heeft gebeden, eindeloos gebeden tot God dat Hij hun de weg zou wijzen. Ze heeft gebeden dat dominee Timmer op andere gedachten zou komen, dat zowel Elise als Abdul de liefde binnen het christendom mochten ervaren. Nu weet ze dat ze te veel van de mensheid heeft verwacht. Er is haar enkel teleurstelling overgebleven en het zekere weten dat ze als moeder niet anders had kunnen handelen dan ze heeft gedaan. Ze heeft haar huis opengesteld voor de vriend van Elise. Anderen hebben haar verteld dat het niet de juiste keuze was. Ze lijken de bijbel veel beter te kennen dan zij, weten feilloos bijbelteksten aan te dragen waaruit blijkt dat ze het anders had moeten aanpakken. Ze kan niets met die bijbelteksten. Het gaat om haar dochter, die ze zal verliezen als ze zich anders opstelt. Als buitenstaander heeft ze anders geoordeeld, maar ze is niet langer buitenstaander. Ze staat niet aan de zijlijn, ze bevindt zich in het midden van de problematiek en er is geen antwoord op haar vragen. Elise houdt van Abdul en als moeder kan ze niet anders dan toegeven. Het is rustiger geworden nu haar jongste in de flat getrokken is. Met de hele familie hebben ze geholpen met behangen en verven. Op die momenten was er een saamhorigheid geweest die ze lange tijd gemist had. Abdul heeft een zekere gereserveerdheid behouden ten opzichte van Marius en haar. Ze voelde het duidelijk, al trachtte hij het niet te laten merken. Hij is gekwetst door hun eerdere afwijzing en ondanks haar toenaderingspogingen leek die gekwetstheid niet uit zijn houding te willen wijken, alsof hij hen zo op hun fouten wil wijzen. Ze krijgt vaak het

gevoel dat hij recht in haar hart kijkt, waarin diep wegge-
stopt nog steeds de onvrede over zijn relatie met Elise wor-
telt. Zou het anders zijn geweest als ze niet geloofde? Was
hun relatie dan makkelijker te accepteren geweest, of wor-
stelden ook die ouders met de verschillen in cultuur? Soms
zou ze willen praten met lotgenoten, maar waar vond je die
in een dorp dat nauwelijks met allochtonen geconfronteerd
werd en dat alleen uit mensen leek te bestaan die het beter
weten dan zij? Waar is de vrede gebleven, die ze jarenlang
in haar bestaan gevonden had? Nu wordt ze opnieuw overmand door haar gedachten, die nooit een halt kunnen worden toegeroepen. Opnieuw vergeet ze naar de schoonheid
van de natuur rond haar te kijken. Had ze maar... was ze
maar... wist ze maar... Ze vermant zich. Deze gedachten
hebben geen zin. Een mens is niet in staat het hele leven te
doorgronden. Ze is geen heilige, ze is geen supermens,
geen theoloog. Ze zal haar hele leven fouten blijven maken
in de hoop dat ze ervan zal leren. Ze zal nooit weten of ze
de goede weg heeft bewandeld. Mensen hebben haar teleurgesteld. Wat haar overblijft is God. Ze mag blijven bidden voor degenen die haar dierbaar zijn. Ze mag ervan
overtuigd zijn dat God haar worsteling ziet. Het is de enige
zekerheid in haar leven.

Elise keek nooit meer om zich heen als ze de winkel verliet. Abdul stond niet meer op zijn plaats voor de winkel om
haar een eind naar huis te begeleiden. Alles was veranderd
sinds ze haar intrek in de flat had genomen. Meestal wachtte hij thuis op haar. Soms was hij later thuis, omdat hij met
vrienden had afgesproken. Op die momenten bereidde zij
het eten voor en wachtte ze tot hij kwam. Hun eerste ruzies
hadden plaatsgevonden. Ruzie, als hij in haar ogen te laat
thuiskwam. Ruzie, omdat hij nooit aankondigde dat hij met
vrienden ging stappen. Ruzie, omdat zij in zijn ogen te laat
thuis was. Na die ruzies zochten ze compromissen. Zij

belde naar huis als het wat later werd. Hij maakte de afspraak dat hij in ieder geval rond acht uur thuis zou zijn. Ruzie hadden ze ook gehad toen hij aankondigde met zijn studie te willen stoppen. „Ik wil geen man zonder opleiding," had ze beweerd. „Op dit moment is er werk genoeg, maar tijden kunnen veranderen. Jij zult de eerste zijn die dan op straat komt te staan. Ik wil niet dat je in de horeca gaat werken. Ik zie nu al hoelang je werkdagen zijn in het weekend."

„Het is mijn leven!" had hij geschreeuwd.

„Het is ons leven," had ze even hard geroepen. „We moeten in onze relatie naar de langere termijn kijken."

„Ik heb geen zin om langer op jouw zak te teren."

„Als jij deze opleiding niet afmaakt en ooit zonder werk komt te zitten, dan zul je de rest van je leven op mijn zak moeten teren en daar heb ik helemaal geen zin in. Nu werk ik, terwijl jij studeert. Zodra jij klaar bent met je studie en een baan vindt is het mijn beurt om te studeren. Ik heb nog geen idee wat ik wil, maar ik wil me ontplooien."

Ruzies en onenigheden. Ze hoorden bij hun leven, maar zonder Abdul zou ze zich dat leven niet kunnen voorstellen. Er waren zoveel verschillen, ze zochten naar de overeenkomsten. Haar liefde voor hem was onveranderd. Ze kon vertederd naar hem zitten kijken als hij stond te koken, z'n brillenglazen besloegen soms van de stoom uit de pannen. Hij leerde haar couscous te maken, zij leerde hem hutspot koken.

„Je loopt me zo voorbij!"

De verontwaardigde stem van Irmgard doet haar opkijken. „Ik had je hier niet verwacht," reageert ze weinig toeschietelijk.

„We zien elkaar zo weinig."

„Je weet dat mijn flat altijd voor je openstaat."

„Ik wilde je vragen om een kop koffie met me te drinken." Irmgard negeert haar stekelige opmerking.

„Waarom?"

„Omdat we elkaar de laatste tijd veel te weinig zien. Vroeger deelden we onze gedachten met elkaar. Ik begrijp wel dat het leven veranderd is. Je hebt tegenwoordig Abdul, maar ik had even behoefte aan het 'we zijn zusjes'-gevoel."

Ze lacht om die belachelijke uitdrukking.

„Weten pa en ma dat je later thuiskomt?"

„Ze hebben geen idee hoe laat ik vandaag naar huis kom. Ik had vandaag tentamens en eigenlijk was ik van plan om nog even door te zakken met mijn klasgenoten, tot ik op het idee kwam dat jij misschien wel een kop koffie met me wilde drinken."

Ze realiseert zich hoe ver de levens van Irmgard en haar van elkaar verwijderd zijn. Doorzakken met klasgenoten is er voor haar al jaren niet meer bij. Ze verdeelt haar leven tussen werk en thuis. Vroeger het thuis bij haar ouders, nu het thuis in haar eigen flat, die Abdul elke avond weer keurig verlaat om naar zijn eigen onderkomen te gaan.

„Ik moet Abdul wel even inlichten dat ik iets later zal zijn," stelt ze dan. „Hij heeft meestal het eten klaar als ik naar huis kom."

„Ze hebben in het restaurant vast wel telefoon. Heb je nog voorkeur voor een bepaalde horecagelegenheid?"

„De dichtstbijzijnde maar," besluit Elise.

Samen fietsen ze in de richting van het restaurant waar ze zo vaak met Abdul heeft gezeten, waar ze hun onzekerheden en hun verliefde gevoelens uitwisselden. Het is vreemd daar te zitten tegenover haar zus, die koffie met gebak bestelt. Ze heeft naar huis gebeld, heeft aan de toon in Abduls stem gehoord dat hij haar mededeling niet waardeerde, maar zit nu toch ontspannen op de kleine, rieten stoel.

„Ben je een beetje gelukkig in je eigen flat?" informeert Irmgard.

„De privacy is heerlijk. Niemand die nog zeurt over Abdul. Ik heb mijn eigen spulletjes om me heen verzameld. Het heeft even geduurd, maar nu zie ik het echt als een thuis. De geluiden in de flat zijn vertrouwd geworden. De meeste avonden eten Abdul en ik samen. Hij blijft na het eten om samen televisie te kijken, of hij zit aan tafel te studeren. Soms is het bijna onvoorstelbaar dat het een jaar geleden nog heel anders was."

„Het is wel heel snel tussen jullie gegaan."

„Je ontkomt er binnen een relatie als de onze niet aan. Soms krijg ik het gevoel al getrouwd te zijn, hoewel Abdul elke avond naar zijn eigen huis gaat. Juist in een relatie als de onze is het belangrijk om je los te maken van je eigen cultuur en achtergrond, al blijft die uiteindelijk onlosmakelijk met je verbonden. Je draagt die achtergrond voor eeuwig met je mee. Hij heeft je mede gevormd tot de mens die je geworden bent. Het is belangrijk om de overeenkomsten te ontdekken en elkaar de ruimte te geven om toch ook die eigen cultuur te beleven."

„Vaak moet ik er nog aan denken dat ik pa en ma op de hoogte heb gesteld dat jij een relatie met een buitenlander had."

„Je deed wat je op dat moment dacht te moeten doen."

„Dat is te eenvoudig gesteld. Ik wist niet wat ik moest doen. Als ik niets zou zeggen kreeg ik het later misschien te horen als het fout zou lopen. Wat me het meest pijn doet is dat het onze relatie heeft verslechterd. We delen de dingen niet meer met elkaar, zoals we vroeger wel deden."

„Ik weet niet of het daarmee te maken heeft."

„Zo voel ik dat wel."

„Misschien moeten we die periode afsluiten. We waren allemaal in verwarring, zeiden dingen die we niet hadden moeten zeggen en iedereen had een beetje gelijk."

„Ik heb er spijt van. Met wat ik nu weet is het tot me

doorgedrongen dat ik je de tijd had moeten geven om zelf met de waarheid voor de dag te komen."

„En wat weet je nu?"

„Dat het pijn doet als medemensen het onderwerp van je liefde afkraken."

„O Irmgard, vertel eens: ben je ook verliefd op een buitenlander?"

„Zo heftig is het nou ook weer niet. Ik heb laatst stage gelopen op een school. Eén van de onderwijzers had direct al een warme belangstelling voor me. In het begin zag ik hem helemaal niet zitten. Jan-Peter is weduwnaar. Hij heeft twee dochters en hij is dertien jaar ouder dan ik ben. Op de een of andere manier raakten we toch steeds weer aan de praat. Na verloop van tijd heb ik hem thuis opgezocht. Hij wilde me helpen met m'n stageverslag. Ik ontmoette zijn dochtertjes. Twee meisjes zonder moeder. Jan-Peter heeft de afgelopen jaren geprobeerd vader en moeder tegelijk te zijn, maar ik geloof dat zoiets een onmogelijke opdracht is. Om een lang verhaal kort te maken, ik ben van die man gaan houden. We wilden dat geheim houden tot mijn stageperiode ten einde was."

„Het had anders uiteraard grote problemen gegeven," begrijpt Elise.

„Het geeft nu ook problemen. Iedereen denkt dat Jan-Peter een soort huishoudster zoekt, een vervangster voor zijn overleden vrouw, een opvoedster voor zijn kinderen. Niemand lijkt te overtuigen van het feit dat we gewoon van elkaar houden."

Ze prikt lusteloos in haar gebakje. „Wij waren wel in de gelegenheid elkaar goed te leren kennen voor we onze relatie aan de buitenwereld kenbaar maakten. Nou ja, pa en ma weten nog van niets, maar ik ben bang dat ze net zo zullen reageren als de rest van de wereld."

„Is hij christelijk?" De vraag ontglipt haar. Ze ziet onbegrip in de ogen van haar oudere zus.

„Ja, Jan-Peter is een christen."

„Dan zullen pa en ma je direct hun zegen geven." Ze hoort zelf hoe wrang het klinkt. „Alles is goed, zolang hij maar geen islamiet is."

Er valt een stilte, die ze geen van beiden weten te doorbreken. Het gebak smaakt Elise nauwelijks, de koffie is lauw geworden. Met grote slokken drinkt ze haar kopje leeg en staat dan op. „Bedankt voor de koffie. Ik moet nu echt gaan. Vanavond moeten Abdul en ik nog naar een feest van Ansjeline. Ik heb al een tijd geen contact meer met haar gehad, maar ze nodigde ons uit voor haar verjaardag. Trek je niets aan van de buitenwereld. Het gaat om jouw gevoel en jouw relatie."

Gehaast trekt ze haar jas aan en verlaat de horecagelegenheid na een snelle groet. Ze voelt hoe teleurgesteld Irmgard is, hoe de ogen van haar zus in haar rug prikken. Ze kan niet anders. Zonder nog een keer om te kijken pakt ze haar fiets en rijdt weg.

Ze draagt een strakke, zwarte broek met uitlopende pijpen en een kort, wit truitje dat zacht aanvoelt als hij het met zijn hand streelt. Ze heeft haar blonde krullen strak naar achteren gekamd en met schuifjes een opgestoken kapsel gecreëerd. Langs haar ronde wangen piepen een paar weerbarstige krullen omlaag die zich niet in een keurig kapsel laten dwingen. Het ontroert hem. Voorzichtig glijdt zijn hand langs haar gezicht.

„Ik zou hier met jou willen blijven," zegt hij zacht. „Ik wil met jou op een eiland wonen en eindeloos gelukkig zijn. Ik wil naast je wakker worden en weten dat we voor eeuwig bij elkaar horen zonder dat iemand daartussen komt."

„We horen bij elkaar," zegt ze. „Er is niets of niemand die daar iets aan kan veranderen." Ze weet niet anders te doen dan hem te kussen, eerst voorzichtig, dan steeds hartstochtelijker. Hij is het die haar zachtjes van zich afduwt.

„We moeten vanavond in een kamer vol mensen zitten die daar hun eigen ideeën over hebben."

„Ze zullen niet tussen ons kunnen komen, wat ze ook zeggen."

Ze voelt zich verward. Steeds opnieuw moet ze aan Irmgards bekentenis denken, aan haar eigen bittere woorden. Ze is jaloers. Een andere omschrijving heeft ze er niet voor. Ze is jaloers omdat Irmgard op een dag met die weduwnaar met twee dochters getrouwd zal zijn en iedereen dat zal accepteren. Zij zal zich moeten blijven verdedigen, ze zal blijven twijfelen of ze de juiste keuze maakt. Er is niemand die haar kan vertellen of het allemaal goedkomt, of liefde genoeg is om alle verschillen te overwinnen. De tijd zal het leren.

„Ik hou van je." Ze kust hem hartstochtelijk, alsof ze daarmee haar woorden wil bewijzen. „Niemand zal ooit tussen ons kunnen komen."

Hij moet eraan denken als hij te midden van die mensen zit in een bomvolle, rokerige kamer. Hij kent de mensen niet. De jarige vriendin van Elise lijkt oprecht blij haar weer te treffen. „De liefde doet je goed," heeft Ansjeline Werkman gezegd. „Ik heb je nooit eerder zo stralend gezien." Daarna had ze zich naar Abdul overgebogen. „Pas op dat je haar goed behandelt anders krijg je met mij te doen."

„Hoe bedoel je dat?" Hij had direct een aversie gevoeld ten opzichte van deze jonge vrouw.

„Nou, in jullie kringen komen de vrouwen er niet zo goed vanaf, meen ik te weten."

„In onze kringen worden vrouwen met respect behandeld."

„Doe niet zo achterlijk, Ansjeline. Wat verwacht je van Abdul en wat weet je van 'zijn kringen'? Je hebt je er nooit in verdiept," had Elise het direct voor hem opgenomen.

„Wat doe je voor werk?" was even later een vraag geweest die hem werd gesteld en hij vroeg zich af of ze dat aan iedereen vroegen die nieuw werd geïntroduceerd. „Ik studeer nog."

„Wat studeer je?" De jongeman naast hem bekeek hem met hernieuwde interesse.

„Ik volg de HBO opleiding voor maatschappelijk werk."

„Dan kun je je meteen gaan verdiepen in de problematiek van je medelanders."

„Zoals?"

„Nou, je hoort toch van aanpassingsproblemen, van de moeilijkheden van het opgroeien tussen twee culturen?"

„Heb je enig idee wat dat inhoudt?"

De jongeman moest het antwoord schuldig blijven en hij was niet van plan om er verder op door te gaan. Hier voelde hij geen werkelijke interesse. Was het sensatiezucht? Hij kijkt naar Elise, die ergens met een groepje mensen staat te praten. Af en toe kijkt ze in zijn richting, knikt hem bemoedigend toe, praat verder, lacht en het gevoel van saamhorigheid is helemaal verdwenen. Elise hoort hier in deze kamer waar het bier rijkelijk vloeit, de gesprekken op steeds luidere toon worden gevoerd, de ene sigaret na de andere wordt opgestoken. Elise hoort hier, hij is een dissonant. Hij hoort haar lachen, ziet dat ze een glas wijn in haar hand houdt en plotseling irriteert het hem. Waarom houdt ze geen rekening met zijn gevoelens? Ze drinkt nooit meer alcohol in zijn nabijheid. Waarom moet er vanavond dan wijn gedronken worden? Wil ze zich groothouden voor haar zogenaamde vrienden? Hij houdt het niet meer uit met die vervelende vent naast hem, die hem met openlijke nieuwsgierigheid aanstaart en schijnbaar opnieuw broedt op tal van onbetamelijke vragen, die hij niet wil beantwoorden. Hij staat op en loopt in de richting van het groepje waar Elise het stralende middelpunt van lijkt te zijn. Het is een verkeerde beslissing geweest om hiernaartoe te gaan.

Het is de laatste keer dat hij zich ooit nog op zo'n feest zal vertonen.

Buiten is de koele avondlucht, die hen omgeeft als ze het feest laat in de avond verlaten. Hij kijkt naar de hemel, die bedekt wordt door dikke wolken. Lantaarns verlichten de straten. Hij haalt diep adem als hij z'n fiets pakt. Nu niets zeggen over het glas wijn dat ze dronk. Ze heeft het recht om zo nu en dan een glas wijn te drinken. Christenen mogen dat en ze hoeft niet altijd rekening met hem te houden.

„Het was niet zo'n goed idee om dat feest te bezoeken," concludeert ze als ze allebei op de fiets stappen.

„Waarom niet?"

„Jij voelde je er niet thuis."

„Jij wel?"

Ze denkt na. „Ik krijg het gevoel dat ik het ontgroeid ben, alsof ik er niet werkelijk bij hoor."

„Dat komt door mij," zegt hij heftig.

„Dat komt door mezelf. Ik ben veranderd." Ze kijkt hem rustig van opzij aan, ziet zijn profiel in het licht van de straatlantaarns. „Misschien heb ik er nooit bij gehoord, maar heb ik erbij willen horen."

Hij wil het zo graag geloven, maar diep in hem is een felle pijn ontstaan, omdat hun verbondenheid schijnbaar verdwenen is. Hij zwijgt en begeleidt haar op de weg naar huis.

❦17❧

„Soms vergeet ik het verlangen naar mijn vaderland," zegt Abdul. Hij zit naast haar op de bank. Ze heeft haar hoofd op zijn schouder gelegd, koestert zijn aanwezigheid. „Ik vergeet het als ik bij je ben. Ik probeer het te vergeten als ik studeer en bedenk dat het misschien toch nuttig is wat ik doe."

Hij slaat zijn arm om haar heen. Ze voelt zijn warmte.

„Wanneer overvalt het je?" informeert ze en probeert het onrustige bonken van haar hart te negeren.

„Op een moment zoals dit."

„Je bent nu toch bij me?"

„Over acht dagen vertrekken we naar Marokko. Ik zal mijn familie en vrienden weerzien, de plekjes die warme herinneringen oproepen. Het maakt me soms bang."

„Bang voor wat?"

„Bang voor het moment dat veel te snel zal naderen, de terugreis."

„Hier is je thuis." Ze sluit haar ogen.

„Ik weet het. Hier is mijn leven, maar mijn wortels liggen in een ander land. In dat land hoef ik me nooit te verdedigen. Ik mag daar zijn wie ik ben."

„Daar zal ik degene zijn die zich moet verdedigen."

„Jij? Mijn moeder heeft haar angst afgelegd. Nu is ze nieuwsgierig naar de vrouw die haar oudste zoon veroverd heeft. Ze zal je binnenhalen als een dochter. Ze zal harira voor je maken en couscous. Niemand kan haar dat verbeteren."

Hij lijkt altijd een ander als hij over zijn familie praat. Ze stelt zich voor hoe ze zullen worden opgenomen in de familiekring. Hoe zijn zusjes om haar heen zullen springen. Abdul heeft haar al gewaarschuwd voor het gebrek aan privacy dat ze zal ondervinden. „Mijn zusjes zullen al vroeg op je slaapkamer aankloppen. Ze willen alles van je weten." Hij heeft haar al zoveel verteld over Marokko, over het bewogen verleden van het land. „Overheersing door de Fransen en Spanjaarden heeft zijn sporen nagelaten," heeft hij verteld. „De Marokkaanse bevolking leefde in de medina's, die zijn opgebouwd uit derbs. Dat zijn een soort woonbuurten die hun eigen moskee hebben, hun eigen bakkerij, badhuizen en dergelijke. De vertrekken van de huizen komen uit op binnenplaatsen. De Franse en Spaanse ambtenaren konden in dit soort huizen niet leven. Voor hen werden de nieuwe wijken gebouwd. De villes modernes, die ruim opgezet werden met uiteraard comfortabele huizen en omgeven door veel groen. Voor de veiligheid van de Europeanen kwam er een scheiding tussen de oude binnenstad en de nieuwe wijken door parken. Later trokken de rijke Marokkanen daar ook naartoe. Ik wil je in Casablanca de grote Hassan II-moskee laten zien. Het is de grootste moskee van de wereld en tevens de enige moskee in Marokko die ook toegankelijk is voor niet-gelovigen. Ik weet niet of we daar de tijd voor kunnen vinden tijdens die week, maar anders neem ik je daar mee naartoe in de zomer."

Zijn enthousiasme ontroert haar en tegelijkertijd beangstigt het haar. Als hij zo praat is hij een ander dan de man, die haar opzoekt in haar flat, de man die studeert en uren bij haar opa kan zitten. Op deze momenten is hij een man die zijn vaderland maar node kan missen, die verlangt naar alles wat hij moest loslaten. Het zijn gedachten die ze voor zich houdt, maar die haar steeds meer doen opzien tegen de reis die ze eerst zelf met zoveel enthousiasme heeft voorgesteld. Ze stelt zich voor hoe hij zijn vrienden zal opzoeken, terwijl zij bij zijn moeder achterblijft. Misschien zal haar aanstaande schoonmoeder haar uitnodigen voor een bezoek aan het badhuis. Volgens Abdul moet dat een geweldige, ontspannende ervaring zijn. Op dit moment kan haar de gedachte aan het badhuis nog niet bekoren.

„Nog een dag of acht dan zal ik alles aan den lijve kunnen ervaren," merkt ze dapper op. Ze voelt zich een leugenaar. Ze zou willen dat er geen einde aan deze laatste dagen kwam, dat de reis naar Marokko nog heel ver weg was.

De koffer staat klaar. Alle formaliteiten zijn geregeld. De vliegtickets zijn binnen. Er kan niets meer misgaan. Nog vijf dagen te gaan voor ze vertrekken. Lusteloos staat ze voor haar kast boordevol kleding. Wat moet ze daar dragen? Volgens Abdul is het onverstandig om met shorts en hemdjes aan te komen, maar voor de rest kan ze best voor spijkerbroeken kiezen. „We zijn in Marokko niet achterlijk. Mijn ouders hebben hier gewoond. Ze kijken echt niet op van jeans. Wees gewoon jezelf, zorg voor dikke truien voor de kille avonden, voor kleren die je lekker zitten en doe niet zo moeilijk."

Ze trekt een wijde, gekleurde broek uit haar kast, die haast voor een lange rok kan doorgaan. In de keuken fluit Abdul, terwijl hij koffiezet. Ze gooit de broek van zich af en gaat voor het raam staan. Hoe komt het dat ze zo twijfelt? Het zal toch een geweldige ervaring zijn om de achtergronden, de familie en de cultuur van Abdul te leren kennen?

„Ze zullen me niet kunnen verstaan," heeft ze tegen Abdul gezegd.

„Mijn ouders kunnen je wel verstaan. Hun Nederlands is altijd gebrekkig gebleven, maar ze zullen het grootste deel kunnen verstaan. Ik ben ook nog bij je om zo nodig te vertalen."

Al haar bezwaren wuift hij weg. Hij heeft gelijk. Het is belachelijk om je druk te maken over een reis van een week. Waar is ze bang voor? Ze weet het wel. Ze is bang voor de blik van verlangen in zijn ogen. Ze is bang voor de andere kant van Abdul die ze daar ongetwijfeld zal leren kennen. De Abdul te midden van familieleden, die hij na die week opnieuw zal moeten missen.

„Ik heb koffie," kondigt hij aan. Hij staat in de deuropening. Zijn haren zijn nat van de douche die hij net heeft genomen. Hij prefereert haar douche boven zijn verouderde badkamer. Zonder zijn bril ziet hij er anders uit. „Zullen we daarna even langs je opa gaan? Ik weet niet of het er anders nog van komt voor we vertrekken."

„Het regent," zegt ze, een blik vol afkeer naar buiten werpend waar de herfst zich niet langer van zijn mooiste kant laat zien.

„Sinds wanneer laat jij je door een beetje regen weerhouden? We hebben regenpakken."

„Heb je niet gezien hoe het waait?"

„Elise, ik vind dat we even langs je opa moeten gaan. Je ouders zijn deze zondag weg, Irmgard is druk met haar geliefde en Radboud zal vast bij zijn Delia zitten. Zondag is een moeilijke dag voor opa."

„Elke dag is tegenwoordig moeilijk voor mijn opa," zegt ze nadenkend. „Er lijkt niets meer van zijn veerkracht over te zijn."

„Juist, en daarom is het belangrijk dat wij hem niet vergeten."

„Als je erop staat."

Hij reageert niet en ze weet dat hij gelijk heeft. Het grootste gelijk van de wereld. „Na de koffie gaan we," geeft ze toe.

De weg naar opa's huis lijkt langer dan anders. Verbeten fietst ze naast Abdul, vechtend tegen de krachtige wind, de regen striemt in haar gezicht, doet haar naar adem happen. Ze is blij als ze de rand van het dorp ziet, als ze eindelijk bescherming tussen de huizen krijgt, waardoor het lijkt alsof de wind minder tekeergaat. Ze fietsen door de vertrouwde straten waarin ze kind is geweest en langzaam opgroeide tot vrouw. Ze passeren de huizen van mensen die ze kent, mensen die ooit haar vrienden waren, soms gemeenteleden wiens kinderen ze in de kindernevendienst bezighield. Het is voorbij. Haar wereld is veranderd, speelt zich nu voor het grootste deel in de stad af en terwijl ze door dit vertrouwde dorp rijdt realiseert ze zich dat ze het niet mist. Dit dorp, de mensen, de roddels. Het vervult haar met bitterheid.

Pas als ze hun fietsen achter opa's huis stallen ziet ze dat de gordijnen in de kamer dicht zijn. De achterdeur is hermetisch afgesloten.

„Hij is weg." Ze voelt de kou door zich heentrekken, verlangt naar de snorrende kachel in de kamer van haar opa, naar een beker warme chocolademelk met slagroom.

„Dan had hij de gordijnen wel opengetrokken," meent Abdul. Er is een rimpel boven zijn neus verschenen.

Hij poetst z'n bril die beslagen is, zet het ding weer op z'n neus en ziet zich met hetzelfde probleem geconfronteerd. Ongeduldig schuift hij de bril in de zak van zijn jas.

„Hij kan het toch vergeten zijn?"

„We kunnen aan de voorkant kijken. Als daar de gordijnen ook nog dicht zijn is er iets anders aan de hand."

„Dat kan niet. Hij was de laatste dagen juist iets opgewekter. Hij beweerde laatst nog dat hij nooit rijp zou zijn voor een verpleeghuis of een zorgcentrum. Hij…"

„Laten we nou maar gaan kijken."

De ernst in Abduls stem maakt haar nu werkelijk ongerust. Ze voelt haar hart bonzen, zendt een stil ge-bed naar boven. God, laat er niets aan de hand zijn. Laten de gordijnen open zijn.

Haar gebed wordt niet verhoord. De gordijnen zijn voor even gesloten als aan de achterkant.

„Hij heeft de gordijnen de hele morgen al dicht." Buurvrouw Haverkort verschijnt op het pad. „Ik heb nog getwijfeld of ik je vader en moeder moest bellen. Hij slaapt nooit zo lang."

„We zullen gaan kijken. Maakt u zich maar niet bezorgd," reageert ze kort.

„Dank u wel," zegt Abdul beleefd, wat voor de buurvrouw het teken is om zich terug te trekken. Hij rommelt in z'n jaszak, haalt van onder z'n bril een sleutelbos tevoorschijn, waaraan nog altijd de sleutel van opa's huis hangt.

„Zullen we maar naar binnen gaan?"

„Er zit niets anders op. Hij kan niet goed geworden zijn. Misschien ligt hij ergens op de vloer." Ze huivert. De chocolademelk met slagroom lijkt heel ver weg.

Het huis lijkt verlaten. Abdul roept, maar er komt geen antwoord.

„Zullen we mijn ouders bellen?"

„We moeten kijken wat er aan de hand is. Misschien is hij vanmorgen naar de kerk vertrokken."

Ze weet dat het niet zo is. Opa zou met dit slechte weer nooit alleen naar de kerk gaan. Haar ouders haalden hem dan altijd op en als die onverhoopt verhinderd waren bleef hij thuis. Haar hart bonst als ze de deur van de woonkamer opent. Op tafel staat een leeg wijnglas en nu overvalt haar de zekerheid dat er iets heel erg mis is. Haar benen lijken dienst te weigeren. Ze voelt Abduls hand even licht op haar schouder. Het geeft haar de kracht om door te lopen naar de slaapkamer. Als haar ogen aan de schemering van de kamer gewend zijn ziet ze wat ze al verwacht heeft vanaf het moment dat ze de gesloten gordijnen heeft gezien.

„Mijn grootvader," hoort ze Abdul zeggen. Opnieuw voelt ze zijn arm rond haar schouders als ze samen op het bed toelopen waar opa in een diepe slaap lijkt te zijn verzonken. Ze kijkt neer op zijn verstilde, witte gezicht, verwacht dat hij z'n ogen zal opslaan en zal zeggen: „Zo, zijn jullie hier? Wat een prettige verrassing. Ik voelde me vandaag niet zo goed, dus ik ben maar blijven liggen."

Hij zegt niets en zij gaat op de rand van het bed zitten, streelt zijn handen, zijn koude gezicht.

„Hij is naar oma toe gegaan," zegt Abdul. „Dat wilde hij zo graag. Hij heeft er vaak met mij over gepraat in de tijd dat ik bij hem inwoonde. Sinds je oma niet meer leefde was hij nog maar een half mens. Hij genoot van zijn familie, maar er was niemand meer om zijn ervaringen mee te delen als hij thuiskwam nadat hij een dag bij jullie was geweest. Die momenten waren altijd het moeilijkst, zei hij. De momenten dat hij thuiskwam en dat er niemand was om aan te vertellen wat hij die dag had beleefd. Hij heeft heel veel van je oma gehouden."

Ze is stil, verroert zich niet alsof ze bang is de oude man in het bed alsnog pijn te doen. Zwijgend staart ze naar het vertrouwde gezicht, ergens in haar achterhoofd komen woorden op: „Voorbij." Nooit meer zal ze zomaar even bij opa aan kunnen lopen. Voorbij zijn de momenten van vertrouwelijkheid, nooit meer zal ze zijn rustige stem kunnen horen. Theodoor Niemeijer. Zijn lichaam ligt hier nog in zijn eigen bed, maar zijn geest heeft zijn lichaam verlaten. Ze zou hier eindeloos willen blijven zitten, kijkend naar het gezicht waarop een glimlach rond de mond lijkt te spelen. Er hangt een vreemde, serene rust in deze kamer. Het is niet beangstigend om hier naast een dode te zitten. Het is een bijna plechtig moment. „We moeten je ouders bellen," hoort ze Abdul dan zeggen en ze weet dat hij gelijk heeft. „Wacht nog heel even," zegt ze toch. Ze wil dit moment nog even rekken. Straks zal deze kamer vol familie staan, er zal een dokter komen. Opa zal opgehaald worden door een lijkwagen.

„Ik wil graag dat hij hier blijft tot de begrafenis," merkt ze op. „Hier in zijn eigen huis. Ik zal proberen vrij te krijgen om bij hem te waken. Denk je dat mijn ouders het daarmee eens zullen zijn?"

„Ze zullen niets liever willen," zegt hij. Zijn stem breekt, ze merkt de tranen in zijn ogen op. Nooit eerder heeft ze zo intens van hem gehouden.

Er branden ontelbare waxinelichtjes rond de kist in opa's eigen slaapkamer. De vlammetjes flakkeren en werpen schaduwen op de muren. Ze kijkt naar Abdul, leest het verdriet in zijn ogen. Verdriet, vanwege het sterven van opa, maar ook verdriet vanwege de geannuleerde reis naar Marokko. Ze heeft zich beschaamd gevoeld, omdat haar duidelijk is geworden hoeveel die reis naar Marokko, samen met haar, voor hem betekende. Hij heeft het haar niet willen zeggen, maar ze proeft het uit zijn houding. Op dit moment, in dit verdriet, verlangt hij naar zijn ouders, naar de wereld die de zijne is, ondanks het feit dat hij tevens de Nederlandse nationaliteit bezit. Ze heeft hem te weinig begrepen, wilde hem in een hoek drukken waarin hij niet thuishoort. Ze is bang geweest dat hij na dit bezoek terug zou willen naar zijn geboorteland en ze wist dat ze hem nooit zou kunnen volgen. Ze heeft te weinig vertrouwen in hem gehad, heeft getwijfeld aan zijn liefde voor haar. Nu ze hem daar zo ziet zitten, straalt hij eenzaamheid uit. Een eenzaamheid die zelfs zij niet kan oplossen. Opa zou het anders hebben aangepakt. Ze weet het zeker. Opa, hij zal er nooit meer zijn, maar hij zal blijven voortleven in haar gedachten en in die van Abdul. Ze zullen hun verdriet kunnen delen. Ze blijft zwijgen, maar legt heel even haar hand op de zijne. Ooit zal de dag komen dat ze samen naar Marokko gaan. Ze zal proeven van zijn cultuur, van zijn achtergrond. Ze zal de mensen leren kennen die van hem houden. Misschien zal ze hem juist daardoor nog meer gaan waarderen dan ze nu doet. Als haar blik op het gezicht van haar opa valt lijkt het of zijn glimlach zich verdiept heeft.

De kerk is afgeladen vol. Waar komen al die mensen vandaan? Waar waren ze tijdens zijn leven? Lidewij veegt langs haar ogen. Ze mag zo niet denken. Dankbaar moet ze zijn voor de vele belangstelling, voor het meeleven. Het past haar niet om hier in verbittering om zich heen te kijken. Haar vader zou het zo niet gewild hebben.

„We zijn hier bij elkaar om afscheid te nemen van broeder Theodoor Niemeijer." De stem van dominee Timmer galmt door de oude gewelven van de dorpskerk. Hij heeft hen opgezocht in het huis van haar vader. Daar sprak hij over de genade van God die zijn Zoon gaf voor de zonden van de mensheid. Waarom heeft hij Abdul geen blik waardig gekeurd? Abdul had zich teruggetrokken in de keuken, toen de dominee arriveerde, maar hij had hem toch op kunnen zoeken? Hij had hem toch kunnen condoleren? Abdul hield zoveel van haar vader. Hij heeft het verdriet van die jongen toch ook gezien? „Uit de diepten roep ik tot U, o Here. Here, hoor naar mijn stem; laten uw oren opmerkende zijn op mijn luide smekingen. Als Gij, Here, de ongerechtigheden in gedachtenis houdt, Here, wie zal bestaan?"

Het is alsof de stem van de predikant nog plechtiger klinkt dan anders. „Maar bij U is vergeving, opdat Gij gevreesd wordt."

Haar kinderen zitten rond haar. Abdul heeft zijn arm om Elise geslagen, Radboud houdt Delia's hand vast, Irmgard zit naast haar nieuwe vriend en leunt tegen hem aan. Zij heeft haar arm door die van Marius gestoken. Ze weet niet wat hij denkt. Wel weet ze dat hij de afgelopen week nogmaals een teleurstellend gesprek met dominee Timmer heeft gevoerd, maar wat er precies is gezegd wilde hij haar niet vertellen.

„Mijn ziel wacht op de Here, meer dan wachters op de morgen, wachters op de morgen."

Ze wil hier niet zijn. Niet te midden van al deze mensen. Ze wil deze stem niet horen, deze man op de preekstoel niet zien. Ze wil weglopen, ergens in de eenzaamheid al haar

211

verdriet en teleurstelling uithuilen. Marius trekt haar arm vaster door de zijne.

„Vanmorgen, bij het afscheid van onze broeder Niemeijer wil ik met u nadenken over het Woord en in het bijzonder over deze Psalm 130, een lied uit de diepte."

Zou deze predikant zich realiseren hoe hij haar dochter in die diepte gooide? Ze heeft respect voor Elise, die zijn condoleances met een stil, wit gezicht in ontvangst nam. Zelf had ze de neiging haar hand terug te trekken, maar ze had gedacht aan haar vader, die dan misschien een christelijke begrafenis ontnomen zou worden. Zou Timmer daartoe in staat zijn? Ze schuift onrustig in de bank, voelt Marius' blik op zich rusten, voelt de bemoedigende druk van zijn arm. Ze probeert de mensen om zich heen te vergeten, de woorden van Timmer te negeren, staart naar de lichte kist voor in de kerk en herinnert zich alle goede en slechte momenten met haar vader. Het is voorbij, maar hij heeft niet anders gewild. Hij heeft het een tijdje geleden tegen haar gezegd: „Ik ben aan m'n laatste restje toe." Ze heeft het toen niet willen aanvaarden, maar op dat moment was hij al klaar voor de dood die hem wachtte. Hij heeft het zelf aan voelen komen en hij had er vrede mee.

Eindeloos duurt de dienst. Eindeloos, de psalmen die ze zingen. Dan is het moment daar dat de begrafenisondernemer naar voren loopt om aan te kondigen dat opa naar z'n laatste rustplaats zal worden gereden. Of er nog mensen zijn die iets willen zeggen. Er klinkt gestommel naast haar. Tot haar grote verbazing staat Abdul op, loopt met onzekere stappen naar de man in het zwart toe en gaat voor in de kerk staan, waar een microfoon staat opgesteld. „Dit is een zwarte dag in mijn leven," hoort ze zijn stem dan helder en duidelijk door de kerk klinken. „Dit is de dag dat ik voorgoed afscheid moet nemen van mijn grootvader, van mijn vriend. Hij en ik leefden vanuit een andere cultuur, een ander geloof. Mijn ervaringen zijn dat er dan veel misverstanden ontstaan, maar in de weken dat ik bij hem in huis mocht wonen na een ongeluk heb ik ontdekt dat het niet altijd zo hoeft te gaan. Met mijn grootvader voerde ik gesprekken over het geloof. Hij kon zo enthousiast vertellen over het zijne. Hij gaf me de ruimte om te vertellen over het mijne. Mijn grootvader aanvaardde me zoals ik was: een Marokkaan, een buitenlander en een moslim. Mijn grootvader keek over grenzen heen. Hij zag niet Abdul, de Marokkaan. Hij zag niet Abdul, de moslim. Hij zag de mens Abdul. Door mijn grootvader ontdekte ik, na veel eerdere teleurstellende ervaringen, wat het christendom werkelijk inhoudt. Mijn grootvader zal er nooit meer zijn om met me te praten. Ik zal nooit meer mijn problemen aan hem kunnen voorleggen, maar in mijn hart zal hij blijven voortleven zolang ik leef!"

Langzaam loopt hij terug naar zijn plaats. Er is een bijna onnatuurlijke stilte in de kerk gevallen. Niemand kucht, niemand schuifelt met z'n voeten. Er heerst een absolute stilte waarin Abduls woorden lijken na te echoën. Die stilte blijft hangen, ook als de begrafenisondernemer de plaats achter de microfoon heeft overgenomen en rustig vertelt hoe ze opa naar zijn laatste rustplaats zullen begeleiden. In het licht van de lampen ziet ze hoe dominee Timmer zijn gezicht afveegt met een grote zakdoek. Dan wordt de kist gesloten, klinkt het orgel, is het moment daar dat Abdul, Marius, Radboud en ook de vriend van Irmgard zich tussen de dragers scharen om op die manier de laatste eer te bewijzen aan de man die zo'n belangrijke plek in hun leven innam. Achter de begrafenisondernemer en de predikant glijdt de kist naar buiten. Zij loopt naast Elise, achter de kist. Achter zich weet ze Delia en Irmgard. Gezichten hebben zich naar de kist toegedraaid, ze kijkt naar die gezichten. Ondanks het orgelspel heeft ze het idee dat de stilte gebleven is.

Buiten slaat de regen hen in het gezicht. Als de kist in de

lijkwagen wordt gezet staan ze er als familie omheen. Dominee Timmer heeft zich aan de zijkant opgesteld. Het is alsof ze de wereld intenser beleeft dan ooit. Ze ruikt de regen, voelt de wind, hoort het geluid van de houten kist die in de wagen wordt geschoven. Ze is zich bewust van elk gebaar, elke beweging van de mensen om haar heen. Misschien dat ze daarom ook het nauwelijks waarneembare knikje van dominee Timmer in de richting van Abdul opmerkt. En Abdul? Hij knikt terug, terwijl hij Elises hand grijpt. Haar aanstaande schoonzoon. Het heeft geen zin er langer tegen te vechten. Terwijl ze naar hem kijkt voelt ze iets van trots om de woorden die hij sprak. Trots, ze kan er geen andere uitdrukking voor vinden.